JN248810

悪徳の輪舞曲《ロンド》

中山七里
Shichiri Nakayama

講談社

目次

装幀　岡　孝治＋土生はづき
カバー写真　木村　直

悪徳の輪舞曲《ロンド》

一　弁護人の悪徳

1

「ごめんなさいね。あなたさえ死んでくれたら……」

郁美《いくみ》はそう呟《つぶや》きながら、夫の首に巻いた縄を隙間《すきま》のないように絞める。もっとも相手の耳に届いているかは定かでない。夫は既に人事不省に陥《おちい》っており、抵抗する気配は一切ない。

次に郁美は自分の服を脱ぎ始めた。絶命した身体は括約筋が緩《ゆる》み、失禁することが多々あるという。自分の着衣が汚物で汚れれば、後々面倒なことになりかねない。ここからの作業は下着姿で行う方が無難《ぶなん》だろう。

力の抜けた身体は存外に重い。郁美は羽交《はが》い締《じ》めして夫の身体を移動させる。

ここ数日は同じベッドで寝ることもなかったので、肌に触れるのがずいぶん久しぶりのような気がする。冷え性の自分と違い、いつも温かな肌だった。だが、その体温も急速に失われていく。人が死ぬと冷たくなるのは知っていたが、それを皮膚で体感するとは夢にも思わなかった。

夫としては申し分ない男だった。温和な性格で言葉遣いは丁寧、自分に対して激昂《げきこう》したこともなければ侮蔑《ぶべつ》めいた言葉を口にすることも皆無、もちろん手を上げたこともなかった。穏《おだ》やかに笑い、穏やかに諭《さと》す。生活の中で生じた些細《ささい》な棘《とげ》やささくれも、この男と話しているといつの間にか雲散霧消していた。

そうだ、自分には過ぎた夫だったのだ。

学歴も出自も違う自分のような女を何故《なぜ》娶《めと》る気になったのか。手前の条件がよかったのだから他にもいい相手がいくらでもいただろうに、いったい自分の何が気に入ったのか。考えてみれば、面と向かってそれを訊《たず》ねたこともなかった。

訊ねる必要がなかったからだ。

本当に善い人だった。

だから憎くて殺す訳ではない。

あくまでもカネのためだ。

しかし感傷に浸ってばかりもいられない——郁美は重たくなった身体を横たえると縄の先端を「そこ」に通し、自分の体重を懸けて夫を吊《つ》り上げた。この方法なら女の細腕でも重い物を吊り上げられると教えてくれたのは、皮肉にも当の夫だった。

途端にぐう、という音が聞こえた。縄の締まった音なのか、それとも喉《のど》の奥からこぼれた断末魔《だんまつま》の悲鳴なのかは判別がつかない。

郁美は耳を塞《ふさ》ぎたくなったが縄を手放すことができないので、口の中で呟き続けるしかなかった。

あなた、ごめんなさい。

あなた、ごめんなさい。

ともすれば叫び出しそうになる自分を堪《こら》えていると、吊るされた身体の足が後方を蹴《け》ってきた。

どん、という衝撃とともに郁美は尻餅《しりもち》をつく。それが縄を引っ張る結果となり、身体は更に引き上げられた。

もう少しだ。

郁美は縄を摑《つか》んだまま身体を丸くした。吊るされた身体が縄から逃れようとして跳ねるが、宙にぶら下がった状態では為《な》す術《すべ》もない。

それでも縄には足掻《あが》いている振動が伝わる。生存本能の最期の足掻きだ。予想以上の抵抗に郁美は全身が硬直するのを感じたが、縄を手放すことはしない。

吊るされた身体は空中で狂おしく踊る。死の舞踏。観客は自分一人。

もう少しだ。

もう少しだ。

縄を握る手に力が入る。ここで手を放したら元《もと》の木阿弥《もくあみ》になる。折角の決心もふいになる。

しばらくそのままの状態を保《たも》っていると、縄に伝わる振動が次第にか細くなっていった。

やがて、その振動も潰《つい》えた。

郁美は肺腑《はいふ》が空になるような大きな溜息《ためいき》を吐《つ》く。不快な音を耳にしたのはその直後だった。

ぶばっ。

死体から糞尿《ふんにょう》が噴《ふ》き出た音だ。着衣の股《また》の辺りにみるみる染《し》みが広がる。幸い飛沫《ひまつ》は郁美にまでは届かず、両足の内側を伝って畳の上に滴《したた》り落ちている。ゆっくりと排泄物《はいせつぶつ》の悪臭も漂い始めた。

まだ作業は終わらない。郁美はいったん縄の先端を固定すると、用意していた脚立を部屋の中央に持ってきた。痕《あと》がつかないよう、脚の底面は雑巾《ぞうきん》で包《くる》んでいる。そうして脚立を上り、縄の先端を回収して鴨居《かもい》に括《くく》りつける。ここが最後の踏ん張りどころだ。満身の力を込めて、縄を幾重にも巻きつける。

何とか鴨居に結わえてから「それ」を外す。これで、死体は後から吊り上げられたと推測できる証拠はなくなった。残ったのは鴨居からぶら下がり、ゆらゆらと揺れる死体だけだ。

死に顔は穏やかではなかった。途中で意識が戻ったのかどうかは不明だが、少なくとも安らかな最期ではなかったらしい。

ごめんなさい、とまた郁美は繰り返し詫《わ》びた。

ごめんなさい。

ごめんなさい。

不意に腰から下の力が抜け、郁美はその場にくずおれる。更に上半身は瘧《おこり》のように震え始める。両肩を自分で抱いてみたが、なかなか震えは収まらない。今まで自分を支えていた使命感と気力は、とっくに限界値を超えていた。

作業はまだ残っている。ここで誰かに踏み込まれでもしたら、偽装工作をした意味がなくなってしまう。

夫の身体を吊り上げるために使用した「それ」と脚立を元の位置に仕舞う。我ながらのろのろとした動作だと感じたが、脳の命令が手足に上手《うま》く伝わらない。まるで他人の身体を動かしているようだ。

とうとうやってしまった。

自分は人を殺してしまったのだ。

心を決めた行為だったにも拘《かか》わらず、早くも恐怖と罪悪感が胸を押《お》し潰《つぶ》す。吐《は》き気《け》を催したのも、それと無関係ではないだろう。

片付けを済ませるとキッチンに向かい、衝動的に水道水を呑《の》んだ。生温《なまぬる》くわずかに塩素の臭いが鼻についたが、喉から流れ落ちた水が恐慌を和らげてくれた。

椅子《いす》に座って壁時計を眺《なが》める。午前一時三十二分。そういう統計があるかどうかは知らないが、自殺をするのに適当な時間ではないだろうか。

自分はこれから布団に戻り、じっと夜明けを待つ。心も身体も疲労困憊《ひろうこんぱい》していたが、このまま眠れるはずもない。まんじりともせず朝を迎えるしかない。そしていつもの時間に床を出て、叫び声の一つも上げたら警察に通報するのだ。

朝、起きてみたらベッドに主人の姿が見えず、居間まで探しに来たら鴨居からぶら下がった死体を発見して——。

何度も推敲《すいこう》し、何度も練習した証言だ。遺書も、ちゃんと本人が署名したものを用意してある。警察に疑問を持たれるような点はどこにもないはずだった。

時間が経過しても尚《なお》、恐怖心と罪悪感が醒《さ》めやらない。やはり自分は悪事に向かない人間だと実感する。

不意に、自分がとびきりの悪事をしでかした人間の母親であることを思い出した。ここ一年近く忘れたことなど一日たりとてなかったのに、自分で殺人を犯す際には完全に失念していたのだ。信一郎《しんいちろう》もみどりちゃんを殺《あや》める時は、こんな風に心をざわつかせたのだろうか。それとも、あの酷薄そうな唇《くちびる》を薄笑いに歪《ゆが》めたのだろうか。

息子の行為を詰《なじ》り、散々非難したはずの自分が結局は同じことをしている。

皮肉な話なのに笑えない。郁美はしばらくの間、テーブルの上で顔を覆《おお》っていた。

2

「先生、チェックをお願いします」

そう言って日下部洋子《くさかべようこ》が机の上に置いたのは、係争中案件の答弁書だった。御子柴礼司《みこしばれいじ》は一応目を通してみるが半《なか》ばセレモニーのようなもので、これしきの答弁書を洋子がタイプミスするはずもない。

依頼人は顧問契約を結んでいる建設会社、事案は損害賠償請求。この建設会社が施工を請け負ったマンションの一棟に傾きが生じ、調査してみると杭打《くいう》ちを巡るデータが意図的に改竄《かいざん》されていた上に、補強用セメントも仕様書より安価のものが使用されている事実が発覚した。建設会社は和解を目論《もくろ》んでいたが交渉は決裂し、マンションの住民側は集団訴訟に踏み切ったのだが、そこで弁護人として白羽の矢が立ったのが御子柴だった。

一昨年に発生した特別養護老人ホームでの介護士殴殺事件において、弁護に立った御子柴は検察側の懲役十五年の求刑に対し、懲役六年の判決を捥《も》ぎ取った。求刑の半分以下という実績もさることながら、この案件で世間と法曹界が注目したのは御子柴が〈緊急避難〉なる論拠で弁論を展開したことだ。国内の法廷ではあまり取り上げられない法律とその解釈を繰り出した手法は、専門誌のみならず新聞や週刊誌にも取り上げられた。出自の怪しさからしばらく遠のいていた客足が戻り始めたのは、この事件がきっかけと言える。最盛期には及ぶべくもないが、今では前述の建設会社と製薬会社の二社と顧問契約を結ぶに至った。

どこか洋子が上機嫌なのは事務所の経営状態が軌道に乗ったせいか――洋子から不意に声を掛けられたのは、そんな風に考えている最中だった。

「先生。このまま事務所の収益が伸びたら、また虎《とら》ノ門《もん》に戻るつもりですか」

「唐突だな。高層ビルと小洒落《こじゃれ》た飯屋が恋しくなったか」

「そうじゃなくて……ここの賃借料は虎ノ門のオフィスとは比べものにならないくらい安いんです」

「だから移転した」

「ここなら法人二社の顧問料で、オフィスの賃借料やわたしの給料を含めた経費を差し引いても利益が出ます」

「それがどうかしたか」

「宏龍会《こうりゅうかい》との顧問契約を打ち切っても、充分経営が成り立つという意味です」

そういうことか。

改めて洋子を見ると、目尻の辺りに悲壮な決意が窺《うかが》える。事務員の立場で顧客を選別するのが僭越《せんえつ》であることは承知しているらしい。

「折角まともなクライアントが戻り始めているんです。まだ関係がグダグダにならないうちに手を切った方がいいんじゃないでしょうか」

「今まで特定の客とグダグダの関係になったことはない」

「先生にその気がなくても、向こうがこちらを巻き込もうとします」

「客の選《え》り好《この》みか」

「ただのクライアントじゃありません。れっきとした反社会的勢力なんですよ。これから真っ当なクライアントを増やしていこうという時に、そんな団体と繋《つな》がりがあったら法律事務所としての評判が落ちます」

洋子の言説を聞いていると、自然に唇の端《はし》が歪んでくるのを抑えきれない。

ヤクザの顧問弁護士をしている事実が何ほどのものだというのか。その顧問弁護士本人が、かつては少年犯罪者だったのだ。

「では逆に訊《き》こう。真っ当なクライアントというのはどんな客だ。建築費用を浮かすために杭打ちデータを改竄したり仕様書より安価な資材を納入したりする建設会社か。それとももう一つの顧問先のように、製造してしまった分を使い切るまでは、たとえ副反応を発症させた患者が出てもワクチンの販売をやめなかった製薬会社か」

洋子は暗い目をして黙り込む。

「宏龍会が反社会的勢力というのはその通りだが、わたしが弁護を請け負った案件は銃刀の不法所持と麻薬所持、それから威力業務妨害くらいのものだ。放っておけば傾くようなマンションを売りつけた建設会社とワクチン禍を知りながらクスリを売り続けた製薬会社。どちらが社会にとってより害毒だと思う？」

「その二社より暴力団の方がマシだと仰《おっしゃ》るんですか」

「迷惑を掛けている人間の数が違う。世間は肩書と着ているモノが判断基準だから生理的にヤクザを嫌悪しているが、素人や企業だって毎日のように悪事を働いている。ただヤクザは自分たちが悪人であるのを知っているが、一般市民はそれに気づかないか気づかないふりをしているだけだ」

「じゃあ、みんな悪人ですか」

「札付きの弁護士に頼ろうなんて連中から善人を探すのは骨が折れるぞ」

少なくとも外面のよさよりは弁護能力を優先したから自分を顧問弁護士に選んだのだ。そんな依頼人が清廉潔白であるはずもない。第一、弁護士を必要とした段階で、自社に対する外聞も評価もガタ落ちだから、多少毛並みのよくない弁護人を選んだところで大した影響はない。

洋子は俯《うつむ》き加減で唇を尖《とが》らせている。それ以上反駁《はんばく》を試みることもなく、一礼してから背を向ける。これだけ憎まれ口を叩《たた》かれても事務所を辞めようとしないのは何故なのか、さすがの御子柴にも分からない。

その時、事務所のドアをノックする音がした。御子柴は反射的に洋子を目で問う。本日この時間での面談予定は把握していない。

「アポイントはなかったと思いますけど」

洋子は半ば首を傾《かし》げながらドアに向かう。以前とは異なり、御子柴の悪名が轟《とどろ》いてからは飛び込みで事務所を訪れる依頼人は一人もいなくなった。来るとすれば、御子柴の旧悪を面白おかしく書き立てたい記者やフリーライターの類《たぐ》いだろう。

「アポも取ろうとしない客だ。冷やかしだったらさっさと追い返せ」

衝立《ついたて》が邪魔になって、入口からは御子柴の姿が見えないようになっている。洋子が御子柴は不在だと押し通してくれれば、冷やかし客も諦《あきら》めるに違いない。

だが、そうはならなかった。

「少々、お待ちください」

訪問者と二言三言交《か》わすと、洋子は不審げな顔で御子柴の許《もと》に戻ってきた。

「弁護の依頼なんですけど、先生のお知り合いだと仰っています」

「知り合い？」

鸚鵡《おうむ》返《がえ》しに訊ねた時、既に依頼人は事務所の中に入ってきていた。

四十過ぎほどの中年女。顔を見てもすぐには誰だか分からなかったが、やがて記憶の底から浮かんできた少女の顔と重なり合った。

まさか。

御子柴はわずかに腰を浮かせかけた。

「久しぶりね」

女はにこりともしなかった。それどころか御子柴に対する嫌悪を隠そうともしない。

「わたしのこと、憶《おぼ》えてる？」

「ああ、今しがた思い出した」

「へえ。わたしの方は片時も忘れなかったんだけどね」

女は御子柴の勧めを待つことなく、応接用の椅子に腰を据える。その態度からは、御子柴が自分の依頼を拒絶するはずがないという自信が見てとれる。

「殴った方は忘れても、殴られた方は忘れないってのは本当だよね」

女の名前は梓《あずさ》。

御子柴の三つ違いの妹だった。


二人の会話からただならぬものを感じ取ったのか、洋子は気を利かせて事務所の奥に引っ込んでしまった。御子柴にしてみれば要らぬ気遣《きづか》いだったが、梓の方は心なしか安心した素振りを見せる。

自分と三つ違いだからもう四十代のはずだが、梓の顔には実年齢以上の皺《しわ》が刻まれている。老化というより、顰《しか》め面《つら》が普段の顔になったために消えなくなった皺だ。髪の毛には艶《つや》がなく、指先はひどく荒れている。少なくとも安楽な仕事に就いていない証《あかし》だった。

「まさか、あんたが弁護士になってるとはね」

「今まで知らなかったのか」

「知る訳ないでしょ。知ろうとしなかったんだから。できるなら知らないままで、会わないままでいたかったわよ」

御子柴が近所に住む幼女の殺人容疑で逮捕されたのは昭和六十年の八月、梓はまだ小学五年生だった。取り調べを受けている最中、母親が一度だけ面会にきたが、父親と梓は全く姿を見せなかった。関東医療少年院に入院してからはその母親とも疎遠になった。あれからおよそ三十年、顔も合わせなければ声も聞いていない。いくら実の妹とはいえ、見違えたのも無理はない。

元々、仲のいい兄妹《きょうだい》ではなかった。三つ齢《とし》が違ったせいか、またはある時点から御子柴が尋常ならざる感性を発揮したせいか、自分と梓に同じ血が流れていることさえ疑問だった。そんな相手に愛情が湧《わ》くはずもなく、一つ屋根の下に暮らしていても、まるで違う生き物としか思えなかった。だから御子柴礼司という新しい名前を手に入れ、塀の外に出た際も妹のことなど思い出しもしなかったのだ。

「お父さんが死んだのは聞いているの」

「教官から聞いた」

「罪悪感が少しでもあった?」

父親園部謙造《そのべけんぞう》が自殺したとの報《しら》せを受けた時、御子柴は十五歳。まだ人としての感覚も取り戻せず、医療少年院の中での居場所さえ摑めなかった頃だ。教育担当の稲見《いなみ》から報せを受けた時も、まるで他人事のようにしか思えなかった。

答えずにいると、梓の方で痺《しび》れを切らしたようだった。

「どうせあんたのことだから無関心だったんでしょうね。世間から高い塀に護《まも》られて、ちゃんと三食保証されて、教官とやらがつきっきりで世話してくれて、悪党仲間とよろしくやって、たっぷり勉強もさせてくれたんだから、塀の外のことなんて眼中になくて当然だよね」

恨《うら》みがましい物言いで、梓の送ってきた三十年間がどんなものだったのかは容易に想像がつく。いや、恨み辛《つら》みを聞かされなくても同様だろう。犯罪加害者の家族が世間やマスコミからどんな仕打ちを受けるか、職業柄御子柴も熟知している。

「あんたのお蔭《かげ》で園部家はメチャクチャになった」

「あの後もずっと園部を名乗っていたのか」

「まさか。わたしもお母さんも旧姓の薦田《こもだ》に改姓したわよ。でもね、世間はそれくらいのことじゃ園部の人間を許しちゃくれなかった」

そろそろ梓の愚痴《ぐち》が鬱陶《うっとう》しくなってきた。

「ここに来たのは、わざわざそんな恨み言を呟くためか」

「仕事の依頼よ。そう言ったじゃない」

「何をしくじった」

「わたしじゃなくてお母さんがよ。まさか、それすらも知らないっていうの」

「名前を変えたのなら噂《うわさ》も聞きようがない」

梓は呆《あき》れとも侮蔑ともとれるような溜息を吐く。

「先週、殺人容疑で逮捕されたのよ。それも旦那《だんな》殺しの容疑」

さすがに御子柴も驚いた。

「再婚していたのか」

「成沢《なるさわ》っていう、これも再婚の人と去年。婚活パーティーで知り合ったらしいけど、善い人だったみたい」

「本当に善い夫だったら殺されるような羽目にはなるまい」

「……そういう嫌味ったらしい言い方は昔のまま変わらないのね」

挑発なのか、それとも正直な感想を口にしているのか。妹といえども得体の知れない相手なので反応は控《ひか》える。

「自分は殺してないって言ってる」

「誤認逮捕か」

「警察はそう考えていない」

やがて梓は事件のあらましを話し始めた。

先週の七月四日早朝、世田谷区三軒茶屋《せたがやくさんげんぢゃや》三丁目成沢宅から「主人が居間で死んでいる」旨の通報が為された。通報者は同家の主婦成沢郁美。通信指令センターからの情報で所轄の世田谷署員が現場に駆けつけると、通報通り成沢拓馬《たくま》が鴨居から首を吊っていた。遺書も残っていることから署員の見立ては自殺で間違いなかったのだが、その後の捜査で他殺の疑いが浮上したらしい。

「成沢さんという人は資産家だったし、身寄りといえばお母さんだけしかいなかったから、遺産目当ての殺人と疑われたみたい」

「何か決定的な証拠でもあったのか」

「わたしは同居していないからよく事情も分からないし、警察に訊いても教えてくれなかった」

梓の説明では郁美が逮捕されたという事実以外は、どれも漠然としていて要領を得ない。まさか母親の危機に際して情報を間引くような真似《まね》はしないだろうから、梓が捜査情報を知らされていないのはおそらく本当だろう。

「本人は無実を主張しているのか」

「お母さんとは会えていない」

実の娘でも会えないのは、事件を担当する検察官が接見禁止にしているからだろう。

接見禁止の処分が為される案件は大抵次の三つだ。
（1）被疑者が住所不定であり、第三者との接見を許すことで逃亡の虞《おそれ》がある場合。
（2）被疑者が容疑を否認しており、証拠隠滅や口裏合わせをする可能性がある場合。
（3）詐欺《さぎ》事件や薬物事件、暴力団関連事件など組織犯罪の疑いがあり、やはり証拠隠滅や口裏合わせが考えられる場合。

郁美本人が何を主張しているかは不明だが、（1）と（3）は当て嵌《は》まりそうにないのでおそらく（2）の場合だろう。梓の言葉とも符合する。

おそらく、というのはまだ郁美と接見していない段階で、御子柴自身が彼女の無実を信じていないからだ。

本来息子であれば母親の人となりを知っているから、無実を盲信することもできるだろう。だが自分は郁美という人間がどんな心でどんなかたちの魂を持っているのかを知らない。それに加えて三十年間の空白もある。人が変わってしまうには充分過ぎるほどの歳月だ。

「つまり弁護の依頼というのは本人じゃなく、お前からの依頼ということか。弁護人選任届は被疑者本人の承諾が必要になる」

御子柴は尊大に胸を反《そ》らせてみせる。

「第一、弁護士費用は誰が捻出《ねんしゅつ》するんだ。被疑者本人か、それともお前か」

「母親の弁護をするのにカネを取ろうっていうの」

「引き受ける以上、報酬は発生する」

「聞きしに勝る外道ね」

「どうやってわたしの仕事を知ったのか知らんが、わたしの報酬は安くないことも聞いているだろう」

「依頼を拒否するの」

「弁護士費用を払えるかどうか。それと被疑者本人の承諾を得られるかどうか」

「仮にも家族だった人間なのよ」

「園部信一郎に戻ってほしいとでも言うつもりか」

御子柴が言い放つと、梓は露骨に顔を顰めた。予想通りの反応だったので、御子柴は内心でほくそ笑む。

「好き嫌いの問題じゃない。コネや柵《しがらみ》で引き受ける仕事に碌《ろく》なものはないというだけの話だ。逆に、縁故で依頼する相手に十二分のパフォーマンスを期待する方も間違っている」

「弁護士費用なら何とかなると思う」

梓も簡単に引き下がろうとはしない。

「死んだ旦那さんは資産家よ。母さんが無罪放免になれば遺産を相続できる。費用はそこから捻出できる」

つまり文字通りの成功報酬という訳か。

「大体あんたに弁護を依頼するのは、かつて家族だったということとは別の理由だし」

「何だ」

「引き受けてくれる弁護士がいないのよ」

今度は梓が傲然《ごうぜん》と胸を反らせる。御子柴と同様、自らを誇るというより相手を見下す仕草《しぐさ》だ。

これが兄妹の数少ない類似点といえば類似点か。

「成沢郁美の前の名前が園部郁美。あの〈死体配達人〉園部信一郎の母親だと知ると、どの弁護士からも断られた。あの事件の犯人だった少年が今は弁護士になっているのが知れ渡っているみたい。母親の名前とペアでね」

　それはそうだろう、と御子柴は思う。法曹界というのは自称正義の味方の巣窟《そうくつ》だ。我こそは法の番人、人権の砦《とりで》と胸を張る有象無象で占められている。その中にかつての少年犯罪の犯人が紛《まぎ》れ込んでいるとなれば噂が広まるのも当然、過去の事件が話題に上るのは必然、嫌悪されるのは自明の理といえる。

「国選にしたら優秀な弁護士を紹介してくれるかどうかの保証はない」

「まあ、間違っちゃいない」

「五人の弁護士に頼んで五人とも断られた。そして判で押したように五人ともこう言った。どうせなら息子に依頼したらどうだって」

　梓は唇の端に自虐ともとれそうな侮蔑を浮かべる。

「あんた、人間としては劣悪でも、弁護士としちゃあ優秀なんだってね。やり方と報酬額は悪辣《あくらつ》でも百戦百勝の凄腕《すごうで》。お母さんの弁護人であんたほどうってつけの人間はいないとも言われた」

　依頼人としてずいぶんな物言いだが、好き嫌いは受任の可否判断にしないというのは御子柴から言い出したことだ。

「望みの報酬さえ手に入れば、どんな被告人の弁護にも立つんでしょ」

「カネに色はついていないからな」

「じゃあ引き受けて。実の母親を検察から救えば、少しは世間の印象もよくなるでしょ」

「そんなものは必要ない」

「何が必要なの」

「事件についての詳細な情報。そしてまずは被疑者による選任届」

「お母さんはまだ世田谷署に拘束されている。早いうちに行ってやって」

「まだ引き受けるとは言ってない」

「これは借金返済の一部よ」

「借金？」

「あんたが園部家にしたこと、あんたが忘れても家族は決して忘れない。お父さんを殺したばかりかわたしとお母さんの人生を潰した。その借りは返してもらわないとね。あんたが家族だなんて思っていない。でもあんたがわたしたちにした仕打ちを考えれば断れないはずよ。お母さんの弁護をするのはあんたの義務なの。拒否権は認めない」

「人生を潰された云々《うんぬん》はわたしと無関係の問題だ。園部の人間に借りを作った覚えはない」

「あんたね……」

「ただし引き受けないとも言っていない。事件の詳細も知らされず、被疑者からの応諾が得られない段階で受任はできないというだけだ」

これ以上話していても無駄と判断したのか、梓は机の上にあったメモ用紙を一枚剝《は》ぎ取ると、そこに十一桁《けた》の数字を書き込んだ。

「これ、わたしのケータイの番号」

　住所は教えないのか、と訊ねる前に相手が口を開いた。

「とりあえず電話で話せれば充分でしょ。あんたにわたしの現状をあまり知られたくないし。家まで押し掛けられたら大迷惑」

「強引だな」

「五歳の女の子を惨殺するよりは、よっぽど穏便だと思うけど」

　そう捨て台詞《ぜりふ》を残し、梓は席を立って事務所を出ていった。辞去の挨拶《あいさつ》一つないのが却《かえ》って清々《すがすが》しいくらいに思える。

　梓の退出を見計らって、奥から洋子が戻ってきた。

「どうでした」

　梓と話した内容は聞いていなかったらしい。

「まだ受けるかどうかは分からん」

「認め事件ですか、否認事件ですか」

「それも詳細は分からん」

　洋子はそれ以上言わなかったが、御子柴が引き受けるのを期待しているのは表情で分かる。元より腹芸のできる女ではない。新規顧客を開拓し、その分だけ宏龍会経由の案件を減らしていきたいのが本音だろう。

「先週の新聞を持ってきてくれ」

　ネットニュースに流れる記事は速報性に頼るあまり信用が置けない部分がある。また新聞掲載の記事全てが流れている訳でもない。

最近の事件なら自分も記憶しているはずなのだが――疑問に思いながら新聞を繰っていると、やがて該当の記事を探し当てた。

『七月五日、世田谷署は殺人の疑いで世田谷区三軒茶屋三丁目一二五五、主婦成沢郁美容疑者（六八）を逮捕した。成沢容疑者は前日に自殺したとみられていた成沢拓馬さん（七五）の妻であるが、世田谷署の捜査により自殺が偽装である疑いが持たれている。成沢拓馬さんは四日早朝、自宅の居間で首を吊っているところを妻の郁美容疑者が発見、警察に通報した』

至極あっさりとした内容なのは、自殺が偽装である根拠が公開されていないか、何らかの理由で箝口令《かんこうれい》が敷かれているせいだろう。いずれにしてもこれだけでは全体像を把握するのがやっとだ。記事を読んで自分のセンサーが反応しなかった理由は分かった。被害者成沢拓馬は資産家ではなく、ただの老人としか記述されていないからだった。金づるにならないと判断した時点で、記憶の抽斗《ひきだし》には入らないようにできている。

弁護人選任届の件も含め、被疑者と会わない訳にはいかない。被疑者がおとなしく選任届に署名してくれれば事はスムーズに運ぶのに――だが、不思議なことになかなか身体が動かなかった。

明らかな変調を来たしていた。通常なら思考と同時に動き出す手足が、見えない枷《かせ》をはめられたように抵抗している。

「先生、どうかしましたか」

「……何でもない」

他人の身体を操るような感覚で立ち上がってみる。この動作には問題がなかった。しばらく考えているうち、とんでもない仮説にぶち当たる。

自分はかつてないほど当惑しているのだ。

母親と妹が予期せぬかたちで現れたこと。母親に殺人の容疑が掛かっていること。そして選《よ》りによってその弁護を依頼されたこと。全てが自分の判断力を狂わせている。身体がまともに動かないのは、脳が過負荷になっているせいだろう。

家族。

その単語から御子柴が紡ぎ出せるのは陳腐《ちんぷ》で空疎な光景でしかない。家族で囲む食卓、虚《うつ》ろに笑う両親、場違いなほどに燥《はしゃ》ぐ妹。

彼らの中にいながら御子柴はいつも一人だった。言葉は右の耳から左の耳に素通りし、自分に向けられた喜怒哀楽の表情はどれも仮面のように思えた。

だから、およそ家族ほど他人に近しいものはないはずだった。従って母親の弁護を頼まれても、通常と同じく仕事の一つとして割り切れるはずだった。それなのに何故、自分はこんなにも当惑しているのか。

考えても考えても結論めいたものが浮かばない。こんなことは久しくなかったので、余計に御子柴は戸惑う。

戯《たわむ》れに記憶の底を探ってみると、十一歳の梓と若かりし母親の顔が浮かぶ。記憶から抹消しようと試みたことは一度もない。甘やかな思い出や未練があるからではない。

逆だ。

家族に対して何の思い入れも感傷もないから負担にならなかったのだ。

血の繋がりなどに関係なく、希望する額の報酬さえ手に入るのなら稀代《きたい》の殺人鬼だろうが人間失格の薬物中毒者だろうが弁護してみせる。そう表明したことに嘘偽《うそ》りはない。だが今回に限っては勝手が違った。

理屈ではなく、今まで存在さえ怪しんでいた一部の感情が御子柴に二の足を踏ませていた。くそ、忌々《いまいま》しい。

検察官や裁判官、ましてや被告人の心理まで読み切っていた自分が己の心を計りかねるなどあってはならないことだ。

珍しく苛立《いらだ》っていると、いつの間にか洋子が自分の前に立っていた。

「どうした」

「あの、先生。今日は午後一時から予定が入っていますけど……」

やはり今日の自分はどうかしている。

予定時間を聞いて、やっと用件を思い出した。

「今から行ってくる」

御子柴が向かったのは八王子《はちおうじ》の医療刑務所だった。

八王子医療刑務所、通称八刑は犯罪傾向の進んでいない初犯者、精神および身体に疾患または障害を持つ者の収容施設だ。高い塀に囲まれているものの、正面玄関の警備態勢はさほど厳重には見えず、そのため刑務施設よりも医療施設という印象が強い。

医療施設という印象は刑務所内部に入ると一層顕著になる。刑務官を見掛けない訳ではないが、それよりも看護師の姿が目立つ。そしてまた静寂の種類が違う。一般刑務所の静寂が規律と従属に支配されたものであるのに対し、こちらは病苦と諦観《ていかん》が醸《かも》し出している静謐《せいひつ》だ。

受付を済ませ、面会室で待つこと五分。お目当ての人物がアクリル板の向こうに現れた。下半身が不自由なので刑務官が車椅子を押している。

「よう。御子柴先生」

車椅子の稲見武雄《たけお》は破顔一笑して御子柴に近づいてくる。前回面会に来たのは二ヵ月前だったが、その時よりも頬肉《ほおにく》が削《そ》げて見えるのが気になった。

「うん？　面やつれしているように見えるか。心配するな。余分な肉が落ちただけだ。ここは特養ホームよりも管理が行き届いているからな」

「特に心配はしていない」

「忙しいだろう。何度も面会に来なくてもいいぞ」

「一応は弁護人です。収容先で死なれでもしたら寝覚めが悪くなる」

「懲役期間中は殺されたって死にやしねえよ。死んだら温情判決をくれた裁判官、訴訟してくれた検察官、それに量刑減縮に尽力してくれた御子柴先生に申し訳ないからな」

獄に繋がれても、まだそれを言ってのけるのか――御子柴は内心で舌を巻く。強情なのと、昔気質《むかしかたぎ》なのは相変わらずだ。

稲見は関東医療少年院時代の指導教官だったのだが例の介護士殴殺事件の被告人となり、今度は御子柴がその弁護に立った。腐れ縁と蔑《さげす》む者もいるが、勝手に言わせておけと御子柴は思っている。

「こっちの刑務作業には慣れましたか」

「遊びみたいなものだな。俺がやっているのは紙袋作りだが、言ってみりゃあ内職だ。七時五十分始業、昼食を挟んで十六時三十分に終業。二十一時の就寝まではぶらぶらしているだけだから、下手すりゃ〈伯楽園《はくらくえん》〉にいた時とあまり変わらん。こんな言い方は失礼だが、もう少し厳しくしてほしいと思っている」

「身体の事情を考慮した上で収容施設が決定したんだ。今更文句を言っても決定は覆りませんよ」

「せめて、一日働いたらへとへとになるくらいの重労働を科してくれねえかな」

「障害者にそんな仕打ちをすれば人権問題に発展しかねない」

「人権ねえ」

稲見は他人事のように呟く。

「受刑者といえども人権を蔑《ないがし》ろにしていいとは思わねえが、いざ自分がその立場になってみると妙な具合だな。刑務官の指示に従って身体を動かしていても、罪を償っている気がしない。罰を受けている実感がまるでない」

「それはここが医療刑務所だという特殊条件が働いている」

「一般の刑務所だって似たようなもんだ。刑務と言ったって塀の外の仕事と大差ない。いや、こと肉体労働に関してなら外の方が苛酷《かこく》だろうよ」

「何をもって苛酷と呼ぶかは個人差がある。二十四時間監視され、いちいち刑務官の命令に従うのがこの上なく苦痛に感じる受刑者だっている」

「こうなってみると、御子柴先生には二度助けられたことになるな」

「二度？」

「一つは裁判で弁護に立ってくれたこと。そしてもう一つは俺の足を動けなくしてくれたことだ。この足が健常だったら、受けていた罰も変わっていただろうからな」

稲見の足が不随になったのは、医療少年院時代に御子柴が彼の左腿《ひだりもも》を刺したからだ。稲見の言葉が本心からのものなら、これほど皮肉な話もない。

「それはそうと御子柴先生よ。お前の方こそ大丈夫なのか」

「仕事は順調です。何も問題はない」

「とてもそうは思えないんだがな。言葉にいつものキレがない」

下から覗《のぞ》き込むような視線は半分がからかい、しかしあとの半分には気遣いが見える。

「年がら年中、皮肉を喋《しゃべ》っていたんでは客が寄り付かなくなります」

「皮肉を喋れるのは知性がある証拠だって言うじゃないか。しかし知性ってヤツも未経験の前じゃ歯が立たないことだってある」

「あなたが何を言おうとしているのか理解できない」

「何か気懸かりがあると、お前は大抵そういう目をする」

俄《にわか》に稲見の視線が鋭くなった。

憶えている。これは院生を問い質《ただ》す時の教官の目だ。

どうもこの男の前では隠しきれない。このまま黙っていても、矢継ぎ早に質問されそうな気がする。

ままよ——御子柴はその場の勢いで郁美の事件を伝えた。三十年ぶりに梓が訪ねてきたこと。彼女の口から郁美の事件を知らされ、弁護を依頼されたこと。

不思議に稲見に話す時には、尚更《なおさら》郁美のことが他人事のように感じられる。いったん口を開くと、あとの言葉がするすると出てくる。

事情を聞き終わっても、稲見の視線は鋭さを失わない。一瞬、御子柴は院生時代に戻ったような錯覚に陥る。稲見の沈黙には叱責《しっせき》以上の威圧感があり、ひと言も発しないのに相対するこっちは腋《わき》から汗が噴き出そうになる。

「その弁護、受けるんだな」

「まだ分かりません」

「いいや、お前は受ける」

「断言しないでもらえますか。あなたはわたしではないし、わたしはあなたではない」

「小難しいこと言ってんじゃねえや。まだ分かりませんだと？　普段のお前だったら受けるものは受ける、受けないものは断るとその場で決めるはずだ。拙速じゃあなく、お前には瞬時で損得を勘定できる能力があるからな。お前が院生の時分、ずいぶんそれで驚かされた」

「昔話は食傷気味でしてね。勘弁してくれませんか」

「人間、そうそう変わるもんじゃない。昔の話なんかじゃない。今この時の話をしている。即断即決のお前が態度を保留しているのはな、弁護を引き受ける気があるからだよ。ただ、お前自身がそれを認めたくないだけだ」

「人の性格診断は自由だが……」

「診断じゃなくて経験だ。何年お前の教官をしたと思っている」

稲見は更に顔を近づける。もう鼻先がアクリル板につく寸前だった。

「お前自身の心証はどうなんだ」

「まだ詳しい事情も分からないし、被疑者と話もしていない」

「それでも母子だろう」

「不安材料にしかならない」

「何故だ」

「わたしの母親だったら、人を殺したって不思議じゃない」

「やめろ」

稲見は途端に眉《まゆ》を顰《ひそ》める。全くこの男は期待通りの反応を示してくれる。

「タチの悪い自虐だ。科学的に何の根拠もないし、第一不健全な考え方だ」

不意に稲見の眼光が和らぐ。

「しかし、お前らしい皮肉が口にできるのならいい傾向かもしれんな。そろそろ決着をつけてみたらどうだ」

「決着」

「お前が本当に迷っているのは弁護するかどうかじゃない。別の理由だ」

「それは何ですか」

「さあな。他人に性格診断されるのは嫌なんじゃないのか」

そう返すか。

「とりあえずオフクロさんに会ってみちゃあどうだ。そうせんと何も始まらんだろう」

「始めるかどうかはわたしの自由だ」

「悩む時も頑固だよなあ、お前は」

頑固と言われても不思議に悪い気がしないのは、おそらく稲見自身が頑固なせいだろう。

「割り切るってのも一つの手だな。母子だとか家族だとかをいったん忘れて、ただの被疑者として向かい合う。お前なら、そんなに難しいことじゃないはずだ。成功すれば高額の報酬が期待できるんだろ」

稲見の目が意地悪そうに笑う。

「こんなに分かりやすい挑発も珍しいな」

「馬には乗ってみよ人には添うてみよ。そういう諺《ことわざ》もある。なまじ頭のいいヤツは考え過ぎると視野狭窄《きょうさく》に陥りやすい。そして視野狭窄の末路は世間知らずの自己満足だけだ。お前には言うまでもないが」

この男にとって、世間知らずや自己満足はきっと怠惰という名前の悪徳なのだろう。だが本当にそれは悪徳なのだろうか。

視野狭窄にならなければまともに歩けない者もいる。世間を知ることで絶望する者もいる。

稲見の哲学は古色蒼然《こしょくそうぜん》としている。昭和の香りがぷんぷんする。仮に今、稲見が医療少年院の教官に復帰したとして、今日びの院生にどこまで通用するだろうか。

「納得いかねえって顔してるな」

「あなたの話はいつも古臭い」

「説教なんてのは、いつだって古臭いもんだ。年寄りが喋るんだから、そんなもの当たり前じゃねえか」

稲見は豪快に毒づいてみせる。およそ懲役囚の振る舞いとは思えないが、見ていて不快感はない。車椅子を押す刑務官も、心なしか稲見には敬意を払っているようだった。

通常、警察や検察関係者が受刑者として収容されると囚人からのイジメが頻発するものだが、ここ八刑ならその心配もなさそうだ。もっともそういった苛酷な状況に落とされても、稲見はそれすら罰の一部として受け入れるだろうが。

「何か不都合な事態になったらすぐ言ってくれ。担当弁護士として最低限の義務は果たす」

「俺のことはいいから、先にそっちの事件を済ませておけ」

「仕事の優先順位まで指図するつもりか」

「ふん。やっと〈仕事〉だと認めたな」

稲見は鬼の首を取ったかのように笑ってみせる。

「仕事なら報酬の多寡だけが問題になるよなあ、御子柴先生」

話せば話すほど稲見のペースに巻き込まれていくようだ。

「忠告に従って仕事に戻る」

「毒を食らわば皿までだ。最後に、もう一つ説教を聞いていけ」

「今度は何ですか」

「俺を今でも教官扱いしているよな」

「……わたしに何かを教えてくれたのは、あなただけだ」

「だったらお前を生んだのも、オフクロさんだけだよな」

医療刑務所を出た後も、稲見の発した言葉が脳裏に残っていた。法務教官を辞めてから何十年にもなるというのに、本当に嫌な相手だ。

さて、どうするか。

仕事であれば躊躇《ちゅうちょ》はない。依頼人がこちらの言い値を払えるかどうかだけだ。それには依頼人の懐《ふところ》を覗く必要がある。梓は成沢拓馬を資産家と称したが、伝聞ほど当てにならないものはない。裁判上の証拠調べも依頼人の資産調査も根っこは同じだ。自己申告と現物の照合、そして権利関係の所在。

つまり、受けるにしろ受けないにしろ、やはり一度は被疑者に会っておけということだ。

御子柴は自嘲《じちょう》するように唇を曲げると、クルマに乗り込んだ。

3

千代田区《ちよだく》霞《かすみ》が関《せき》一丁目、中央合同庁舎第六号館。槙野春生《まきのはるお》は帰着するなり事務官から来客を告げられて、応接室へと向かっていた。

事件を任されるようになってから五年、いささか飽和気味の案件を片付ける程度には手慣れたものの、それでも出廷一件を終えると軽い疲労を感じるようになった。先輩検事の中にはその疲労を昂揚感《こうようかん》の残滓《ざんし》と呼ぶ者もいたが、どちらにしても疲労には違いない。本来であれば自分のデスクで一服したいところだ。それを帰着早々の来客応対では文句の一つも言いたくなる。

いったい俺の休息を邪魔する不届き者は誰だ——空腹にも似た怒りは、応接室のドアを開いた瞬間に霧消した。

「元気そうだな」

ソファに腰を下ろしていたのは額田順次《ぬかだじゅんじ》だった。

「先輩」

「奇妙なものだな。同じ建物の中にいるというのに、所属が違うだけでずいぶんご無沙汰《ぶさた》になってしまう」

槙野は慌ててソファに駆け寄る。

「所属といっても先輩は最高検、こちらは地検。違っているのは単に所属というだけじゃありませんよ」

咄嗟《とっさ》に口から出たのは社交辞令でも何でもなく、槙野の本音だった。最高検と地検では同じ検察官であっても、年俸や待遇に著《いちじる》しい差異がある。いや、単に所属官庁の違いではなく、額田と自分では検察官としての格が違う。それは額田と同じフロアで働いていた頃から身に沁《し》みている。

「そうかな。扱う事件が上級裁判所になればなるほど書類主義になっていくきらいはあるが、結局新証拠が提出されない限り見るところは一緒だ。やっていることも変わりない」

決して偉ぶらず、そして昂《たか》ぶらず。法廷でも感情に訴えるような弁舌は控え、淡々と法理論だけを展開していくスタイルは未《いま》だ健在と見える。口さがない関係者からは〈バッジをつけた法理学者〉なる綽名《あだな》を献上されたという話だ。感情に訴えないから、理屈の支配する法廷では俄然《がぜん》有利に働く。額田が着実に出世の階段を上っているのは、そのスタイルと無関係ではない。

「情けないことに、わたしはなかなか見習えませんね。先輩みたいに理詰めでいければいいんですが、どうしても被告人憎しになってしまって」

「君の場合は被告人憎しではなくて、罪状憎しだろう。法廷でも相変わらず正義感を迸《ほとばし》らせているらしいじゃないか」

「いち地検検事の悪評が最高検まで届いていますか」

「法曹界なんてムラ社会の縮図みたいなものだからな。検察の世界は更に狭い」

「自虐ですか」

「事実だよ。役職を務め上げた後、検察官が辿《たど》る道はほとんどがヤメ検。大学の講師や政治家に転身するのはほんのひと握りだ。法曹界がムラ社会なら、検察の世界は限界集落といったところかな」

淡々とした言葉にはおよそ感情の起伏らしきものが感じられない。先輩として頼もしい一方で、隙のなさが交友関係を狭くしているのではないかと、要らぬお節介《せっかい》を焼いてしまう。

「だが好評にしろ悪評にしろ、目立つ仕事をするから評判も立つんだ。それ自体は悪いことじゃない。むしろ誇ってもいいいんじゃないのか」

「わたしみたいな若輩者には涙が出るくらい有難《ありがた》い言葉ですが、まさかそれを言うためにわざわざここまでご足労いただいたんですか」

「気になる話を耳にした」

口調はそのままに、額田は目の色を昏《くら》くする。

「後輩の悪評にも鷹揚《おうよう》な額田検事を不安にさせるような話ですか」

「三軒茶屋の成沢とかいう老人殺し。君にお鉢が回ったんだってな」

「ええ。よくご存じですね。やっぱりこの世界が狭い証拠ですね」

「とぼけるなよ。噂が飛んできたのは被疑者の身上が身上だったからに決まっている。被疑者は成沢姓を名乗っているが、三十年前は園部郁美。あの〈死体配達人〉こと園部信一郎の母親だ。いや、今は弁護士御子柴礼司の母親と言うべきかな」

やはりその話題だったか――槙野は合点して額田を正面から見る。言葉から心情を推し量れないのなら顔色を窺うしかない。

「ええ、所轄の世田谷署もそれを知って驚愕《きょうがく》したみたいですね。署長がわざわざ連絡をくれましたよ」

七月四日、妻の郁美によって通報がもたらされた成沢拓馬の自殺。世田谷署の捜査員が検視官とともに駆けつけてみると状況は典型的な首吊り自殺で、縊《い》死《し》の鑑別点の八つを満たしていた。遺書も残っていたので、いったんは事件性なしと判断したのだが、鑑識からの報告が事態を一変させた。

「明らかに偽装という証拠物件が出ましたからね。自殺案件はあっという間に遺産目当ての偽装殺人に切り替えです。本人から自白を引き出したら即日逮捕、送致の流れですよ」

「君の心証はどうだ」

「取り調べた限りでは真っ黒ですね」

「被疑者に弁護士はついているのか」

「いいえ、まだ。別居している娘が弁護士探しに奔走しているようですが、まだ決まったとは聞いていません」

「御子柴が立つと思うか」

郁美の事件に触れるなら、避けて通れない話だろう。

「可能性はあるでしょうね。肉親の弁護を禁じる条文もありませんし、自分の実母が起訴されているとなれば助けようとするのが人情でしょうから。それはかつての〈死体配達人〉でも同様でしょう」

実際、成沢郁美の線から園部信一郎の名前を知らされた時は槙野も仰天したものだった。かつて日本全国を恐怖と不安に陥れた〈死体配達人〉。昭和六十年の事件だからまだ槙野が生まれて間もない頃だが、昭和の重大事件として書物や司法研修所の講義で何度も見聞きした。だがそれよりも驚愕したのは、近年その事件の犯人だった園部少年が御子柴と名前を変え、弁護士として悪名を轟かせていたことだ。

まさか自分の敵方に〈死体配達人〉が潜んでいたとは——いつかは法廷で相見《あいまみ》えると思っていたが、まさかこの事件で名前を耳にするとは予想だにしなかった。

「わたしも君と同じ読みだ。誰も手を挙げなければ、最終的に彼が弁護に立つ目算が大きい。もっとも彼が受任する動機については、いささか意見を異にするが」

「しかし、どうして額田検事が彼の存在を気にするんですか。可能性がないとは言いませんが、最高裁までもつれるような案件ではありませんよ」

「君は法廷か、あるいはそれ以外で御子柴と接触したことはあるか」

「いいえ。幸か不幸か、今まですれ違ったことさえありません」

「そうか。だったらここまで来た甲斐《かい》がある。要らぬお世話だとは思うが助言に来た」

「助言ですって」

「本当にお節介な話さ。まだ彼が受任すると決まった訳でもないのにな。だが、もしあの男を相手にするのなら事前情報はないよりもあった方がいい。特に君のように感情を剝《む》き出しにする人間には、一番扱いづらい相手だ」

言葉の意味するところは、すぐに思い当たった。

「ああ。以前、彼とは法廷でやり合った」

「勝敗は」

「言いたくはないが、完敗だよ。有罪間違いなしの事件をいとも簡単に引っ繰り返された。上告案件だから確定判決食らって大黒星決定。お蔭で何ヵ月かは法廷に立たせてもらえなかった」

「ちょっと信じられませんね。額田検事が完敗だなんて。相手は、御子柴弁護士はどんな手を使ってきたんですか」

「使えるものは全て、だな」

額田は懐《なつ》かしい傷に触れるような物言いをする。

「証人に対する同情と共感、誘導、錯誤はもちろん恫喝《どうかつ》に近いこともする。理論も講じるが、法廷の空気を塗り替えることに長《た》けている。わたしの時には、選りによって最高裁法廷に身《み》の丈《たけ》ほどもある医療機器を証拠物件として登場させた。裁判長以下、出廷していた人間は全員、度肝を抜かれたものだ」

「さぞかし壮観だったでしょうね」

「裁判長は実務派で知られる眞鍋睦雄《まなべむつお》長官だったが、その長官が気色ばんでみせても彼は眉一つ動かさなかった。ハッタリというか舞台度胸というか、あれは弁護士というよりも詐欺師に近いな。それじゃあ、その詐欺師にしてやられたわたしは何なんだという話なんだが」

「聞いていると、ハッタリと目晦《めくら》ましが得意なようですね」

「そんな風に考えていると火傷《やけど》するぞ。派手なパフォーマンスは全て理論武装と類い稀《まれ》な交渉術に裏打ちされたものだ。後で他の同僚からも聞いたが、緩急織り交ぜて色んな球を放ってくる。とにかく、今まで君が相手にしてきたような凡百の弁護士と同列に扱わないことだ」

額田は法廷内と同様、法廷の外にあっても大袈裟《おおげさ》な表現や人を煙《けむ》に巻くような言い方をしない男だ。その額田がこうまで言うのなら、やはり御子柴という弁護士を侮る訳にはいかない。

「君の心証がクロなのは分かった。それで公判を有利に維持できるのか」

「被疑者には動機、方法、チャンスの三つが揃《そろ》っています。これに自白調書が加われば鉄壁ですよ」

「鉄壁か。わたしも最初はそう思った。あの時間に戻れるものなら、自分自身を張り倒してやりたい」

額田は口角を上げてみせたが、笑っているのは口だけだった。

「仮にこの事件で彼が弁護に立ったとしたら何が予想できる」

「御子柴弁護士の出自は既にマスコミを通じて知られています。被疑者成沢郁美との関係も、早晩喧伝《けんでん》されることになると思います」

被告人の素性を検察側が故意にリークせずとも、新聞や出版社の司法担当には滅法鼻の利く記者が何人もいる。彼らにかかれば、二人の関係が暴《あば》き立てられるのも時間の問題だ。

「だろうな。母子二代による殺人の系譜、この母にしてこの子あり。思いつくだけでも胸糞《むなくそ》の悪くなるようなキャプションが並ぶ。そして、大衆はそのテの扇情的な話が三度の飯より好きだ。初公判の日、傍聴席を求める人の列が今から目に見えるようだ」

「否《いや》が応《おう》でも世間の注目を浴びる訳ですね」

「それに加えて彼が弁護に立ってみろ。因縁話《いんねんばなし》に歪んだ家族愛まで絡んで、一層下世話な興味が掻き立てられる。法廷画家や下衆《げす》な傍聴人のブログは引きも切らなくなるだろう。それこそ一挙手一投足を衆人環視の下に晒《さら》されるようなものだ。検察はたった一つのミスも許されない。万が一有罪にできなかったら、担当検事のみならず、何人かの処遇に関わってくるかもしれん」

不気味な言説に、ぶるりと肩が震えた。

そこまでは考えていなかったのだ。

「わたしがお節介を焼きに来た理由、分かってくれたかな」

「ええ……恐竜並みに感覚の鈍《にぶ》いわたしにも、充分理解できました」

「検察として、今から打てる手があると思うかね」

「被疑者を丸め込んで、早々に御子柴以外の弁護士を選任してもらう……できればこちらが御しやすい相手が理想ですね」

「被疑者の娘が弁護士探しに奔走しているが、まだ手を挙げた者がいない。君はそう言ったが、実状を知っているか。依頼された弁護士全員が、被疑者の出自に惧《おそ》れをなしたからだ。これまでも重大事件に関わって、弁護士が世間から石を投げられることがあったが、この事件はその比じゃない。御子柴弁護士自身、同業者から蛇蝎《だかつ》のごとく嫌われているから余計にそうだ」

「すると、ますます御子柴が弁護に回る可能性が高いということですか」

「少なくともそう観測している同僚は多い」

歯切れの悪さにぴんときた。

「先輩は……額田検事は別の観測をしているんですか」

「わたしだけじゃなく、彼と闘った検察官はみんな似たような感触を持っているんじゃないかな」

「どんな感触ですか」

「彼に世間一般の理屈や常識は通用しない。従って、家族だからという理由で弁護を引き受けるとは思えない」

何を言い出すのだろうか。

「納得がいかないという顔をしているな。しかし、これは法廷で彼と闘った上で得た実感だ」

「しかし仮にも母子なんですよ。母親が被告人で息子が弁護士なら当然……」

「彼の中に流れている血は、果たして赤いのだろうか」

「えっ」

「彼が過去に犯した事件を知れば知るほど、そんな妄想じみたことを考える。もし彼が受任するとしたら、おそらく血縁以外の理由だ。そして彼を被告人の息子という認識で公判のシミュレーションをしているのなら、今から改めた方が無難だ。彼を普通一般と同等に扱うな」

「……心しておきます」

「長居をして、貴重な時間を潰してしまったな。この埋め合わせは別の機会にさせてもらうよ」

最後にそう告げて、額田は部屋を出ていった。

応接室に一人残された槙野は、額田との会話を反芻《はんすう》する。

近所に住む顔見知りの五歳女児を解体し、その一部位ずつを郵便ポストや賽銭箱《さいせんばこ》の上に配達して回った十四歳の少年。古い事件だが、その重大性によって捜査資料の大部分と供述の記録は閲覧可能になっている。確かに読めば読むほど、人間の理性というものに自信がなくなってくる。教育や家庭の無力さを思い知らされる。

世間が十四歳の殺人者園部信一郎を怖《おそ》れた理由は、彼が異常者だったからではない。彼を知る者から人となりを聞く限り、園部信一郎はどこにでもいるような、ありふれた少年だった。本をよく読み、快活とまでは言えないものの、普通に友だちを持ち、真面目《まじめ》に登校し、真面目に授業を受けていた少年だった。その普通さが世間を震え上がらせた。いつ自分の子供が第二第三の園部信一郎になっても不思議ではないと思わせたからだ。

槙野は当時の親たちの気持ちが理解できた。子供を持ったことはないものの、人という生き物の暗黒面を理解したつもりでいた。

だが、本当に理解していたのだろうか。

本当に園部信一郎というのは、どこにでもいる普通の少年だったのだろうか。

額田の話に聞き入っているうちに、自分は長い間勘違いをしていたのではないかと思い始めてきた。

『彼を普通一般と同等に扱うな』

事件発生当時、あまり行儀のよくない週刊誌がそれと酷似したキャプションを用いていた。

『その少年は〈モンスター〉だった』

三十年の時を超えて、己の尊敬してやまない検事と扇情的なマスコミの言説が一致した。自分は額田の忠告に従って認識を改めなければならない。

園部信一郎、いや、御子柴礼司は本当に怪物なのかもしれないのだ。

急に不安を覚えた槙野は、事件を担当する世田谷署強行犯係の久慈元成臣《くじもとなりまさ》を呼びつけた。電話で連絡してから一時間ほどで久慈元は槙野の許に到着した。肩書は警部。実直な性格で、何度も顔を合わせているので気心は知れている。成沢の事件でも郁美の取調担当だった。

「成沢事件の件でしたね。あれはつい先週送致したはずですが」

成沢の死体が七月四日に発見され、捜査を開始して十二時間後に自殺を偽装した疑いが浮上した。翌五日に妻である郁美を逮捕。勾留《こうりゅう》期限の四十八時間以内に自白させようとしたが叶《かな》わず、被疑者否認のまま検察に送致したという経緯がある。

検察に送致された被疑者は検察官による取り調べを受け、その結果検察官が身柄拘束の必要を判断した場合には裁判所に勾留の請求を行う。成沢郁美もこの例に洩《も》れない。

そして裁判所が勾留を決定すれば十日間、延長すれば更に十日間の身柄拘束ができる。検察はその期間内に被疑者を起訴するかどうか処分を決定しなければならない。槙野自身も郁美を取り調べ、やはり自白は得られなかったが、その他めぼしい証拠が揃っているので起訴を決めていた。

「齢の割に、いや、あの齢だからと言うべきかなかなかしぶとく、まだ口を割らない」

「ははあ、槙野検事が相手でも駄目でしたか。まあ、あの〈死体配達人〉の母親ですからね。園部信一郎も当初はだんまりを決め込んでいたようですから、母子揃ってということですかね」

「息子のことはいったん忘れましょう。今は郁美本人をどう突き崩すかを考えたい。どのみち起訴はしますが、やはりその前に自白調書を取っておきたい」

「しかしあの婆《ばあ》さん、相当に頑固ですからね。ブツを目の前に広げて見せても、知らぬ存ぜぬの一点張りで、とりつく島もありませんでした」

「それは送致されてからも同様でしたよ。DNA鑑定の正確さをいくら説明しても聞く耳を持っていなかった」

当初、成沢が自殺と目されていたのには理由がある。一つは現場に立ち会った検視官が作成した検視報告書だ。その報告書には、縊死の鑑別点として次の八つが網羅《もうら》されていた。
（1）索溝＝索痕は斜め上方に走り、交叉部《こうさぶ》はなく、喉頭部《こうとうぶ》の上を通過している。縊死による索痕は体重が最もかかる部位を最下点としてそこから反対側に向けて上がっていくので条件に合致する。
（2）顔面の鬱血《うっけつ》はなし。手あるいは腕で絞める扼殺《やくさつ》や紐《ひも》状のもので絞める絞殺の場合は、静脈の血流が阻害される一方で動脈のそれは維持されるので、一方的に血が顔面に流れて鬱血するのだが、成沢の場合はそれがない。
（3）結膜溢血点《いっけつてん》なし。顔面が鬱血するとあちこちで毛細血管が破綻《はたん》して点状出血を伴う。結膜溢血はその一つだが、成沢の死体にはこれがない。
（4）死斑《しはん》。成沢の死体は死斑が下位部に集中している。これは死亡してからずっと吊り下がっていたことを意味している。死体の移動は考えにくい。
（5）皮下出血なし。もしも扼殺や絞殺であった場合、相手の手や索条を取り払おうとして、本人の爪《つめ》による防御創が残ることがあるが、成沢の死体にはこれがない。
（6）糞尿失禁。死体は糞尿失禁し、死体の真下には糞尿が残存していた。これは死亡してから死体が移動していないことを証明する。
（7）懸下箇所には索条による陥凹が見られる。首を吊った際、自重が喉下部にかかった証拠だ。
（8）骨折あり。ここで言う骨折とは舌骨・甲状軟骨の骨折を指す。これらの骨は圧迫される部位かそれよりもやや上方に位置しているため、しばしば折れる。成沢の例もこれに洩れない。
以上八つの鑑別点は、成沢の死体が縊死であることを雄弁に物語っていた。

そしてもう一つの理由は遺書の存在だ。成沢の死体がぶら下がっていた近くに封書が落ちており、中から遺書が出てきたのだ。

七十五歳の成沢は寄る年波で、私信もキーボードに頼っていた。ただし本文はワープロで打つが、末尾の署名だけは手書きで通していた。発見された遺書もまさにその仕様で、体力気力の衰えを理由に死を決意した旨が連綿と綴《つづ》られた後、末尾には流麗な文字で本人の署名が為されていた。この署名は他の文書類にあった本人の筆跡と一致したので、遺書も本物であると判断された。

それら盤石の証拠を容易《たやす》く引っ繰り返したのが自殺に使用された縄だった。仔細《しさい》に調べてみると、縄の先端から人のものとみられる皮膚片が採取され、ＤＮＡ鑑定したところ郁美のものと判明したのだ。

当初、縄には指一本触れていないと証言していた郁美だったが、皮膚片が採取されたことを問われると縄を解こうとして触れたなどと供述を翻《ひるがえ》した。だが縄を結わえている鴨居には郁美の背では届かない。しかも皮膚片の付着していた部分は縛り目の内側に隠れていたので、この供述も信用するに足らない。

　そうなると遺書も眉唾《まゆつば》な証拠になる。そこで鑑識が入念な鑑定を行ったところ、署名部分は筆記具のインクではなく、カーボン紙のインクであることが判明、慌てて死体を司法解剖に回すと成沢の体内からは多量のアルコールが検出され、この時点で郁美への容疑は決定的となった。

　世田谷署の読みはこうだ。まず郁美は成沢を酔わせ、人事不省に陥らせる。次いで首に縄を巻き、端を鴨居に通して成沢の身体を吊り上げる。こうすれば自殺による縊死と偽装できる。遺書は予《あらかじ》め本人が私信を認《したた》める際、署名部分だけが転写されるように最終ページの裏にカーボン紙を忍ばせておく。署名部分が転写できたら、余白部分に本文をワープロで打つ。これで立派な遺書の完成だ。

　ただし、この見立てに疑義を唱える者もいた。女の力で大の男一人を吊り上げられるかどうかという疑問だ。これについては一人の捜査員が家宅捜索でお宝を発見してくれて解決を見た。その捜査員は納戸から便利な道具を見つけたのだ。

　吊り金車という滑車の一種だった。滑車を支える金具の上がフックになっており、引っ掛ける場所さえあればどこでも滑車を利用できる。郁美はこの吊り金車を鴨居の上部に取り付けて、成沢の身体を吊り上げたものと推測できる。これなら女の細腕でも作業は可能だ。幸いなことに、鴨居の上部にはこの吊り金車を取りつけた痕跡《こんせき》が残っていた。

　動機は言うまでもなく財産目当てだ。元より成沢と郁美の出逢《であ》い自体が胡散臭《うさんくさ》い。二人が出逢ったのは熟年同士の婚活パーティーの席で、成沢の方からアプローチをかけてきたのがきっかけだったというが、これも郁美の証言なので全面的に信用することはできない。捜査員は、最初から財産目的で郁美から成沢に接近したものと踏んでいる。

「動機と方法、それにチャンスと三拍子揃っている。これでも充分に闘えるが、欲を言えば自白調書が欲しかったですね」

「わたしたちも一緒ですよ。こちらへ送致する前に是が非でも自白を取りたかった。証拠も揃っているしあの通りの老齢だから時間の問題だと高を括っていたんですが……」

高を括っていたという点では槙野も同様だった。一見善人そうな面立ちと上品な喋り方で与《くみ》しやすしと油断したのが躓《つまず》きの元だったのだ。成沢との出逢いから結婚生活まで、支障のない質問には訥々《とつとつ》とながらも応じる癖《くせ》に、犯行に関する話になると頑として否認する。

酒は夫が進んで口にした、夫の首に縄を掛けた覚えも吊り上げた覚えもない、遺書は見たことも聞いたこともない。財産目当ての結婚と言われれば否定しない。でもこんな齢になって老後を心配しない女なんていない。成沢に惹《ひ》かれたのは一つに資産家だったからだ。でもあたしは絶対にあの人を殺してなんかいない。朝起きてみたら居間で首を吊っていた。あたしは怖くなって死体には触れもせず、警察を呼んだのです――。

同じ供述の繰り返しに業を煮やし、証拠物件の数々を突きつけると今度は押し黙る。気丈というよりは強情、強情というよりは海千山千のしたたかさを見せつけられた思いだった。

こうして久慈元と供述内容を擦り合わせてみると、警察でも検察でも郁美の否認の仕方が一貫しているのが分かる。こうした態度を取る被疑者は二通り、よほど度胸があるか、あるいはよほど計画を練った上で犯行に臨んでいるかのどちらかだ。

「被疑者の弱点みたいなものはありませんか。梓という娘がいましたよね」

だが久慈元は力なく首を横に振る。

「幼子《おさなご》なら駆け引きに使えるんでしょうが、娘は四十過ぎでしかも独身。自活しているから弱みになりません。残る親族といえば例の弁護士先生ですが、こっちの方は別の意味で弱みになり得ない。下手すれば逆に向こうの盾になりかねない」

槙野は内心で付け加える。

盾どころか矛にもなりかねない男なのだ。

「まだ郁美と御子柴は接触していないんですよね」

「ええ。自白を引き出すのなら今を措《お》いて他にないのですが……娘は賢《さか》しらにも国選を嫌がっているようです。被疑者ともども法廷で争う気満々なんでしょう。実はウチの捜査員を娘に張りつかせているんですが、今朝がた御子柴の事務所を訪ねたようです」

「……それを早く言ってください」

梓が兄を訪ねた目的は間違いなく弁護依頼だ。もう敵は最悪のタッグを画策している。急がなければ後手に回る。一刻も早く郁美から自白を引き出さなければならない。

しかし、どうやって。

槙野は努《つと》めて焦燥を面に出すまいとした。

4

御子柴はクルマから世田谷署の前に降り立つ。

ここの留置場に郁美が勾留されているはずだった。

裁判所によって勾留の認められた被疑者は、本来捜査機関と独立した刑事施設に移されるのが相当なのだが、刑事収容施設法では警察署内の留置場の代用を認めている。所謂《いわゆる》代用監獄制度だ。この制度下では警察と検察が際限なく被疑者を取り調べることができるため、冤罪《えんざい》の生まれる遠因として国際人権規約委員会に糾弾されているにも拘わらず、日本はその存続を逆に強化している。

代用監獄。聞くだに禍々《まがまが》しい響きだが、被疑者の人権などに興味のない御子柴には単なる単語でしかない。興味が湧くのは、そこに依頼人がぶち込まれている時だけだ。

庁舎の中に足を踏み入れ、早速留置管理課の窓口で来意を告げる。だが窓口担当者の態度が不審だった。あれこれと言葉を弄《ろう》するばかりで、なかなか御子柴を案内しようとしない。

「何か手続きに問題でもありましたか」

仮に郁美が接見禁止になっていたとしても、弁護士だけは接見が可能だ。こちらが弁護士であることは身分証明書の提示で事足りており、事前に連絡もしている。御子柴の方に落ち度はない。

「いや、まだ取り調べの最中なもので……」

「ご存じだろうが、被疑者が接見よりも取り調べを優先させたいと意思表示しているのならともかく、そうでなければ接見拒否と見做《みな》しますよ」

「検事調べですよ」

検事調べなら接見よりも優先順位は上になる。なるほど接見させない理由としては及第点をやってもいい。

だが如何《いかん》せん詰めが甘い。窓口担当に老練な者を置かなかったのも減点対象だ。

「被疑者の担当は槙野春生検事と聞いている。しかし槙野検事はつい五分前、霞が関の庁舎に在室しているのを確認している。霞が関から三軒茶屋まで五分というのは、いったいどんな交通手段を使ったのかな」

途端に窓口担当者は目を泳がせ始めた。

最初に御子柴を見た時の反応が、既に怪しかった。接見に訪れた弁護士を見る目ではなく、犯罪者を見る目そのものだった。二重に悪名高い御子柴という男への印象がそのまま顔に出ている。窓口担当者としてこれほど不適格な人間はいない。

「……少々お待ちください」

窓口担当者は不愉快さを隠そうともせず、傍《かたわ》らの電話機に手を伸ばす。おそらく責任者に判断を委ねているのだろうが、自分の権限のなさを部外者に曝《さら》け出してしまうのも同じく減点対象だ。

「それでは、こちらに」

付け加えるなら、槙野検事が東京地検に在室しているというのは御子柴のハッタリに過ぎない。どうせ窓口担当者の言う検事調べもその場しのぎの虚偽と推察したから、こちらも虚偽で返したまでだ。その真偽の確認すら怠っての判断も拙速に過ぎる。

まだ選任手続きも済んでいないうちから警察と検察が御子柴を警戒しているのは、起訴するのに充分な要件が揃っていないからだろう。これは梓の面会を拒否した件からも容易に想像がつく。検察側とすれば手持ちのカードが十全ではない時に、被疑者に要らぬ知恵をつけてほしくないに違いない。

そして言い換えるなら、これは弁護する側にとって好機ということでもある。

好機だと。

では何故、いつものように心が躍らないのか。相手よりもポイントを先取する快感を覚えないのはどうしてだ。

接見室に通され十分ほど待っていると、やがて留置係員とともに中肉中背の女が姿を現した。女は御子柴の記憶の中にある郁美とずいぶん印象が違っていた。髪はすっかり白くなり、指先は枯草のように水気を失っている。背を丸くして歩いている姿は年齢相応の〈老婆〉という言葉がぴったりだ。

ただし窪《くぼ》んだ眼窩《がんか》の奥に潜む目だけは昔のままだった。

ウサギやリスといった小動物のように、いつも何かに怯《おび》えている目。相対する者に決して全幅の信頼を置くまいと警戒している目。その目が御子柴を捉《とら》えると、一瞬大きく見開かれた。

半ば訝《いぶか》しげに驚いている表情から、アクリル板の向こう側に座っているのがかつての息子だと認識しているらしきことが分かる。おそらく留置係員か他の署員から事前に教えられたのだろう。

郁美は視線を御子柴に固定したまま、恐る恐るといった体《てい》でパイプ椅子に座る。

「信一郎……？」

やっとの思いで絞り出した言葉だろうが、御子柴には想定内だった。

三十年ぶりの母と子の対面。しかし胸に湧き起こるのは、後悔にも似た失意でしかない。

「さっき、ここの人から話を聞いて……今は弁護士をしているんだって？　弁護士なんてそうそうなれるもんじゃないだろうに、よくここまで……」

　こんな時に愁嘆場を演じられては敵《かな》わない。御子柴は片手を上げて郁美の言葉を遮《さえぎ》った。

「悪いが、わたしについての詮索《せんさく》は後にしてくれませんか。ここへは仕事で来ている。あなたの娘、薦田梓からあなたの弁護を依頼されたのです。最初にはっきりさせておきたい。あなたの弁護人としてわたしを選任するかどうか」

　郁美は御子柴の顔を窺うように覗き込む。

「知らないだろうから言っておくが、わたしは高い報酬を取ることで悪名を馳《は》せている。だがその代わり、受任したからには必ず依頼人に利益をもたらす。高い弁護料はその証でもある」

「高いって、どれくらい？」

「まず着手金として百万円、不起訴になった場合は二百万円。無罪判決か執行猶予を勝ち取った場合は成功報酬として一千万円、もちろん交通費や文書代、出廷費用は必要経費として別途いただく」

　郁美が目を剝いた。当然だろう。通常の刑事事件の場合、着手金の相場は二十万円から三十万円だ。ところが御子柴のそれは三倍から五倍、成功報酬もその水準で価格設定してある。

「払えますか」

「主人名義の有価証券を処分すれば……」

「よろしい」

「でも、まだ着手金は払えない」

「では貸しにしておこう。無罪になって出られたら、その時に支払ってくれればいい」

　御子柴は持参したカバンの中から一葉の文書を取り出して、アクリル板の前に翳《かざ》してみせた。

「弁護人選任届だ。ここの部分にあなたの名前を書いてくれればいい。後でそちらに渡す」

郁美はまじまじと選任届に記載された弁護人名を見つめている。

「御子柴、礼司」

「紹介が遅れたが、それがわたしの名前だ。これ以降はその名前で呼んでほしい。他の名前では一切応じない」

「信一郎というのは」

「その名前は、もうこの世に存在しない。そう思ってくれて結構だ」

何故か郁美は恨めしそうな目をする。

御子柴にはその心理が理解できない。園部信一郎との訣別《けつべつ》を願っていたのは、そちらの方ではないか。

またぞろ昏い感情が胸の底に下りてくる。家族に対する侮蔑と疎外感。放っておくと際限なく広がっていくので、御子柴はすぐに気持ちを切り替える。

「承知しているだろうが、契約上あなたとわたしの関係は被告人と弁護人というだけで、それ以上でもそれ以下でもない。そう割り切らないと、長い公判を闘えなくなる。いいですね」

「……はい」

「質問に移ります。あなたは自分がどんな容疑で勾留されているかを理解していますか」

「成沢拓馬を殺した容疑です」

さあ、ここだ。

この回答如何で弁護方針が決まる。

「あなたは成沢拓馬氏を殺害したんですか」

「違います」

郁美の声は俄に明瞭《めいりょう》になる。

「あたしはやっていません。あたしが目を覚まして成沢の姿を探していたら、居間の鴨居から首を吊っていたんです」

「成沢拓馬氏は資産家だそうですが、あなたはどんなきっかけで彼と知り合ったのですか」

再び郁美の声が不明瞭になる。

ああ、そうだ。

この女はこんな風に喋る女だった。

成績のこと、教師のこと、友人のことを息子に意見する時も口の中でもごもご愚痴っぽく言い募《つの》るだけだったのだ。

郁美の説明によるとこうだ。

御子柴の事件が起きて一年後、夫の園部謙造が自殺し、受け取った死亡保険金で慰謝料の一部を支払うと、郁美は梓を連れて福岡の家を出た。事件の内容が内容なだけに親族を頼ることもできず、何ヵ所かを転々としたらしい。二人が旧姓の薦田姓を名乗り、北関東に落ち着いたのは平成になってからだ。

梓は就職すると自立するために郁美の許を離れた。郁美の方にしても食い扶持《ぶち》が減るのは願ったり叶ったりだっただろう。この年を境に園部の一家は離散状態となる。

郁美はパートやバイトをこなしながら日々を過ごしていく。気がついてみれば独身のまま古希に近づいていた。国民年金の納付は規定に足らず、いずれは生活保護の申請も考えなければならない。

先の見えない老後ほど不安なものはない。どうしようどうしようと惑い悩むうち、郁美はネットで熟年者対象婚活パーティーの存在を知るようになる。藁《わら》にも縋《すが》る期待と何十年ぶりかの昂揚感を胸に会場へ出掛け、そこで出逢ったのが件《くだん》の成沢拓馬だった。

「自分の過去を打ち明けたのですか」

被疑者と被害者の関係を把握する上で必要な聴取事項だったが、個人的な興味は否定できなかった。

「結婚を申し込まれた時に打ち明けました。あたしの旧姓と、福岡で起きた事件のことを。それでも成沢は構わないと言ってくれました」

「奇特な人がいたものだ」

それは御子柴の本心だった。

「あたしもそう思いました。この機会を逃したら、今後はこんな人に絶対巡り合えない……そう思ったので再婚を決意しました」

「成沢氏が資産家であるのを知ったのは、どのタイミングでしたか」

「……ひどいこと訊くのね」

「仕事ですから」

「初めて成沢の家にお邪魔した時よ。それまでは上品な紳士くらいにしか思っていなかったけど、世田谷のど真ん中で結構な大きさの邸宅だったから。その頃にはとっくに隠居していたけど、元は大手企業の役員さんを務めていたんだって」

郁美の鼻が微《かす》かに膨《ふく》らむ。白馬の王子だから結婚したのではなく、結婚を決めた相手が白馬の王子だったと言いたい訳か——御子柴は意地の悪いことを考えてみる。

「夫婦仲はどうでしたか」

「齢を食ってからの夫婦だもの。合わないところはお互いに合わせようとしたし、無理に我慢することも無理に出ることもしなかった。再婚同士だったから前の教訓を生かせたお蔭かもしれない」

実の息子であれば何かしらの感想を持つところだろうが、目の前で惚気《のろけ》を聞かされても一ミリも心が動かない。

「死体発見時について、警察にはありのままを供述しましたか」

「はい」

「それなのに、何故あなたは逮捕されたのですか。警察はあなたが成沢氏を殺害したと立証できる証拠物件を握っているんですか」

「縄だそうです」

「首吊りに使用した縄ですか」

「はい。その縄の先端からあたしの皮膚の切れ端が見つかったそうです。ＤＮＡ鑑定とかで、あたしのものに間違いないと判定されたそうです」

「あなたは実際に、その先端を握ったのですか。皮膚片が付着するとなると、かなり強い力、たとえば綱引きのような使い方をしないとそんな状況は生まれない。何かそれに類似することをした覚えはありませんか」

郁美はしばらく考え込んでいるようだったが、やがて力なく首を振った。

「ごめんなさい。そんな覚え、全然ない」

「警察が突きつけた証拠は他に何がありましたか」

「滑車、みたいなものです」

郁美は指を立てて、虚空にそのかたちを描いてみせる。

その時、人差し指の先端が御子柴の眼前にきた。さすがに古希に近づけばネイルをする気になれないのか、爪は小さく黄ばんでいた。

また唐突に記憶が甦《よみがえ》る。まだ御子柴があの事件を引き起こす前、郁美の指先はすうっと先細りになっていた。頰をぶたれた時、指を差された時、尖った指先はまるで凶器のように映った。

郁美が宙に描いた滑車は金具の先がフックになっていた。所謂吊り金車という種類の滑車だ。

「これを鴨居の上に取りつけると、女のあたしでも楽々男の人の身体を吊り上げることができるんだって」

言わずと知れた滑車の原理だ。確かにこれなら力の弱い老人でも力仕事が可能となる。

だが一方で拭《ぬぐ》い難い違和感も生じる。そんな重大な証拠物件を、何故家の中に残しておいたのかという疑問だ。下手に処分しようとすれば、そこから滑車を使った作業が露見する惧れがある。だから何気なく仕舞っておくという理屈も理解できない訳ではない。しかしそれを差し引いて考えても、あまりに杜撰《ずさん》な気がする。

御子柴は郁美が成沢の身体を吊り上げる光景を想像してみる。本人が無実を主張する以上弁護人は否認事件として闘うまでだが、心底被告人を信用する義務はない。今回の事件は尚更だ。部分では知恵が回るものの細部の詰めが甘く、折角の目論見をその一穴から台無しにしてしまう――今度の事件の態様をひと言で表せばそういうことになる。そして、それこそが郁美の性分だった。食事の献立《こんだて》に掃除・洗濯、そして買い物。行動を起こす前にあれこれと予定を立てるのはいいが、いつもどこかで何かを失念し、全体の計画を狂わせてしまう。そんなことを、もう何度繰り返してきたことか。従って、今度の事件が郁美による殺人であったとしても、御子柴は容易に納得してしまうだろう。

「その滑車を以前に見掛けたことはあるんですか」

「いいえ、見ていません。だから刑事さんに実物を見せてもらっても、何も答えようがなくって……」

御子柴は訥々と話す郁美をじっと観察し続ける。

弁護士稼業を始めて二十年、今まで面談してきた依頼人の数は五百か千か。その中には正直者もいれば嘘吐きもいた。元から嘘が苦手な人間と、まるで呼吸をするように嘘を吐く者がいた。自分のために嘘を吐く者と、他人のために嘘を吐く者がいた。

弁護士というのは、詰まるところ依頼人の嘘を見抜く商売だ。何も虚偽を糾弾しようというのではない。依頼人が故意に吐いている嘘と無意識に吐いている嘘を見分け、依頼人の利益になる落としどころを探してやる商売なのだ。

真偽を見極める鍛錬を続けてきたので、大抵の嘘は見破る自信がある。では疑惑の目で郁美を見た時、この女の語っているのは真実なのか、それとも虚偽なのか。そして虚偽だとすれば、いったい郁美はどんな嘘を吐いているのか。

郁美は嘘が下手だったのか、上手だったのか。

いや、そもそもよく嘘を吐く人間だったのか――。

駄目だ。

胸の裡《うち》で御子柴は歯嚙《はが》みする。記憶の中の郁美が明確な像を結ばない。目の前にいる本人を眺めていても、いつものセンサーが働かない。

「他には何を質問されましたか」

「成沢の現金や預金、有価証券を管理していたのは誰だったかって」

「誰が管理していたんですか」

「全部、成沢でした。あたしは買い物の時、必要な金額を言いさえすれば、成沢が現金を渡してくれたんです」

「じゃあ、預金通帳や有価証券の保管場所はどうでしたか」

「それは手提げ金庫の中に仕舞ってありました。だけど金庫の暗証番号はあの人しか知りません」

「事件当日、家の戸締まりは万全でしたか」

「前の日の晩、玄関と裏口はあたしが施錠しました」

外部から何者かが侵入した可能性は小さいということか。

「成沢氏に、他に血縁者はいませんか。相続の対象になるような親族です」

「前の奥さんとは死別していて、子供もいません。本人も、近しい親類縁者は先に逝《い》ってしまったとよく話していました」

つまり相続の恩恵に浴することができるのは郁美だけという意味だ。

施錠された一軒家の中、被害者以外にいたのは郁美ただ一人。しかも郁美は唯一の遺産相続人ときている。

よくもまあ悪い条件が重なったものだ。これでは誰が裁判官席に座っても心証は真っ黒ではないか。

落ち着け、と御子柴は自分に命じる。

状況に呑まれるな。

弁護の盾となる材料を見極めろ。

「結婚してるの？」

不意を突いて、とんでもない質問が飛んできた。思わず郁美を睨《にら》みつける。

「事件に関係のない話は慎《つつし》んでくれ。時間の無駄だ」

「でも、あたしが一方的に話すだけじゃ……」

「依頼人は話すだけ。弁護人は指示するだけ。依頼人と弁護人の関係とは、そういうものだ」

郁美は再び恨めしげな視線で御子柴を見る。

「頑《かたく》なところは変わっていないのね」

「何度も言わせないでくれ。あなたの知っている園部信一郎という人間は、もうこの世にいない。あなたの目の前に座っているのは全く別の人間だ」

「別の人間だから、園部信一郎だった頃の責任もなくなったと言うの」

責任だと。

御子柴は不意に襲ってきた昏い怒りで我を忘れそうになる。

まさか自らの死を以《もっ》て、請求された慰謝料の一部を支払ったのが責任だと言うつもりか。

父親が自死した後、世間からの糾弾に耐えきれず母娘で逃げ回ったのが責任だと言うつもりか。

「もう供述調書に署名してしまったのか」

「いいえ。あたしは成沢を殺していないもの。検事さんが本当にしつこいけど、身に覚えのないことだから」

「それでいい。検察官が手前で勝手に作文するかもしれないが、署名押印は断固拒否してください。もし二進《にっち》も三進《さっち》もいかなくなったら、弁護士を呼んでくださいと言えばいい。それこそ馬鹿《ばか》の一つ覚えみたいに連呼したって構わない。くれぐれも向こうが喜ぶような真似はしないこと。相手が苦りきった顔を見せたら、自分は正しいことをしているんだと思ってください」

体裁を整えて必要なことだけを指示する。それでいつもの平静さを取り戻した。

「今日のところは、これで充分です。調査の過程でまた疑問点が出たら改めて質問します」

「あたしは、これからどうなるの」

「事件の態様と状況から推して、検察が不起訴処分にする可能性は極めて小さい。おそらく起訴されるでしょう。するとあなたの身分は被疑者から被告人となり、身柄は拘置所に移される」

「拘置所というのは、どんなところ」

「こことあまり変わらない。着るもの、食べるもの、それから日用品の持ち込みが制限される程度だ。必要なものは一覧表にして、あなたの娘に頼めばいい。拘置所に移れば家族との面会も制限付きで許される」

「信……御子柴先生は来てくれるの」

「さっき言った通りだ。調査に必要が生じれば行く。必要がなければ無駄なことは一切しない」

御子柴は郁美に喋る機会を与えまいと、話しながら席を立つ。

「受任した以上、あなたの利益のためにわたしは全力を尽くす。だが勘違いしないでくれ。仕事だからあなたを助けるだけだ。繰り返して言うが、わたしとあなたは弁護人と依頼人というだけで、他には何の関わりもない」

そして身を翻すと、一度も振り返ることなく接見室を後にした。

庁舎を出て自分のクルマに乗り込むと、やっとひと息吐いた。

顔と肩が強張《こわば》り、まるで法廷でひと仕事終えたような疲労感を覚える。たかが選任届に署名をもらい、今後の弁護について話をしただけなのに、どうしてああも緊張したのか。

予想していた通り、郁美との再会は砂を嚙むような思いに終始した。それ自体に後悔や罪悪感はない。離れ離れになった理由が異常なら、再会した理由も異常だ。

生温い雨が肌に纏《まと》わりつくような嫌悪感が未だに残る。郁美の顔も声も、思い返すだけで胸を搔き毟《むし》りたくなる。捨てたはずの過去と忘れたはずの記憶が、自分に復讐《ふくしゅう》するために墓場から甦ってきたのだと思った。

梓も郁美も、もう他人なのだ。

忘れろ。

そう念じ続けていても一向に二人の顔が頭から離れない。そこで強引に稲見の顔を思い浮かべてみると、意外なほど簡単に上書きできた。

いずれにしても賽は投げられた。ここから先はいつもと同じように反証と立証を探す旅になる。
御子柴はアクセルを踏んで世田谷署を後にした。

5

弁護人選任届は事件を担当する槙野宛《あ》てに提出され、御子柴が正式に成沢郁美の弁護人として選任された。そしてほぼ同時に、成沢の事件は裁判員裁判の対象となった。

やはり選任されるべくして選任されたか。

槙野は当該の選任届を一瞥《いちべつ》すると、机の抽斗に放り込んだ。できれば気心の知れた弁護士を巻き込んで御子柴の参戦を阻止したかったのだが、先方の動きの方が機敏だった。世田谷署からの一報を受けた時には既に遅く、郁美が選任届に署名した後だったのだ。

まあ、いい。検察官の仕事をしていればいつかは相見えるだろう相手であり、それが早いか遅いかだけの違いだ。

加えて額田の件もある。あの額田が完膚《かんぷ》なきまでに叩き潰され、一敗地に塗《まみ》れた。その相手を敵に回した段階で、胸に青く立ち上る焔《ほむら》がある。江戸の敵《かたき》を長崎で討つの諺よろしく、これはかたちを変えた復讐戦でもある。

その相手がもうすぐここに来る。裁判所の一室で、公判前整理手続をするのだ。敵方とのファースト・コンタクト。槙野は時刻を確認しながら、ゆっくりと闘志を燃やし始める。

公判前整理手続は裁判員制度の導入に先がけて新設された制度だ。裁判員の拘束日数を可能な限り短縮するために裁判官・検察官・弁護人の三者が集まり、事前に争点や証拠物件を明らかにしておく。こうすることで、公判に臨んだ際には円滑かつ迅速に審理が進むことが期待できるという寸法だ。聞くところによれば、御子柴という男はしばしば本番になってから意表を突くような証拠物件や争点に言及して相手を攪乱《かくらん》させる戦法を採っている。そういう戦略家にとって、事前に手の内を開陳させられるこの制度は鬱陶しいことこの上ないものだろう。槙野としては、不利な状況から法廷闘争を開始せざるを得ない御子柴の渋面を拝みたい気持ちもある。

午前十一時ちょうど、ドアをノックする者がいた。どうやら時間には礼儀正しい男らしい。

「どうぞ」

部屋に入ってきたのは尖った耳と酷薄そうな唇、そして何より猛禽類《もうきんるい》を思わせる目が印象的な男だった。

「成沢郁美の弁護人を務める御子柴です」

こいつがかの有名な〈死体配達人〉のなれの果てか――槙野は何気ないふりで御子柴の頭から足の爪先《つまさき》までを仔細に観察する。

仕事柄、過去に殺人を犯した者を何人も見てきた。見掛けが温和な者もいれば理性の欠片《かけら》さえ見えない輩《やから》もいる。ただし全員に共通するものがあり、その一つが目だった。人を殺した人間は、ほぼ例外なく目の色が冷えている。

ところが御子柴のそれは少し色が違っていた。ひやりとするのは同様だが、加えてこちらの胸の奥底を見透かしてしまうような理知を感じさせる。

御子柴は軽く一礼して勧められたソファに腰を据える。背丈は槙野と同じくらいだが、対面に座った御子柴はややこちらを見上げるかたちになる。

「はじめまして。事件を担当する槙野と申します。先生のお噂はかねがね耳にしており、お会いするのを楽しみにしていました」

敵とはいえ相手は年長者だ。最初は敬意を払っておくのが常識というものだろう。

「噂、ですか。どうせ碌でもない悪評でしょうが、昨今は弁護士業も宣伝広告で売り上げが左右されますから、どんなかたちであれ名前が知られるのは結構なことです」

「いやあ、辣腕《らつわん》だとか豪腕だとか、称賛する方の噂ですよ」

「それならやっかみと同じだ。悪評と変わりはしません」

即座に皮肉で切り返すのも噂通りという訳か。

「では御子柴先生。早速打ち合わせに入りましょう。わたしからお送りした請求証拠書面には目を通していただきましたか」

「証明予定事実記載書面、逮捕手続書、検視報告書、ＤＮＡ鑑定報告書、そして被疑者の供述調書、捜査の過程で収集、作成された資料。この六点でしたね」

「はい。弁護側としてはそれで充分ですか」

検察側の提示した証拠だけでは不充分とするなら、弁護側はそれ以外の証拠も開示するよう請求できる。

だがたとえ請求したとしても、現時点で弁護側に有利な証拠など存在していない。既に提出済みの六点だけで郁美に対する容疑は決定的であり、追加の証拠提出はその心証を強めるだけだ。

「充分ですよ。いずれも客観的な視点から作成された納得できるものです。ただ一点を除いては」

ほうら、来なすった。

「成沢郁美の供述調書には同意できません。被疑者が最後まで否認を続けている内容はよしとしても、あたかも彼女が謀《はかりごと》によって夫を殺害したかのような印象を与えかねない書き方になっています」

「被告人の尋問を請求することになりますね」

「望むところです」

最初から闘争モードか。いいぞ、そうこなくては。

「弁護側から証拠請求される予定はありますか」

御子柴はつまらなそうな顔を横に振る。

「現状、何を請求すればいいのかも分かりません。五里霧中といったところですよ」

その手に乗るか——槙野は心中で毒づく。そんな素振りをしておきながら、本番では意表を突くような証拠を提示してみせる。そちらの戦術は先刻お見通しだ。

「なるほど。しかし御子柴先生。これは釈迦《しゃか》に説法みたいなものですが、公判前整理手続は裁判員の負担を軽くするための制度です。後出しジャンケンのように証拠を提出されるのはこの制度の趣旨に反するものなので、お控えいただきたいものです」

「裁判員の負担軽減、ですか」

御子柴は唇の端を皮肉に歪める。

「そうやってどんどん負担を減らし、お気楽な精神状態で審理を続けることがそんなに重要なんですかね」

「御子柴先生は制度に反対なんですか」

「どれだけスケジュールに余裕を持たせたところで、所詮《しょせん》裁判員は素人です。市民感覚を取り入れ、残酷な証拠写真には目を背けるような裁判員に配慮し、分かりやすく、簡単で、案件処理の時間を果てしなく短縮させていった先にはいったい何が待ち構えているのか。いっとき、芸術や芸能の世界で素人を持て囃《はや》す潮流があったが、結局は全体のレベルを低下させ、現場を掻き回すだけ掻き回してやがて消滅していった。感覚とやらに頼り、修練を厭《いと》い、老練よりは稚拙を好み、巧遅よりも拙速を選んだら、後は緩やかに堕落していくだけだ」

御子柴は歌うように制度の欠点を論《あげつら》う。その一部は肯定したくなる主張なのでつい耳を傾けてしまいそうになるが、槙野はすんでのところで我に返る。

「ご高説はごもっともです。しかし〈悪法もまた法なり〉という諺もあります。法曹界で飯を食っている我々は、その法に従わざるを得ません。さて、それでは本件の争点はどこになるのでしょうか」

「現状、被告人は無実を訴えています。従って争点はその一点に集約されます」

「もちろん否認事件になるのは我々も承知しています。しかし具体的にどこを争うのか」

「具体的には検察側の提出した甲五号証についてです」

甲五号証とは、郁美の皮膚片の付着した縄を指す。確かにあの証拠物件が逮捕の根拠になったのだから、争点になるのは当然といえる。

「弁護方針はお決まりですか」

「それもこれからです。何しろ公判を急がせようとしている動きに翻弄《ほんろう》され、こちらは被告人と碌に歩調も合わせられない始末でしてね」

　ここであからさまな皮肉か。

　それなら、こちらも急所を突かせてもらう。

「わたしには想像もできませんが、実の母親の弁護をするというのはどんな心持ちですか。参考のために是非お伺いしたいですね」

　単なる切り返しと聞き流すかと思ったが、意外にも御子柴が反応を見せた。

「そんなものが参考になるのかな」

「下卑《げび》た言い方ですが、興味を惹かれない者はいないでしょう。週刊誌並みのセンセーショナリズムと言われればそれまでですが、公私の線引きとしても興味深い」

「だったら安心していい。これは純然たる職業倫理の問題であって、個人的な事情や心情は一切介在しない」

「一切、ですか。しかし親子関係を根本から否定することも困難なのではないですか」

「困難だと捉えるのは、困難だと思い込んでいる者だけだ」

　御子柴は槙野を正面からゆるりと見据える。

　あの、相対する者の胸の裡までを見透かすような冷徹な目だった。

「私情を切り捨てられない者は不利だ。理屈が支配する法廷では特にそうです」

「そう簡単に切り捨てられるものですか。プライバシーに首を突っ込むようで申し訳ないが、あなたの家族はあなたのために大変な苦労を強《し》いられたのではありませんか」

「それも家族という私情を捨てられなかった者たちの負債に過ぎない」

「負債ですか」

「家族の中から犯罪者を生んでしまったのなら、完全に縁を絶ってしまえば何の問題も起きなかった。もうあいつとは他人だと開き直ってしまえば、偽善者たちの追及も躱《かわ》せたはずだ。苦労を強いられたのは、世間やマスコミの糾弾にいちいち反応し、血縁者としての責任に酔い痴《し》れた代償というより他にない」

槙野はその言葉に撃ち抜かれる。

これほど手前勝手な理屈を聞かされたのは久しぶりだった。

自覚ある無責任さと、血縁の否定。まるで社会不適合者の論理ではないか。

「いつだったか、無差別な犯行を繰り返して逮捕されたニートの自己弁護に似ていますね」

「世間体や家族愛に惑わされない分、彼らは純粋かもしれない。少なくとも他者に救いを求めないだけ潔い」

「しかし犯罪者だ」

「結果論だ。家族の柵を後生大事にすることと、理性的な行動をとることは全く別の問題だ。歴史上にも親離れできずにいる猟奇殺人者がいれば、親類縁者全てを抹殺して善政を敷いた為政者もいる。家族愛というのは人の弱さがもたらすものでしかない」

御子柴の顔が嘲笑《ちょうしょう》に歪む。

「槙野検事。世の中にはこういう人間もいるのだ。わたしは成沢郁美を単なる依頼人として扱える。余計な気遣いは不要。裁判で負けるのは業腹だが、それで成沢郁美の首に縄が掛けられたところで自業自得と納得するだけだ」

言葉を失った槙野を前に、御子柴は立ち上がり悠然と踵《きびす》を返す。

「つい長話に興じてしまいました。検事の貴重な時間を無駄にしてしまって申し訳ない」

そう言い残して部屋から出ていった。

一人残された格好の槙野は崩れるようにして椅子に沈む。

問答無用で引《ひ》き摺《ず》り回されたような疲労を感じた。肩と言わず背中と言わず、怨念《おんねん》じみた重力が伸し掛かる。

今のはいったい何だ。

社会不適合者の甘っちょろい論理ではなかった。

まるで煉獄《れんごく》から生還してきた者の体験談だった。

気がつけば腋の下から、じっとりと汗が滲《にじ》み出ている。室内は肌寒いくらいに空調が効いているのに、掌《てのひら》が滑《すべ》っている。

しばらくそのままでいるとようやく人心地がついてきた。落ち着いてから最初に覚えたのは己に対する怒りだ。

馬鹿め。公判前に呑まれてどうする。

先方が親子の柵抜きで闘うというのなら、こちらも従前の闘い方で応じるだけだ。


それから約一ヵ月後の八月六日、第一回目の公判前整理手続が開始された。通常、整理手続は数回に亘《わた》って行われ、裁判官・検察官・弁護人の三者協議の上で公判期日が決定される。

弁護側はこの期間を利用して証拠集めをするのが常だ。検察側への反証材料を揃え、物証の真《しん》贋《がん》を確認し、そして弁護方針を固める。御子柴は裁判員制度に否定的のようだったが、公判前整理手続自体はその意味で弁護士側にも有利な制度と言える。

東京地裁五階にある弁論準備室には槙野と御子柴、そして三人の担当裁判官が集まっていた。

裁判官三人の顔ぶれは以下の通りだ。

まず真ん中に座っているのが本公判の裁判長を務める南条《なんじょう》実希範《みきのり》判事。任官十二年のベテランで、槙野も何度か顔を合わせている。

彼の右に座るのが右陪審の平沼慶子《ひらぬまけいこ》判事。やはり任官七年目の中堅で、彼女の顔も見知っている。

左にいるのが左陪審を務める三反園浩志《みたぞのひろし》判事補。去年任官したばかりだそうで、なるほど居並ぶ面々の中で一番緊張している様子だ。

逆に一番ふてぶてしく映っているのは御子柴だろう。起訴された事件の有罪率は九十九・九パーセント。見方を変えれば、大抵の事件は裁判所と検察庁の合議に弁護側が異議を唱えるという構図になっている。言わば裁判官と検察官は蜜月《みつげつ》の間柄にあり、こうして一堂に会すると弁護人だけが異分子のような存在になる。肩身が狭くて当然のはずだが、何故か御子柴は薄笑いを浮かべて平然としている。

メンバーが揃ったのを確認して南条が口火を切る。

「検察官と弁護人の間で事前準備は終わっていますね」

槙野と御子柴が同時に頷《うなず》く。

「それでは早々に公判期日を決定してよろしいですか」

裁判長、とすぐに御子柴が手を挙げた。

「本件は否認事件で、双方の主張は完全に対立しています。弁護人は提出された甲五号証の縄、および乙三号証の供述調書について不同意を示すものです。もうしばらく猶予をいただけませんか」

「しかし弁護人。既に争点が明確になっているのなら弁護方針も確定しているでしょう。証拠請求についても期日は締め切られています」

「重々承知しています。ただ、被告人の利益を護る立場で発言を許していただければ、本件は事件の態様以外の理由で衆目を集めています」

裁判官たちが微かな困惑を浮かべる。

何を今更。衆目を集めているのは弁護人と被告人が親子であるばかりか、弁護人自身の出自が面白おかしく取り沙汰されているせいではないか。

「世間の耳目の集まる事件だからこそ、拙速は厳に慎むべきです。裁判に参加する裁判員にも、より精神的な余裕が必要でしょう」

「弁護人。あなたの主張も分からないではないが、それでは公判前整理手続の趣旨と逆行してしまう」

「わたしは時間的な余裕ではなく精神的な余裕と申し上げました。検察側・弁護側双方の資料が充分に整ってから公判に臨んだ方が、裁判員により親切だとお思いになりませんか。彼らは法律のプロではありません。ズブの素人です。素人を相手にするのであれば、我々が過剰と思えるほどの資料や説明があってちょうどいいくらいです」

その話法でくるか。

裁判員が裁判の素人であるのはいうまでもないことで、ここに居並ぶ裁判官たちは多かれ少なかれその未熟さに迷惑をこうむっている。つまり関係者共通の被害者意識を利用した話法であり、これには槙野も舌を巻いた。

「だが案件はこれだけではない。正直言えば、裁判員裁判の対象となる事件が山積しているのが実状です。徒《いたずら》に公判期日を先延ばしすることは実務上困難です」

こうしたやり取りがあった末、第一回公判期日は十月の十五日に決定した。

二　傍聴人の悪徳

1

十月十五日、第一回公判。

東京地裁交付所の前を一瞥したが、傍聴券を求める者はさほど多くない。傍聴席が埋まるかどうかといったところか。

被告人席に座る成沢郁美が〈死体配達人〉こと園部信一郎の実母である事実を嗅《か》ぎつけたマスコミはまだない。御子柴自身、この事件が態様以外の面で衆目を集めていると嘯《うそぶ》いたがその衆目とはあくまで法曹界の面々に過ぎない。もし広く世間に洩れていたら、今頃は傍聴券の奪い合いで長蛇の列ができていることだろう。今度は犯罪少年の実母が財産目当てで再婚相手を殺し、しかもその弁護に〈死体配達人〉本人が立つ。かつてこれほど扇情的な法廷はなかったはずであり、傍聴を希望する者たちの静けさが奇跡的にさえ思える。

もちろん秘密が保たれているのを僥倖《ぎょうこう》と捉えるほど御子柴も初心《うぶ》ではない。法廷で被告人と弁護人の母子関係が必要以上に注目され、裁判員の同情を誘う可能性があるので検察側が事前に箝口令を敷いたのは充分予測できる。逆に二人の関係を暴露することが裁判で有利になるとなれば、躊躇なくリークさせる連中だ。それくらいは当然考えるだろう。

腕時計で確認すると、あと三十分で開廷時刻だった。早めに来て待合室で待機する弁護士もいるが、相手より早く到着してよいことなど一つもない。御子柴は駐車場にクルマを停《と》めてから、地階の〈Darlington Hall〉で時間を潰す。

開廷五分前、八階に上がって八〇二号法廷のドアを開ける。まだ被告人も裁判官たちも入廷していないためか、法廷にはわずかなざわめきがある。そのざわめきが、御子柴の入廷とともにひときわ高まる。

事件の関係者でもないのに傍聴席に座るのは報道関係者か下衆な傍聴マニアのどちらかだろうから、御子柴の顔と名前を知っていても不思議ではない。御子柴の本名や〈死体配達人〉の異名を囁《ささや》く声こそないものの、かつての犯罪少年を怖れ、蔑む視線がねっとりと身体に纏わりつく。構うものか。どうせ出自が知られる以前から悪徳弁護士として似たような扱いを受けてきた。旧悪が暴露されても、大して変わりはない。

改めて思うのは人の認識の浅薄さだ。弁護士なら高邁《こうまい》、〈悪徳〉の冠がつけば狡猾《こうかつ》、犯罪者なら凶悪と決めてかかる。イメージの貧困さが正確な判断の阻害要因になっているにも拘わらず、嬉々《きき》として騒ぎ立てる様は滑稽《こっけい》としか言いようがない。

傍聴人の中には当然ながら梓の顔も見える。梓は、まるで親の仇《かたき》でも見るような目でこちらを睨んでいる。今までにも似たような視線は何度も浴びたが、依頼人の親族から睨まれるのは初めての経験だった。

ふと奇妙なことに思い当たった。郁美と梓と自分、この三人が一つ同じ場所に会するのはほとんど三十年ぶりだった。

ただし御子柴に感慨らしきものは露ほどもない。パーティーで同席した者同士、共通の友人がいた程度の認識で、せめて公判中に傍聴席で妙な振る舞いをしてくれるなと願うばかりだ。

検察側の席には先に槙野が座っていた。公判前整理手続で顔合わせした時からの印象そのままだ。若さゆえかそれとも才気に走っているのか気負いが目立ち過ぎている。自分主導で話が進んでいる時は問題ないが、ひと度劣勢に立たされると途端に自制が利かなくなるのがこういうタイプだ。

槙野はこちらの存在に気づいたようだが、敢《あ》えて目を合わせまいとする。余裕のないことだ。せめて一礼を交わすくらいしてもバチは当たるまいに。

間を措かず、戒護員に付き添われて郁美が入廷してくる。まるで迷子のように法廷内を見回し、被告人席の後ろに御子柴の姿を見つけると救いを求めるような視線を投げかけてくる。

鬱陶しいと思った。

そんな目をしなくても全力で救ってやる。だが、それは依頼された仕事だからだ。血の繋がりやら過去の経緯など関係ない。いや、そんなものを介在させるのは却って弁護の邪魔になる。情状酌量《しゃくりょう》で減刑に持ち込むのなら情に訴えるのも一つの手段だろう。しかし今回の事案は否認事件だ。黒か白か、有罪か無罪か。そこに情実が斟酌《しんしゃく》される隙は存在しない。従って弁護人の仕事は検察の提示する証拠にことごとく反証を挙げていくだけだ。

郁美はおずおずと御子柴の様子を窺うように、次に傍聴席の梓を気遣うようにしながら席に座る。

やがて書記官が現れ、法廷内の人間に向かって声を上げた。

「裁判官、入廷です。皆さん、起立してください」

ややあって裁判官席の後ろから三人の裁判官と六人の裁判員が出てくる。

裁判官の三人については公判前整理手続で見知っているので、改めて観察する必要はない。御子柴は後に続く裁判員たちに視線を注ぐ。

裁判員六人の内訳は男四女二。男は七三分けの六十代、頭頂の禿《は》げた三十代、何やら不貞腐《ふてくさ》れた様子の四十代と緊張を隠しきれない二十代。女は眉間《みけん》に皺を寄せた四十代主婦風と興味津々らしいOL風の二十代。老若男女という表現がぴったりの集団だった。

御子柴の敵は槙野だけではない。ある意味、裁判官席の九人こそが最大の敵だ。この九人が郁美に抱いているであろう心証を引っ繰り返さない限り、御子柴の勝ちはない。そのためには三人の裁判官と六人の裁判員の性格と思考を早い段階で読み解く必要がある。

観察していると、裁判員六人のうち五人までが御子柴と郁美に視線を投げた。これは二人の間柄を知っているものと見て間違いない。おそらくは公判の手続の中で驚かないよう事前に教えてもらったのだろう。

南条裁判長の着席を待って他の裁判官と裁判員、次いで法廷内の全員が腰を下ろす。毎度のことながら、法廷内では裁判長こそが絶対的な存在であることを知らしめるセレモニーだ。

「開廷。それでは平成二十七年（わ）第七三二号事件の審理に入ります。被告人は前に出てきてください」

南条の声に弾《はじ》かれるようにして、郁美が前に進み出る。

「被告人は氏名、生年月日、本籍、住所、職業を述べてください」

「成沢郁美六十八歳。生年月日は昭和二十二年四月十日、本籍は福岡市博多区吉塚《よしづか》九丁目九三、住所は世田谷区三軒茶屋三丁目一二五五、主婦です」

嗄《か》れてはいるが、一語一語を丁寧に喋るので聞き取りやすかった。これは裁判員に好印象だろう。

「検察官、起訴状の公訴事実を述べてください」

南条の指示に槙野が立ち上がる。しかしその目は御子柴を直視して離さない。まるで全検察の敵だとでも言わんばかりの視線だ。

「本年七月四日、被告人である成沢郁美は同居していた夫成沢拓馬氏に大量のアルコールを摂取させ、正体を失った拓馬氏の首に縄を掛けた上で鴨居にぶら下げて自殺を偽装。殺害動機は拓馬氏の財産を我がものとするためだった。罪名、殺人罪。刑法第一九九条」

「弁護人。ただ今検察官が述べた公訴事実について釈明が必要ですか」

「いいえ」

「では、これより罪状認否を行います。被告人。今からあなたが法廷で話したことの全ては証拠として採用されます。従って自分の不利になると思うことについては黙秘する権利があります。よろしいですね」

「はい」

郁美は澱《よど》みなく答える。これは前日に御子柴が想定問答で練習させた成果だ。最初の受け答えが明瞭かそうでないかによって、裁判員に与える印象がずいぶん違ってくる。

「それでは質問します。今、検察官の読み上げた起訴状の内容は事実ですか」

「いいえ」

これも御子柴が煩《うるさ》いほど教え込んだ。最初に否認する時は何の躊躇《ためら》いも見せずに、はっきりと裁判長に向けて言い放つ。

「あたしは夫を殺してなどいません。無実です」

郁美の言葉が宣戦布告になる。これ以降、公判は罪状認否を軸に争われることになる。

「弁護人。何か意見はありますか」

「弁護人は被告人の主張通り、本事案は誤認逮捕であると考え、それを立証していく所存です」

「結構です。被告人は元の位置に戻ってください」

法廷内は静謐を保っているが、傍聴人席からは抑制された昂奮《こうふん》が確かに伝わってくる。法廷を舞台にした弁護人側と検察側の丁々発止の鍔迫《つばぜ》り合《あ》いが至近距離で、しかも無料で拝めるのだ。傍聴ファンと名乗れば聞こえはいいが、その実ただの野次馬たちには格好の見世物に違いない
——御子柴は自嘲気味にそんなことを考える。

プロローグを終え、法廷は検察側の冒頭陳述に移る。槙野はいったん御子柴から視線を外し、裁判官席に向き直る。

「被告人成沢郁美旧姓薦田郁美は平成二十六年の六月、熟年者向けの婚活パーティーで知り合った被害者成沢拓馬と結婚。被告人には二度目、被害者も再婚でした」

ほお、と御子柴は反応する。こうした冒頭陳述では被告人の生い立ちから陳述することが少な

くないが、今回は郁美が再婚した時点から始めている。その理由も察しがつく。最初の結婚、つまり園部謙造との結婚から説明を始めればどうしても長男である信一郎のことに触れない訳にはいかない。未だ被告人と弁護人の関係を知らない傍聴人に情報を洩らすまいとする検察側と裁判所側の密約でもあるのだろう。さて、その情報をどこまで守り通せるものか。

「当時の被告人はパート勤めで生活が困窮していました。一方の被害者成沢拓馬氏は独身ながら資産家であり、この結婚は被告人にとって一方的に有利な条件でありました。親族のいない被害者が死亡すれば、その全財産は妻である自分の許に転がり込みます。そして本年七月四日、被告人は被害者に大量の酒を呑ませ正体をなくしたところを見計らい、準備していた縄をその首に掛けました。次に鴨居の上に吊り金車、これは滑車の一種で使用すれば女の力でも容易に成人男性の身体を吊り上げることが可能です。検視の結果、被害者は鴨居に吊り下げられた際に窒息死していますから、被害者が絶命に至るまでの間、被告人はその様子をずっと見守っていたはずです。被告人は更に被害者所有のパソコンにて遺書を作成し、自殺であるという証拠を偽造しております。具体的には被害者が私信を出す際、本文はワープロ打ちをして署名は直筆にしていたのですが、被告人はカーボン紙を利用してその署名を偽造した遺書に転写させたものであります。この署名部分がカーボンインクであったことは鑑識結果で明白になっております。また被害者が人事不省に陥った後で鴨居に吊り下げたのは、いったん手や紐で絞殺してから自殺を偽装しようにも索条痕の相違で発覚してしまうからに相違なく、この点からも殺害が入念に計画されたものであることが窺えます。尚、被害者の縊死に使用された縄の先端からは被告人の皮膚片が検出されており、これも甲号証として提出済みであります」

まだ老練と言うには年若いが、槙野は弁論のツボを心得ている。計画性の有無と自殺を偽装する知恵があったことを刷り込み、裁判官たちの心証に楔《くさび》を打ち込もうとしている。成沢が鴨居に吊り下げられながら絶命するのをずっと見守っていたと断言するのも、いかに郁美が冷酷無比であるかを印象づけるための描写だ。

「被害者が絶命したのは深夜一時から二時にかけてです。被告人は被害者を鴨居に吊るして死亡を確認した後、布団に潜り込み、じっと朝を待ちます。そして午前六時三十分になって自ら110番通報をします。この振る舞いも偽装工作の一つと断言していいでしょう」

成沢の死亡推定時刻を除いた他の部分は検察側の創作だ。犯行に直接関わることではないから立証する必要もないが、これも郁美の冷酷さを際立たせるのに有効な口説《くぜつ》と言える。

「以上申し上げた通り、本案件は財産目当てで夫の自殺を偽装した被告人による謀殺であります。検察はその事実の立証として乙一号証から二十三を、甲一号証から三十二までを既に提出済みです」

槙野は陳述を終えてひと息吐くと、そのまま着席した。定石ながら被告人の悪辣さを端的に纏めた弁論は、一応及第点をやってもいい。

「弁護人、今の冒頭陳述について、既に提出された乙号証・甲号証を証拠とすることに同意しますか」

「弁護人は乙三号証の供述調書および甲五号証の縄については同意しません」

これは公判前整理手続の場で槙野や南条たちに宣言した通りの文言だ。

「まず乙三号証の供述調書ですが、本人自身が殺意を表明していないにも拘わらず、あたかも謀殺であったと印象づける書き方になっており、ひどく恣意的《しいてき》な証拠と言わざるを得ません。次に甲五号証の縄ですが、この証拠こそが被告人を被告人たらしめるものであり、弁護人は公判を通してその欺罔《ぎもう》を解明したいと思います」

南条がふと怪訝《けげん》そうな顔をする。

「弁護人。欺罔と考えられる根拠を、この場で説明できませんか」

「申し訳ありません、裁判長。まだ準備不足で完璧《かんぺき》な弁論ができない状態です。それは公判前整理手続の際に申し上げた通りです」

こちらからの証拠を後になって提出するのでもなく、弁論には時間を費やす旨は事前に通告しておいた。言わば仁義は通したかたちなので、裁判所も頑迷に拒否はできないはずだった。ただし今に至っても、御子柴に反証の糸口は見えていない。郁美にとって致命的な物的証拠だから否認せざるを得ないというのが正直なところだ。

案の定、南条は渋《しぶ》い顔を見せつつ小さく頷いた。

「では弁護人は次回公判までに弁論準備を整えておいてください」

御子柴が書証について不同意を示したので、次回以降に検察官による証人尋問が為される。備えに郁美と打ち合わせをしておく必要がある。

唐突にその光景を思い浮かべる。冒頭陳述の罪状認否についてはそれほど時間をかけずに指示することができた。だが次に控える尋問では相当数の想定問答が必要になる。言い換えれば長時間に亘って郁美と顔を突き合わす羽目になる。

途端に億劫《おっくう》さを覚えた。相手はただの依頼人だと自分に言い聞かせてみても、生理的な嫌悪感が先に立つ。決して気恥ずかしさや罪悪感からではなく、むしろ恐怖心に似たものが御子柴の職業意識を殺《そ》ぐ。

だが逡巡《しゅんじゅん》も、南条の言葉によって掻き消された。

「検察官。論告をどうぞ」

「検察は被告人に対し懲役十五年を求刑します」

一人殺して十五年はいささか長いが、動機が財産目当てであることと、未だ犯行を自供していない点を加算したのだろう。世の趨勢《すうせい》が厳罰主義に傾きつつあることと、裁判官たちの匙加減《さじかげん》を考慮すれば妥当な求刑と言えなくもない。

「弁護人、いかがですか」

「弁護人は被告人の無罪を主張します」

「今すぐ被告人質問を行いますか」

「いえ」

「では次回までに準備をしておいてください」

南条は台詞を読むように淡々と審理を進める。公判前整理手続の段階で迅速な処理を望んでいた様子だが、一方でそれを拙速と批判されるのは避けたいのだろう。憤懣《ふんまん》と自制心の相克が目に見えるようだった。付け加えるなら、事件の態様以外で煩わされるような案件など一刻も早く片づけたいに違いない。

「次回期日は十月二十九日とします。閉廷」

南条たちが退廷するに従って、傍聴人たちも法廷を出ていく。中には熱心に御子柴の姿をスケッチしている物好きもいるが、次の審理予定があるため、廷吏に退出を促《うなが》されている。槙野もそそくさといった体で席を立つ。

梓が最後まで残っていた。

戒護員に腰縄を握られて連行されていく母親の背中を、憤りの目で追っている。そのまま見送るだけと思われたが、ふとその唇が開いた。

「お母さん」

大きな声ではなかったが、人気の失《う》せた法廷では殊更に響く。連行されていく郁美はゆっくりと梓の方に振り向き、情けなさそうに笑う。

その時、カシャッと乾いた音がした。音のした方向を見れば、傍聴席に一人残っていた二十代の女がスマートフォンで今のやり取りを撮影しているところだった。

瞬間、梓は顔色を変えた。

「何、撮ってんだよ」

そう叫ぶなり突進し、女の掲げていた端末を乱暴に叩き落とした。ご丁寧にも、上から踏みつけて液晶部分を破壊する。

「何するんですか」

「何するなんてこっちの台詞だ。法廷内は撮影禁止って注意書きが読めないのか、この馬鹿」

「もう閉廷した後だし」

「開廷も閉廷もない。勝手に撮るなって言ってるのが分からないのかよ。それとも足繁《あししげ》く裁判所に通っているのに肖像権も知らないのか。知らないんなら今すぐ訴えてやろうか。今なら目撃者も検察官も裁判官も近くにいる。手っ取り早くていいわ」

梓の権幕に恐れをなしたのか、女は破壊された端末を拾い上げるとほうほうの体で法廷から逃げ出していった。

後には御子柴と梓だけが残された。

「何よ、あのざま」

今度は御子柴に食ってかかってきた。

「最初っから向こうのペースじゃないの。どれだけお母さんの印象悪くなったのよ」

「亭主殺しに好印象を持てという方が無理な注文だ。状況証拠物的証拠も揃っているから検察ペースになるのも当然だ」

「あんな調子で本当に勝てるの」

「外野の邪魔が入らなきゃ勝てる。被告人の家族がいちいちギャラリーに反応しても面白がられるだけだ」

「放っておけって言うの」

「今しがた馬鹿だと罵《ののし》ったな。馬鹿を構っていても一円の得にもならん」

「馬鹿だから、いちいち追い払わないと後から後からついてくるのよ。まるでハエみたいに」

「色々と無駄だな」

すると梓は、きっと御子柴を睨み据えた。

「培養室みたいなところに入っていて、ハエや雑菌から護られていたあんたには分かんないでしょうけどね」

培養室か。

御子柴は込み上げてくる衝動を堪えきれず、低く長く笑い出す。

「何が可笑《おか》しいのよ」

「関東医療少年院を培養室と表現したのを初めて聞いた。そんな天国みたいなところだと思っていたのか」

「人を殺そうが何をしようが三食用意されて、適度に運動と勉強があって、先生がいてお仲間がいて、つつがなく過ごしていたら名前を変えて別人として外に出られる。それで天国じゃなかったら何だってのよ」

医療少年院は御子柴にとって社会の縮図そのものだった。格差があり、権力闘争があり、イジメがあり、そして悲劇も喜劇もあった。生き残るためには捨てなければならないものが多くあり、だからこそ自分は退院しても世間の波を渡りきれたという自負がある。

だが、それを梓に伝えようとは思わない。自分とは違う種類の人間に説明して理解できるとは思えないし、そもそも理解してもらおうなどとは考えたこともない。

御子柴が事件を起こす前、名ばかりの家族として同じ屋根の下に暮らしていた時からそうだった。喜怒哀楽のツボも、倫理観も違っていた。家族が笑うものに笑えず、自分が傑作だと思うものに家族は何の興味も示さなかった。言葉を交わしても意識の上を滑り、まるで異星人と喋っているようだった。

「あの後、わたしたちがどんな目に遭ったか知りもしないで」

別に知りたくもない。

「そっちも院の中で起きたことは知らなかったから、お互いさまだろう」

「あんたは少年院の中でずっと保護されていた。でもわたしたち母子は裸同然だった」

「その話は長くなるのか」

御子柴は梓の話を遮って言う。

「自己憐憫《れんびん》に浸りたいところを悪いが、わたしが興味を持ち、依頼された仕事に役立つのは三十年昔の話じゃない」

「自己憐憫って」

「まさかわたしに同情してほしかったり、謝罪を求めたりしたくて雇った訳じゃあるまい。本気で被告人を助けたいと思うのなら、もっと有益な情報を提供してくれ」

「有益な情報って、たとえばどんなよ」

「被告人成沢郁美が成沢拓馬氏と結婚した当初のことだ」

「それが有益なの」

「検察の冒頭陳述を聞いていなかったのか。検察は被告人が成沢の財産目当てで近づいたと匂《にお》わせている。古希に近いパート勤めの独身女が、資産家に近づいて謀殺を企んだ。そんな印象操作が功を奏したら裁判官や裁判員に与える心理的影響は最悪だ。弁護側で反証する必要がある」

「ああ、そういうこと」

梓は合点したように頷く。ただし反抗的な態度にはいささかの変化もない。

「二人が熟年者向けの婚活パーティーで知り合ったというのは本当よ。出席する前、わたしにどんな服を着ていったらいいかって相談があったしね。外で男の人に会うなんて機会、それまでなかったから、ずいぶん戸惑ってたみたい」

　ただ着ていく服を決めるだけに母娘で連絡し合う。言外に二人の仲が良好であったことを窺わせる。

「古希が近づいてきて経済的に不安になったと本人から聞いている」

「そういう見方しかできないのはさすがね。言っておくけど、わたしもお母さんもおカネより大切なものがある人間なのよ。成沢さんとのことだって、白馬の王子様と結婚した訳じゃなくて、結婚した相手が白馬の王子様だったってだけ」

「お伽噺《とぎばなし》に興味はない」

「一人が寂《さび》しかったという理由だけじゃ不満なの」

　一人が寂しいなどという感覚は御子柴にはない。だが、いちいち説明するのも面倒なので黙っていた。

「純粋に連れ合いが欲しくてパーティーに参加した訳じゃあるまい。声を掛けてきたのはどっちだ」

「成沢さんの方からだって聞いている。お母さん、自分から声を掛けるほど社交的な性格じゃないし」

「玉《たま》の輿《こし》か。俄には信じ難い話だな」

「わたしだって二人のなれ初めなんて、根掘り葉掘り訊いた訳じゃないから。詳しい話は本人から聞いた方が確実よ」

「言われなくてもそうする。ただ本人から聴取するのと他人の受けた印象を確認するのは別だ」

「本人の言うことを信用しないっての」

「人間は嘘を吐く。追い詰められた人間なら尚更だ」

「老いらくの恋って言葉は〈死体配達人〉の辞書にはないみたいね」

自分は老いにも恋にも縁遠い。その意味で梓の指摘は的を射ている。

「成沢とは何度も会ったのか」

「そりゃあ義理の父親だからね。婚約した時とか、式の後に何度か。わたしも近所に住んでいる訳じゃないからしょっちゅうは行き来できなかったけど、まあ世間並みってとこ」

「どんな人物だ」

「言ってみればひたすら善人。あんたとは好対照じゃないの」

他人の話をする際にも悪罵《あくば》を忘れない。それだけで、梓が三十年胸に溜めていた鬱憤《うっぷん》がどれだけのものか知れる。

「お母さん、自分が園部信一郎の母親だってカミングアウトしたのよ。それでも成沢さんは構わないって言ってくれた。そんな人、今までいなかったから。もう金輪際こんな人には巡り会えないって。だからお母さん、結婚を決意したのよ。それもこれも全部、成沢さんが底抜けに善人でいてくれたお蔭。普通だったら、〈死体配達人〉の母親というだけで顔色変えるんだけどね」

やはり興味深い話だった。

母親のなれ初めにではなく、成沢という男の人物像に惹かれる。

「成沢も死別だったな。前妻の死亡原因は何だったんだ」

「死別としか聞いてない。そういう話も根掘り葉掘り訊くものじゃないでしょ」

そう聞くと、更に興味を惹かれた。

2

公判を終えた御子柴はその足で東京拘置所に向かった。護送される郁美を後から追い掛けるかたちとなり、いつもより長く待たされた。

面会室で顔を合わせると、郁美はついさっき別れたばかりだというのに、ひどく懐かしげに御子柴を迎えた。

ご苦労様、と頭を下げかけたのを途中でやめさせる。

「仕事でやっているんだ。有難がる必要はない」

「それでも、まだ着手金も払っていないんだし……あたしが有罪になったら、払えるのは梓だけだけど、あの子だってそんなに余裕はないんだし」

「負けることは考えていない。必ずあなたから報酬をもらう」

敢えて弁護士のプライドより報酬の有無を強調した理由は、御子柴自身にも説明できなかった。

分かっているのは、自分がこの女との会話を一刻も早く打ち切りたがっているという事実だ。ただの依頼人だと念じても、それを拒否するもう一人の自分がいる。

「成沢拓馬というのはどういう人物だったんですか」

「……そんなことを訊いて何の役に立つのですか」

「役に立つかどうかは、訊いてから判断する。パーティーで会った時、向こうは七十過ぎ。資産家で生活に不自由はなかったのに今更婚活というのは、いったいどういう理由だったんですか」

一瞬、郁美は眉を顰めた。

「七十過ぎになって、家の中で一人ぼっちって結構応えるんですよ。このままだと、死ぬ時も一人で死ぬのかなあって。誰にも看取《みと》られず、身体が腐ってから見つかるのかなあって。昔は老人の孤独死なんて他人事だったんだけど、最近は怖くて仕方ない……そんな風に言ってました」

「声を掛けてきたのは向こうからだったらしいですね」

「そうです」

「違和感はなかったですか」

「失礼なことを訊くのね」

「仕事ですから」

「そりゃあ、あたしだって自分が美人だなんて思っていないけど、成沢だってハンサムというほどじゃなかった。でも、本当に善良な人で……特別じゃない、何ということもない普通の世間話なんだけど、話しているとこちらが落ち着くのよ。ちょうど、あなたのお父さんもそういう人だったから」

「余計な情報は要らない。話していると落ち着く。それだけの理由で再婚を決めたんですか」

「二度目だと、そういう理由が大きくなるのよ」

郁美が成沢の資産状態を知ったのは、彼の家に招かれた時だというから、このくだらない惚気話にも齟齬《そご》は見当たらない。

「善良な資産家。それ以外のプロフィールは」

「元は大手企業の役員を務めていて、その持株を処分したお蔭で不自由のない生活が送れるんだと言ってました」

「前の奥さんとは死別だったんですよね。詳しい話を本人から聞きましたか」

「佐希子《さきこ》さんといって、ずいぶん前に病気で亡くなったって……聞いたのはそれくらい」

「たったそれくらいの情報しかないのに、よく再婚しようなんて思いましたね」

さすがに郁美は御子柴を睨む。

「本当にひどいことを訊くのね」

「仕事だからです。何度も言わせないでください」

郁美と話していると、どうしようもなく違和感を覚えた。

三十年前、親子だった時に感じた異星人のような違和感とも違う。乱暴に言ってしまえばまるで別人と話しているような気がする。いつも何か不安を抱《かか》え、誰にも全幅の信頼を置けなかった母親。しかし今目の前に座っている女は、それに加えてどこか得体の知れなさがある。

疑念の一方で妙な納得感もある。御子柴自身が三十年前と今ではまるで違うように、郁美もまた変貌《へんぼう》したという見方もできる。

ただし御子柴の場合は、医療少年院での体験が人格形成の基盤になっている。他の院生や指導教官との出逢いがなければ、今の御子柴は存在していない。

では郁美は、どこで、誰と、どんな出逢いで変貌したのだろうか。

駄目だ。

選任届を渡した時点から、いや親子であった時からこの女に対する疑念は一向に払拭《ふっしょく》されることがない。払拭されるどころか強まる一方だ。

事件を調べるよりも、郁美という女を調べ直す方が先決かもしれなかった。


拘置所から事務所に戻ると、洋子が早くも資料を揃えて待っていた。電話で用件を伝えてから五分も経《た》っていないので、指示通り最優先で調べたと見える。

熟年者対象の婚活パーティーを企画したのは、結婚や就職といった情報を扱う〈トレジャー〉という出版社だった。パーティーの場所は都内でも指折りのホテル、参加費用も男女ともに三万円となっているので、熟年は熟年でも高所得者を対象としたお見合いパーティーであることが窺える。

「でも男性と女性の参加料が同額なのは意外ですね。普通こういうパーティーって女性の参加料が安くなっているのに」

洋子が興味深そうに軽口を叩く。

「需給関係だろうな。最近は下流老人なんて言葉もあるが、カネを持っているのは相変わらず年寄りだ。若い男が血眼になって結婚相手を探しているのとは事情が違う」

生活保護も視野に入れていた郁美にとって三万円の参加料は決して安くなかったはずだ。それでも尚参加を試みたのは、やはり本人の述べたように経済的・精神的の両面で不安が募っていたということなのか。

「今回の依頼人、先生のお母さんなんですよね」

微かな緊張が聞き取れた。

「依頼人に母親もイワシの頭もない。こちらの要求した報酬を払えるかどうかだけだ」

「本心からそう思っているんですか」

「暴力団の顧問弁護士をやっているくらいだからな。いつも言っているが札に色がついている訳じゃない。ヤクザも肉親も個々のプロフィールに何の興味もない」

洋子は不満そうだったが、反論する気配もなかった。


翌日トレジャー出版に赴いて来意を告げると、即座に担当者が現れた。

「亡くなった成沢様の件とのことですが」

船岡《ふなおか》という担当者は細面で、女のような物腰をしていた。

「こういったパーティーに参加する事前準備として、本人のプロフィールをデータ化すると聞いています」

「ええ。収入や趣味嗜好《しこう》、職種・学歴といった、パートナーを選ぶに当たって重要な要素をカテゴライズして、お互いベストな選択をしていただけるようなシステムになっています」

「ほお、男女の縁結びもシステムですか」

「男性会員が相手に望むものは安らぎだったり趣味だったりと割に抽象的なのですが、女性会員が望むものは何と言いますか非常に具体的なのですよ。いきおいデータ化しないと、会員様に満足していただけるようなサービスが提供できません」

もちろんこの会社が婚活サービスに血道を上げているのは会員の幸せを願ってのことではない。婚活開始から一年以内の成婚率が、こうした婚活ビジネスの指標となるからだ。己の魅力能力を棚に上げ、とにかく成婚率の高い集団に潜り込もうとする振る舞いは、学習塾の生徒に近いものがある。

「昨今はこうした婚活パーティーを利用した詐欺も多発していることもあり、会員となっていただく方にはわたしたち担当が面接をしております」

成沢さんの面接担当が、この船岡ということだった。

「成沢さんの詳細なデータを開示してもらえますか」

「いや、なにぶん機密扱いの個人情報ですので」

「本人が死亡している場合、一般的に個人情報保護法は適用されませんよ」

「なるべくトラブルの原因になることは避けたいのですが……」

「被告人もこちらの会員ですから、トラブル云々を言われても今更という感がしますね。わたしの行っている弁護活動は、現在も存命中であるそちらの会員の無実を晴らそうというものです。そちらさんもかつての会員同士が被害者と加害者になった、あまつさえ婚活パーティーの参加自体が財産目当ての行動だったとマスコミが嗅ぎつければ、どうなると思いますか」

船岡は驚きを隠そうともしなかった。

「それは、その、脅しなのでしょうか」

「滅相《めっそう》もない。厳然たる可能性を申し上げているだけです。トレジャー出版は会員の不祥事が発覚したのに社内調査もしなかったとなれば、世間の糾弾は免《まぬが》れない。しかし警察当局や弁護士の捜査に最大限協力したということなら、立派な免罪符になり得る。どちらが求められるコンプライアンスかは御社が判断されることでしょう」

「……少々お待ちください」

　そう言い残して船岡は中座した。大方上司に判断を仰ぎにいったのだろうが、担当者がきっぱり拒絶できない段階で、御子柴の粘《ねば》り勝ちが決まっている。

　果たして戻ってきた船岡はＡ４サイズのファイルを小脇《こわき》に抱えていた。

「申し訳ありませんが、いかに物故された会員様でも資産関係の複写はご勘弁ください」

　御子柴に否はない。元より成沢には資産よりも人間的魅力の方に興味がある。

　だが何事にも確認は必要だ。早速、目を通してみる。

　プロフィール票と言っても本人の自己申告によるものなので、〈年収八百万円〉やら〈総資産二億円〉という記述は割り引いて考えるべきだろう。だが前職が大手建設会社の役員という肩書なら、所有していた持株を退職時に売却して大金を手にしたというのも頷ける。住まいが三軒茶屋なら、不動産の資産価値だけで二億円というのも充分に有り得る。成沢を資産家のカテゴリーに収めるのは妥当なところだろう。

「面接したのなら本人の人柄もご存じでしょう。あなたたちが人柄を見誤るようなことがあれば、それこそ偽装表示の食品を売りつけるようなものだ」

　御子柴の物言いが面白かったのか、船岡はわずかに苦笑してみせる。

「仕事柄、大勢の会員様を見ております。少しでもご自分の価値を高めようと、最初の面接時には服装や装飾品、喋り方まで余所《よそ》行きに整えて来社されますけど、急ごしらえのものは何でも身につくものではありません。メッキはすぐに剝がれます」

「人柄も、ですか」

「普段と喋り方を変えている時点で、その傾向が見受けられますね。ただ、十分も話していると、やっぱり地が出てしまうのですけど。その点、成沢様は根っからの紳士でしたね。お召し物もご風貌《ふうぼう》に合ったもので、いささかの違和感もありません。これは経験則で申し上げるのですが、粗《そ》末《まつ》な服ばかり着ていると粗末な服しか似合わなくなってしまうのですよ。言葉にしてもそうです。柔和な話し方の中にも、何と言いますか静かな威厳《いげん》が感じられ、プロフィール通りの人物だと感じ入った次第です」

「ある人は、善良な人物だと評していました」

「善良。ああ、確かにそうかもしれません。成沢様と話していると、こちらの心まで和んでくるような気分でしたから。功成り名遂げても人品骨柄が肩書に追いついていない方も多く見掛けるのですが、成沢様は立ち居振る舞いに人生経験の豊かさが出ていらっしゃいました」

「プロフィール票では前妻が病死したことになっています。これについて病名とか時期とかは分かりませんか」

「たとえば離縁ということでしたらその理由も重要な要素になりますが、死別というのなら不可抗力のようなものですから深くも訊ねません。それこそお辛い話でしょうしね」

少し考えればそれも当然で、婚活に訪れた者が死んだ連れ添いについてつらつらと話したがるはずもない。

まあ、いい。成沢佐希子についてはまた別の機会に調べることができる。

「旧姓鷹田郁美についての印象はどうでしたか」

船岡の表情に一瞬躊躇いが浮かぶ。縁結びの仕事ゆえに色々と取り繕《つくろ》わなくてはいけないのだろうが、どうやら根は正直らしい。

「正直に言ってもらって構いませんよ。わたしの仕事は依頼人の無罪を勝ち取ることであって、徒に人格を飾ることでも持ち上げることでもありません。むしろ明け透けに証言してくれた方が助かります」

「そういうことでしたら……これは大変失礼な言い方になりますけれど、三万円の参加料にしても少し無理をしておられると思いました。全体に幸薄いと言いますか、以前は幸せな結婚生活を送れなかったんだろうと……それから生活疲れのようなものも垣間見《かいまみ》られましたね。いくら化粧をしても着飾っても、そういう疲れというのはなかなか隠せないものです」

「先ほどの話で言えば、それこそ具体的なものを求めて婚活しに来た客という訳ですか」

「それが一概に悪いという訳ではありません。そういう会員様も少なくありませんからね。老後の安心を配偶者に求めるのかおカネに求めるのかという違いに過ぎないのです」

船岡のように熟年者同士のカップルを多く見続けていると、そういう境地にも至るのだろう。

「鷹田郁美の面接の際、他に何か気づいた点とかありますか」

「他に、と仰いますと」

「財産欲しさに配偶者を殺すような女に見えたか、という意味ですよ」

「いやあ、とてもそんな風には見えませんでした。こんな風に言うと紋切り型になってしまいますが、幸薄い人が必ずしも犯罪を犯す訳ではありません。始終何かに怯えるようにしていましたけど、財産目当てで資産家に近づき、しかも殺人計画を練るだなんて想像もできませんでした」

郁美のどこか自信なげな風情は、十四年間生活をともにしていた御子柴の観察と一致する。言い換えれば、船岡の人間観察眼も満更ではないことになる。

「しかし成沢様と郁美様のカップルはある意味、理想的ではあったのです。成沢様は心安らぐ相手をお求めで、郁美様は経済的な安定をお望みでしたから、ご両者の思惑がぴたりと一致した訳です。これはこれで幸福なことだとわたしどもも喜んでおったのですが……」

結婚生活が破綻するにしても、夫殺しでは最悪のパターンだ。二人を結びつけた船岡にしてみれば、心中穏やかならざるものがあって当然だろう。

「事件が報道されるまで、二人から連絡とかなかったのですか」

「ご結婚後に来る連絡というのは、大抵トラブル含みの案件です。あのお二人からは賀状をいただく程度でしたね」

「出逢いの時、そして結婚に至るまで二人の間に暗い影は認められなかった」

「そう解釈していただいて結構です」


次に御子柴が向かったのは三軒茶屋三丁目一二五五の成沢宅だった。もっとも成沢宅自体は施錠がされて立ち入りできない。

プロフィール票の自己申告から想像していた通りの家だった。敷地《しきち》面積はおおよそで六十坪程度。この辺りでは広い部類に入るだろう。木造二階建ての家屋は築年数こそ古いものの、造りがしっかりしているせいか朽ちた印象は全くない。度々修繕もされているらしく、土地込みで売りに出せば確かに億単位の値段がつくに違いない。

ただし御子柴の目的はその隣家にある。

〈木嶋《きじま》〉という表札が掲げられたその家を訪ねると、七十過ぎと見える主婦が玄関から出てきた。被告人の弁護人である旨を告げると主婦はたちまち迷惑さと好奇心で表情を斑《まだら》に染めた。

「へえ、奥さん弁護士を雇ったんだ」

木嶋夫人は合点したように頷く。

「まあ、お大尽の家だから雇えて当然かあ。でも、ちょっと複雑よね。弁護士さんに協力したら旦那さんに砂かけるようなことになっちゃうし、協力しなかったら奥さんに石投げるみたいになっちゃうし」

「まだわたしの依頼人が犯人と決まった訳ではありません」

「あら、そうなの。新聞やテレビじゃあ奥さんが逮捕されて裁判も始まったって」

「警察や検察が百パーセント正しいとは限りません。別の真相が存在し、あなたの証言によって明るみに出れば被害者と依頼人両方の利益になります」

「やっぱり弁護士の先生は口が立つねえ。そういう説得の仕方かね。でも、大抵のことは警察の人にも話したよ」

「生憎《あいにく》、警察とは対立関係にありましてね。弁護側には情報が流れてこないんです」

「いいよ、そういうことなら協力しても。それで何を訊きたいんだね」

「夫婦仲ですよ」

「成沢さんと郁美さんのかい。二人とも再婚同士だったね」

「そう聞いています」

「二人とも再婚同士であの齢だから、まあ初々しさはないんだけどさ、夫婦仲はよかったんじゃないの。喧嘩《けんか》する声なんて聞こえなかったし。あんなことの起こる前々日だって、夫婦睦《むつ》まじくガーデニングの廃材を纏めてゴミ集積所に出していたからね。旦那さんは元から温和な人でねえ。もう昔の話だけど近所で諍《いさか》いが起こった時には大抵仲裁役を押しつけられたものよ。何せ人格者だったから、あの人に間に立たれたら、誰も何も言えなくなっちゃう。まっ、陰《かげ》の町内会長さんみたいな扱いよね」

「新しい奥さんはここにきて二年目くらいでしたね」

「そうね。でも変にでしゃばるところがなかったから、近所でも評判よかったのよ。最初のうちこそ財産目当てで近づいたんだろうって噂もあったけど、それで何を贅沢《ぜいたく》するってこともないし、外食にいくことも少ないし。まあ、控えめな奥さんでねえ。一緒に歩いていても絶対ご主人の前には出ないっていう昔ながらのタイプ」

控えめででしゃばらない、というのは言い得て妙だと思った。御子柴の知っている郁美の姿と重なるが、しかし見方はずいぶん違う。控えめででしゃばらないのではない。絶えず夫の顔色を窺い、決して他人から指弾されぬよう家族の陰に隠れていたに過ぎない。

「では前の奥さん、佐希子さんについてはいかがですか」

「ああ、佐希子さんね。うんうん、憶えている」

木嶋夫人は懐かしそうに目を細める。

「佐希子さんは佐希子さんで、よくできた奥さんでね。齢はあたしと同じくらいだったんだけど、よく気のつく人で礼儀正しくって。それでね、これがまた若い娘さんみたいにけらけら笑うから可愛《かわい》いったらないの。もう成沢さんも猫可愛がりでねえ。本当におしどり夫婦ってのはああいう二人だと思ったわよ。生憎とお子さんには恵まれなかったけど、そんなの必要ないんじゃないってくらい。だからねえ、佐希子さんが逝った時の成沢さんなんて、もう見ちゃいられなかった。葬儀の席でもずっと泣いていたし、四十九日が終わった後も、しばらくは抜け殻みたいなものだったから」

「佐希子さんが亡くなったのはいつだったんですか」

「そうねえ、もう五年も前かしらね。だから成沢さんが後添えとして郁美さんを家に入れた時なんか、あたしたち近所の者はほっと胸を撫《な》で下ろしたものよ」

前妻の死亡が五年前、そして郁美が後妻に収まったのがほぼ一年前だから、その間四年を成沢は男やもめで過ごした計算になる。

「成沢さん自身はすごくよくできた人なんだけれどね、やっぱり連れ添いを亡くすと、がたーってくるのは男なのよ。近所で早くに旦那さん亡くした奥さんもいるけど、こっちの方は至って元気だもの。やっぱり女は強いわ」

木嶋夫人から話を聞いているうちに、成沢への疑念が次第に薄らいできた。

後妻になった郁美や縁結びの役を果たした船岡が、揃いも揃って成沢を善人と評している。表も裏も善人という人間ほど胡散臭いものはないと信じていた御子柴だったが、どうやら成沢に関しては考えを改めなければならないらしい。

思い起こせば自分を指導してくれた稲見教官も裏表のない人間だった。裏表がなさ過ぎて、弁護するこちらが歯嚙みするほど篤実な被告人だった。

信じ難いことに、そういう人間は現実に存在するのだ。御子柴や他の俗物の常識を超越し、独自の哲学と指針で生きている。そういう人間が眩《まぶ》し過ぎてまともに見ていられないから、御子柴たちも全体像を見誤ってしまうのだ。

事によると、郁美は本当に成沢を殺したのかもしれない。

郁美は少なくとも自分で太陽のように輝ける種類の女ではない。その陰に隠れてようやく生きているような人間だ。そんな女と成沢のような人格者が同居を続けたら、いったいどういうことになるのか。明朗さを厭い正しさを忌避した先にあるのは、対象を抹殺するという逃避行動だ。

遺産目当ての殺人と言えば単純だが、カネ目当てだけで人を殺すことは、実は稀なのではないか。同族なのだから殺すためには殺意が必要になる。そして殺意を醸成するには、殺害対象への無理解と共感できなさが必須《ひっす》になる。眩しいほどの人格者は、それだけで殺される理由になってしまうのだ。

御子柴は、改めて郁美という人間を吟味してみる。自分を産み落とした事実も脇に置いて考察してみる。

倫理観が人一倍強い訳ではない。

自立心は希薄で、絶えず誰かに頼らなければ生きていけない。依存心が強く、悲観的で、我が子に向ける愛情さえも紙のように薄かった。

もし、あの女が弁護人である自分にも嘘を吐いていたら。

もちろん、それだけの理由で弁護人を辞任するつもりはない。今に始まったことではない。過去にも嘘で塗り固められたような依頼人を散々相手にしてきた。ただし同じく無罪を勝ち取るのでも、全く無実の被告人とそうでない被告人では争い方が変わってくる。依頼人がシロなのかクロなのかを早い段階で見極めなければ、依頼人と検察両方から足をすくわれる結果にもなりかねない。

そこまで考えて、御子柴は愕然《がくぜん》とした。

自分は郁美という人間について何一つ知らないではないか。十四年間、親子として同じ屋根の下で暮らしたが、言い換えればそれだけのことだ。お互いに深く知ろうとしたことはなかった。ただ同じ家に住んでいる赤の他人に過ぎなかった。現に、こうして依頼人と弁護人という関係で動いているが、自分には郁美が本当に無実なのかも判断できずにいる。

今一度、郁美という女を調べ直す必要がある。それも現在だけではなく、過去に亘ってだ。あの女が何色の心を持ち、どんなかたちの魂に支えられて生きてきたのかを確かめなければならない。

早速、行動に移ろう。近所からの人物評はこれで充分だろう――いや、もう一つ質問が残っていた。

「佐希子さんのご病気は何だったんですか」

すると木嶋夫人は怪訝そうな顔になった。

「何のこと」

「いや。佐希子さんは病気で亡くなったと聞いているんですが」

「それ、誰か他の人と勘違いしてるんじゃないの。佐希子さん、病気じゃないわよ。殺されたのよ」

木嶋夫人は何を今更といった体で腕を組む。

「憶えてないの。五年前、駅前で三十歳くらいの男が通り魔やって何人か殺傷した事件があったでしょ。佐希子さん、その何人かのうちの一人だったのよ」

3

御子柴は事務所に戻るなり、木嶋夫人の言及した事件について検索をかけてみた。〈三軒茶屋通り魔〉とワードを入力すると、すぐに該当記事が何十件も現れた。もちろんネット発の記事を全面的に信用するような愚行は犯さず、日弁連のサイトで過去の裁判記録と照合させてみる。

事件の概要は次の通りだった。

平成二十二年八月二十五日の午後四時三十分、東急田園都市線三軒茶屋駅付近において事件は発生した。世田谷区内に住む無職町田訓也《まちだくんや》（当時三十二歳）が自家用ワゴン車で駅の出入口に突入し、この時点で六十三歳男性一人と二十三歳女性を轢殺《れきさつ》、他に十五歳少女に全治二ヵ月の重傷を負わせた。この時、世田谷通りを挟んだ向こう側には三軒茶屋交番があったが、交番内に待機していた警官が異変に気づいて現場に到着するまでに五分のタイムラグが生じる。

町田はそのたった五分の間に次の凶行に及ぶ。突然の惨劇に買い物客と乗降客が恐慌状態に陥る中、降車した町田は所持していた刃渡り一尺の刺身包丁を振り翳して通行人に斬《き》りつける。この際、六十七歳の女性と五歳の幼女が重傷を負い、三十五歳主婦と十三歳男子中学生が軽傷を受ける。六十七歳女性と五歳幼女は病院に緊急搬送されるも、六十七歳女性の方は失血が原因で死亡。

この六十七歳の女性こそが成沢佐希子だった。

駆けつけた警官にその場で現行犯逮捕された町田は、譫言《うわごと》のように何事かを口走り続けていた。世間の関心を集める重大事件であったが、町田の異常行動に疑義を抱いた東京地検が起訴前鑑定を行ったところ事件の被害者たちを憤慨《ふんがい》させる報告が為された。

被疑者町田訓也は統合失調症と診断されたのだ。被告人が統合失調症であるなら、弁護側は当然のことながら心神喪失を理由に刑法第三十九条の適用を主張してくる。しかも鑑定は検察側が専門医に嘱託した結果だから覆せるはずもない。負けが決まっているような事案を俎上《そじょう》に載せる訳にもいかず、検察は事件を不起訴処分にするに至った。

ところが治まらなかったのは町田に重軽傷を負わされた者と、家族を殺された被害者遺族たちだ。彼らは被害者連絡会を立ち上げた後、刑事で裁けないのであれば町田に対し民事で損害賠償の集団訴訟を起こした。これには不起訴処分で苦汁を舐《な》めさせられた検察が協力した事情も手伝い、弁護団側が全面的に勝訴したのだが、結果は更に被害者たちを失意の淵《ふち》に突き落とすことになる。

裁判所が命じた賠償金の総額は二億二千五百万円。三人を殺害し、四人に重軽傷を負わせた代償としては妥当な金額と思えたが、肝心の町田には資産も支払い能力もなく、町田を扶養していた両親は民事の判決が下りた直後に行方を晦ましてしまったのだ。

後には実効力のない判決文だけが残された。町田の両親の住まいも借家であり、判決の執行力の及ぶところではない。被害者とその家族たちは悔《くや》し涙に暮れるしかなかったという。そして一方、事件を起こした町田は医療機関に措置入院し、未だ籠《かご》の鳥になっているらしい。

事件をひと通り眺めてみた御子柴の感想は至極月並みだ。

二十年も前ならいざ知らず、今ではどこにでも転がっている、ありきたりの悲劇ではないか。最近、起訴前鑑定は司法鑑定総数の九割以上を占めるようになった。言い換えれば表面上は心神喪失者による事件が増えたというだけの話だ。刑法第三十九条が厳然と存在する限り、同様の事件や同条そのものを悪用しようという犯罪者は後を絶たないだろう。

だが事件記録を具《つぶさ》に調べるうち、御子柴はふと妙なことに気がついた。

これはどういうことだ。

理由を捜し求めたが、裁判記録やネットの情報ではまるで埒《らち》が明かない。解答を知っていそうなのは弁護団くらいだろうとその代表者の名前を確認するうち、御子柴は妙案を思いついた。


月曜日、御子柴は元東京弁護士会会長谷崎完吾《たにざきかんご》の事務所を訪れた。毎度のことながら古色蒼然としたビルは谷崎そのものを具現化しているようで興味深い。老朽化しているようでも、基盤が堅牢《けんろう》なために昨今多発する地震にもびくともしない。ここ数年弁護士会を窮乏させる案件の激減をものともしない谷崎の事務所と同じだ。

谷崎本人も相変わらずだった。こそげ落ちた肉の間から叡智《えいち》を湛《たた》えた目が覗いている。久しぶりに会っても老いの進んだ様子が見えないので、この風貌のまま死んでいくのではないかとさえ思う。

「ご無沙汰しております」

「つくづく奇特な男だな。会えなくても君の行いはすぐ耳に入ってくるから、少しもご無沙汰という気がせん。まあ、それだけ弁護士の世界が狭いという証拠なんだが。何でも母親の弁護を請け負ったそうじゃないか」

　やはり谷崎も知っていたのか。

「何人かに当たって、結局わたしに行き着いたようです」

「事件の概要は人伝《ひとづて》に聞いている。否認事件だがタマもスジも悪い。君にはうってつけの案件だから依頼が舞い込んだ」

　谷崎は御子柴の目を覗き込む。

「血縁者だからというよりは、そっちの理由の方がしっくりくるんじゃないのか」

　嫌な爺《じい》さんだ。

　こちらが触れられたくないところへ遠慮会釈なく手を突っ込んでくる。

「恐縮です」

「もっとも検察もその辺りの事情については箝口令を敷いているらしいから、君としてもやりやすいだろう。彼らが箝口令を敷いた理由も察しがついておるだろ」

「何となくは」

「裁判員は訓練された司法員ではない。血の繋がりがどうの、親子の因果《いんが》がどうのと外野が騒ぎ立てれば理性も濁《にご》るし動揺もする。君や君の母親に同情が集まらんとも限らんしな」

「同情が集まりますかね」

「何事も非難する輩だけではない。道理の分かった者もいる。ただ道理の分かった者は大声を上げることがないので目立たないだけだ」

「声を上げなかったらいないも同然じゃないですか」

「裁判官も同様だ。声の大きい者もいれば小さい者もいる。決定権を持つ者も様々だ。そういう事実を知っておいて損はない」

谷崎なりに自分と郁美のことを気遣っているのだろうが、御子柴には鼻白む思いしかない。いったい他人というのは、どうしてこうも他人の家族関係を勘違いするのか——そこまで考えて、あっと思った。

何が家族だ。三十年も前に自分と郁美たちの縁は断絶したはずではないか。

「君にはうってつけの案件と言ったが、正直見込みはどんなものだ。受任したからには、それなりの勝算あってのことだろう」

「どうしてそう思われますか」

「君は熱血さが暑苦しいような弁護士ではないし、勝ち目のない仕事をする弁護士でもなかろう。もっとも一パーセントだけでも勝ち目だと思うのは君くらいのものだが」

「買い被《かぶ》りですよ」

「慇懃無礼《いんぎんぶれい》だな」

谷崎はさも楽しそうに含み笑う。どうもこの老人と話していると調子が狂う。何を言っても自分が掌の上で踊らされている気分に陥る。おそらくこれが老獪《ろうかい》ということなのだろう。

「物的証拠が揃っていますが、本人が否認している限り勝算はゼロではありませんから」

「言い直そう。慇懃無礼ではなく傲岸不遜《ごうがんふそん》だった」

「どうぞ。悪罵には慣れています」

「それでわしに話というのは何だね。電話の様子では頼みごとがあるような口ぶりだったが」

「五年前、三軒茶屋駅前で起きた通り魔事件を憶えていますか」

「ああ。遂《つい》に日本でもこの類いの犯罪が珍しくなくなったのかと憂《うれ》えたものだ」

「死亡者三人、重軽傷者四人。その死亡者の一人が、今回の被害者成沢拓馬の前妻でした」

「夫婦揃って災難だな」

「犯人が心神喪失であったために不起訴になりましたが、被害者たちが民事で集団訴訟を提訴しています。ところがその集団訴訟の原告団の中に成沢の名前がないのです」

「死亡者の夫でありながら、損害賠償請求には参加しなかったというのか」

「ええ。そしてその弁護団の団長は来生友則《きすぎとものり》という弁護士でした」

「ふん、そういうことか」

谷崎は合点したように頷く。

女が三人集まれば派閥ができる。東京弁護士会も同様で、現在は保守系の清風会、革新系の友愛会、左派の創新会、右派の火曜会、中道系の自由会が何かにつけ反目し牽制《けんせい》し合っている。会長職を辞したとはいえ、谷崎は依然として自由会の領袖《りょうしゅう》を務めており、件の来生弁護士はその自由会の一員だった。

「弁護団の責任者だった来生くんに訊けば、成沢拓馬が集団訴訟に合流しなかった理由が判明すると思ったか」

「面識がないのですが、こちらは悪評ふんぷんの嫌われ者ですので、果たして会ってもらえるかどうか」

「そこでわしを仲介に使うか」

「紹介状の一通でも認めてもらえれば有難いのですが」

「来生くんなら紹介状など書くまでもない。電話一本で事足りるが、わしもとんだ便利屋扱いされたものだ」

「恐縮です」

「ちっとも恐縮しておるようには見えんのだがな。まあ、いい。それにしても五年前の通り魔事件が、今回の事件にどう関連している」

「まだ分かりません。ただ……」

「ただ、何だ」

「殺された者がどういう人間であったのかは重要だと思っています」

「殺した者の人間性を問わないのは、やはり身内だからかね」

「関係ありません。聖人君子だろうが殺人享楽者であろうが、否認事件を受けたのなら無罪判決を勝ち取るのがわたしの仕事ですから」

するとと谷崎は口をへの字に曲げ、御子柴を正面から見据えた。

「依頼人に肩入れしないという態度は間違ってはおらん。その上で物申すが、君は非人間的なまでに血縁を否定できるのか」

「依頼人に肉親もイワシの頭もありませんよ」

洋子に告げたのと同じような台詞で誤魔化したが、御子柴の思いは変わらない。

十四歳の時、自分の血縁は全て消滅した。今、それに近い存在は八王子医療刑務所に入所しているあの男だけだ。だからこそ肩入れをして無罪判決を勝ち取れなかった。

今度の依頼人はあくまでも他人だ。

大丈夫に決まっている。


来生の事務所は四谷《よつや》の愛住町《あいずみちょう》、靖国《やすくに》通りから一つ裏に入った通りの雑居ビルだった。それでも現在の御子柴の事務所が入っているビルよりは数段マシで、エントランスもエレベーターもまだ新しかった。

事前に谷崎からの紹介があったお蔭だろうか、来生は屈託のない顔で御子柴を迎えた。齢は御子柴より三つ四つ上といったところか、柔和な面差しの中にも几帳面《きちょうめん》さが窺える。

「やあ、御子柴先生。お噂はかねがね」

どんな噂かは確かめるまでもない。

「お忙しいところを申し訳ありません」

「どんなに忙しかろうが、谷崎元会長のご紹介ならお受けする以外の選択肢はありませんからね。弁護士会に入るまでは、無理偏にゲンコツというのは相撲《すもう》の世界だけだと思っていました」

「横暴だと思いますか」

「横暴というより専横と言った方が正しいでしょう。ただ、あの先生の独裁なら文句を言う会員も少ないと思いますよ。これはわたしが自由会だから言う訳じゃありませんが」

「早速ですが、五年前の事件についてお伺いしたいと思います」

「町田の事件。あれは嫌な事件でした」

来生は遠い目をして語り始めた。

「独立して間もない頃だったので、よく憶えています。被害者が多く、かつ内容も悲惨極まりないものでした」

「失礼ですが、勝訴判決はともかく、町田とその家族から賠償金を取れると思っていましたか」

「……お噂通り歯に衣着《きぬ》せない方ですね。しかし単刀直入は嫌いではありませんから、わたしも率直に申し上げましょう。当時、検察が起訴を断念した時点で、犯罪被害者等給付金だけでは納得できないというのが大勢の空気だったのは否めません。まだこちらは債権者でも何でもなかったので、被告人側の資産調査もままならない状況でした。それでも損害賠償請求を提訴したのは、せめてもの抵抗と言いますか、被害者側の思いを知らしめたいというのが最大の目的でした。しかし、まさか町田の家族が夜逃げ同然で消えてしまうとは。そこはわたしの見立てが甘かったと言われても反論できません。まだ、そういった交渉事に不慣れでもあったのです。原告の方々には面目ありませんが、わたし自身はあの事件でずいぶん勉強させてもらいました」

「その原告団ですが、亡くなった成沢佐希子さんのご遺族が参加されていませんね」

「原告団を結成する際に、わたしの方からもお誘いしたのです。何しろ長年の連れ添いを理不尽に奪われたのですから、参加されて当然と思い込んでいました。だから辞退された時には少なからず驚いたものです」

「本人はその理由を何と」

来生は仕方がないという風に頭を振る。

「トータルで二億円を超えるような賠償金を、一般家庭が払えるはずがない。どのみち賠償金は、一家庭当たりスズメの涙程度しか受け取れないだろうと。それが予想できるのに訴訟をしようというのが、せめて無念を晴らしたいという気持ちからだというのも理解できるが、死んだ連れ添いはそういう無駄な争いごとはきっと好まないだろう……そんな風に仰っていました」

「えらく達観したモノの見方ですね」

「お会いした上で話を伺ったのですが、成沢さんの口から聞くと、達観というよりもむしろ自然な考え方のように思えました。どうもわたしたち弁護士というのは、結果なり成果なりを対物や金銭で考えがちですが、成沢さんのような考えもアリかな、と感じ入った次第です」

御子柴は白《しら》けた気分で聞いている。

成沢の告げた言葉が事実なら、これほどタチの悪い原告もいない。精神的充足を言い出してしまえば、賠償責任は無限に拡大されてしまう。適切な表現ではないがヤクザが声高に叫ぶ慰謝料と同じだ。その際限のなさを律するために裁判があり、相場がある。成沢の哲学は情緒として納得できるものの、弁護士の感覚にそぐわない。

そして御子柴にはその情緒が欠落しているから余計に同調できない。

「意地の悪い見方をすれば成沢さんは元々資産家だったので、スズメの涙程度なら訴訟するだけ無駄と考えられたのかもしれません。いずれにしても依頼人あっての弁護人ですからね。わたしもそれ以上、原告団への参加を無理にお願いすることは控えました」

来生はいったん言葉を切り、深く溜息を吐く。

「しかし結果はあなたもご存じの通り、後味の悪いものでしかなかった。いくら執行力を持つ判決と言っても、相手がいなければ空手形同然。ところが法的には、被害者側のできることは全て終わっている。言い換えれば、こと原告団のメンバーに対しては加害者側の謝罪が終わったことになる。喩《たと》えて言えば三振食らってすごすご引き下がったようなものです」

「だが一度もバッターボックスに立たなかった成沢さんには、まだ機会があると言うんですか」

「町田の両親がひょっこり現れた時、あるいは町田本人が医療機関を退院した場合、彼らに贖《しょく》罪《ざい》を求められるのは成沢さんくらいだったでしょう。あくまでも権利だけに言及すれば、ですが」

「本人が殺されてしまってはどうしようもない」

「いや仮にご存命でも、成沢さんは町田たちに謝罪など求めなかったと思います。謝罪され、いくばくかの賠償金を支払われても、亡くなった奥さんが帰ってくる訳じゃない……成沢さんはわたしに、はっきりそう仰いましたからね。実際、弁護団の団長を務めさせてもらった一番の成果は、成沢さんのような価値観を知れたことです。だからこそ、御子柴先生の訪問も快《こころよ》く受けることができた」

不意に来生の唇が邪《よこしま》に歪む。

「カネではない。モノでもない。犯罪の被害者遺族が心の底から満足できるもの。そして加害者が示せる本当の贖罪とは何なのか。そういう興味がなければ、過去に少年犯罪を犯したあなたに会ってみたいとは思わなかったでしょう。わたしは人権派弁護士を標榜《ひょうぼう》しているものではありませんが、かつての〈死体配達人〉がどんな動機で、またどんな手法であの篤実な成沢さんを殺めた母親を弁護するのか、非常に興味深い」

「……なかなか高尚な興味をお持ちですな」

「茶化《ちゃか》されるのはいささか不愉快です。医療少年院での更生プログラムが当時モンスターと怖れられた犯罪少年を更生し得たのか。法曹界では別の意味で怖れられているあなたが、母親のためにどこまで頑張れるのか。被告人を弁護する立場として、またとないサンプルですからね」

挑発気味に告げられたが、御子柴はすっかり冷めていた。

来生ごときにサンプル扱いされても、特に腹が立つことはない。自分がどんな風に変わるのか、何をもって過去を清算するのか。それを見届けてほしいと願うのは一人だけだ。

「では、訊ねたいことも聞けたので、そろそろおいとまさせてもらいます」

「大したお構いもできず失礼しました」

「いいえ、充分参考になりました。そこでお礼代わりと言っては何ですが、最前の先生の言葉を一つだけ訂正して差し上げます」

「何か間違ったことを言いましたか」

「来生先生は過去も現在もわたしがモンスターであるかのように仰ったが、わたし以上にモンスターの称号が相応《ふさわ》しい人間は他にも山ほどいる。ただ自分で気づかないだけだ。案外、先生もそうなのかもしれませんよ」

来生は憮然《ぶぜん》としたまま、返事に窮している様子だった。


スマートフォンが着信を告げたのは、事務所に戻った直後のことだ。

発信は登録間もない梓からだった。

「どうした。何か急用か」

『わたしが元々の依頼人よ。急用でないと連絡しちゃいけない訳』

「用件を言え」

『調査の進捗《しんちょく》を確認したい。二回目の裁判、もう来週に迫っているのよ』

「法廷で語ることを事前に伝える義務はない」

『まさか他の案件を優先させてるんじゃないでしょうね』

「着手金後払いの案件だけにかかずらわる訳にいかない」

これは事実だった。現在、御子柴は郁美の事件以外に三つの案件を抱えている。着手金や報酬額を考えれば、優先順位は最後になる。

『かかずらわるって……何て言い草よ。全くとんだ弁護士に依頼したものね。自分の判断に吐き気がするわ』

鬱陶しい気分が声に出たのか、梓はすぐに尖った言葉で応戦してきた。子供の頃も、こんなに向こうっ気が強かったのかと記憶をまさぐってみるが、幼い梓の姿は一向に像を結ばない。

『カネのためなら悪魔だって弁護するって話、本当だったのね。あんた、やり手って以外に碌な噂ないじゃない』

「あながち間違いじゃない。そいつがどんな凶悪犯だろうがサイコだろうが、依頼を受けたなら立派なクライアントだ。お前が持ってきた案件と同様にな」

梓は電話の向こうで絶句したらしく、しばらく無音が続いた。

ところが会話を打ち切ろうとした瞬間、梓はがらりと口調を変えてきた。

『あんた、成沢さんのこと調べてたんでしょ』

沈黙していると、向こうで勝手に決めつけたようだ。

『殺された人間を調べるだけでいいの』

「どういう意味だ」

『クライアントがどんな人間なのか興味ないの』

「さっき言った通りだ」

　梓に言われるまでもない。成沢拓馬と同様、郁美についても調査するつもりだった。成沢と出逢うまで、郁美がどこでどんな生活をしていたのか。可能性は薄いが、そこに弁護の糸口が見つかるかもしれない。

『調べてみなさいよ。そうしたらお母さんが再婚しようとした理由も分かるから』

「生活が不安だったからだろう」

『不安の理由は一つじゃない』

「分かるように説明しろ」

『あんたのせいよ』

　言葉が湿り気を帯びていた。

『新しい生活をしようとすると、決まってあんたが邪魔をした。お母さんだけじゃない。わたしの人生も邪魔した』

「知らん」

『わたしが二十九の時、結婚の話が持ち上がった。相手の人も乗り気になってくれたけど、彼の親が念のためにって興信所を雇った。それで万事休すよ。たちまちわたしたちの旧姓とあんたの事件が知られた。速攻で破談になった。あ、あんたさえいなかったらわたしもお母さんもあんな目に遭わずに済んだのに』

鬱陶しさが臨界点を超えたので、御子柴は無言のまま電話を切った。

御子柴が福岡で事件を起こしてから郁美がいつどこに移り住んだかは、本人の申告と戸籍謄本で既に確認してある。後は糸口が見つかるまで過去を遡《さかのぼ》るだけだ。

今まで握っていたスマートフォンを仕舞おうとして驚いた。

知らぬ間に手汗でべっとりと濡《ぬ》れていた。

4

翌日、御子柴は北関東に足を延ばしていた。

群馬県館林市大島町《ぐんまけんたてばやししおおしまちょう》。薦田姓になった郁美と梓は平成六年の十一月、この地に移転してきた。その二年後に梓は独立して東京に転居、郁美は成沢と再婚するまでここに住み続けている。

渡良瀬川《わたらせがわ》に臨む広い田畑。その横にある昔ながらの住宅地の一角が郁美と梓の住まいだった。今は別の名前の表札が掛かっている。

周囲に比べてもひときわ古い一戸建てで、郁美から聞いた話では借家だったらしいから、きっと今でもそうなのだろう。

御子柴は隣の高須《たかす》宅のチャイムを押した。高須は郁美たちが住んでいた頃からの家主だ。現在の入居者に訊いても当時のことなど知る由もなく、ここは高須を相手にするしかない。

チャイムを鳴らし続けると、五回目でやっと「どなたあ」と反応があった。

玄関に姿を現したのは七十代と見える老人で、確認すると家主の高須建朗《たけろう》に間違いなかった。小柄で、人懐《ひとなつ》こそうな目が印象的だ。

「弁護士の御子柴といいます。以前、お隣に住んでいた薦田母子のことでお訊きしたいことがあります」

用件を告げると、高須は訳知り顔で頷いてみせた。

「弁護士というと、裁判で郁美さんの弁護をしておられる人ですか」

報道で郁美が事件を起こしたのは承知しているらしい。話が早いので御子柴には好都合だ。

「いったい何を調べておるんですかな」

「薦田母子の暮らしぶりです。ここには長く住んでいたと聞きましたが」

「うん。娘の方は就職すると家を出ていったが、郁美さんは十九年、いや二十年か。そのくらい住んでいたな。まあ玄関先で話すことでもないから中にお入りなさいな」

通されたのは老人臭の充満する居間だった。至るところにプラスチック容器やティッシュを丸めたものが散乱しており、来客など滅多《めった》にないことが偲《しの》ばれる。御子柴を招き入れたのも、おそらく話し相手が欲しかったからだろう。

「見たと思うが、かなり傷んだ家だったでしょう。あれは以前、わしの息子夫婦が使っておった離れなんだが、仕事の関係で夫婦とも出ていきよってね。一軒遊ばせておくのも何なんで借家にしたんだ。郁美さんたちが二世帯目の借家人だったな」

高須は遠くを見るように目を細める。

「ウチに挨拶に来た時から郁美さんと梓ちゃんだけだったから、訳ありだとは思ったんだ。旦那さんは事故で亡くなったと言うんだけど、ただ事故で死んだのならわざわざ越してくる必要もないんだしさ。根掘り葉掘り訊くようなことはなかったけど、最初から胡散臭い母子ではあったよ」

「胡散臭い、ですか」

「そりゃあさ、会えば挨拶はするし、家の中の掃除も怠らないみたいだし、ゴミ出しだって曜日を守るから真っ当な暮らしぶりなんだけどさ、やっぱり陰みたいなものは感じるんだよ。わしだって今まで色んな人間を見ておるんだからさ。亀《かめ》の甲《こう》より年の功ってヤツさ」

御子柴の意見は少し違う。確かに年を経《へ》れば経験も積むのだろうが、だからといって誰もが観察力を養ったり、老人らしい賢明さを獲得したりするとは限らない。中には愚鈍さや浅ましさ、欲深さ愚かさのみを濃縮させる老人だっている。

たとえばこの高須のように。

「そうしてしばらくは何事もない日が続いたんだが、ある日、近所の奥さんがとんでもないニュースを持ってきてね。そこの息子がインターネットでえらい情報を拾ったというんだ。あんた、驚くじゃないか。何と薦田母子は、大昔話題になった、あの福岡の〈死体配達人〉の家族だったんだよ」

高須はお前もここで驚けというように顔を突き出す。話を途切れさせる訳にもいかないので、御子柴も調子を合わせるしかない。

「この話、郁美さんからは聞いているかい」

「いいえ、初耳です」

「そうだろそうだろ。頼りの弁護士さんに知られたら愛想を尽かされちゃうからね。もう三十年も前の事件だけど、わしだってはっきりと憶えているもの。わずか十四歳の中学生が近所の女の子をばらばらに切り刻んで、郵便ポストの上とか賽銭箱の上に置いたってさ。もう鬼畜の所業だよね。そんな子供を育て上げた家族が真っ当であるはずがない。郁美さんや梓ちゃんが時々見せる陰の正体はなるほどこれだったのかって腑《ふ》に落ちた瞬間だったよ。やっぱりわしの目に狂いはなかったのさ」

高須は得意げに鼻を膨らます。

「鷹田家の過去が発覚したのはいつ頃だったんですか」

「梓ちゃんの縁談が持ち上がる前の年だから……平成十四年だったと思うね。梓ちゃんはここに越してきてから二年後の平成八年には家を出ていったんだけど、居場所を変えたってそういう悪い過去からは逃げようがない。無駄な悪足掻きってものさ」

電話口で訴えるようにしていた梓の声が耳に甦る。

「しかし家を出ていってから六年も経っていたら、もう関係ないじゃないですか」

「人の口に戸は立てられないさ。縁談が持ち上がったと言っただろ。郁美さんが吹聴《ふいちょう》したんじゃないし、本人が報告したんでもない。なのに、どうしてわしたちが縁談のことを知ったと思う」

既に事情は把握しているが、御子柴は敢えてとぼけてみせる。そうすれば大抵の人間は得意たらたら話を続けてくれる。

「相手の家族が興信所を雇ったのさ。割にいい家庭の彼氏だったみたいだから、向こうの親御さんが慎重になるのも無理はない。結婚というのはそれぞれの家庭が繋がることでもあるからね。いくら梓ちゃんができた娘でも、やっぱり出自は無視できんさ。第一、そんな話は隠し果《おお》せることじゃない。いつか必ずバレる。バレた時のタイミングなんだよ。結婚してしばらく経ってから実は、なんてことになってごらんよ。今まで黙っていたのも込みで旦那は大激怒するさ。それならそういった事情はなるべく早くに知られた方が双方の傷だって浅く済む。お節介かもしれないけど、まあ悪気があった訳じゃない。これだって梓ちゃんの将来を思えばこその厚意というヤツでね」

高須は自己弁護を口にするが、御子柴には噴飯ものでしかない。厚意が聞いて呆れる。ただ己の好奇心と嗜虐《しぎゃく》を満足させるために理由をこじつけているだけだ。

ただ御子柴が愉快に思うのは、こうした「厚意」が多くの人間に免罪符としてまかり通っている事実だ。中には厚意を正義という糖衣に包んでいる者さえおり、もちろん彼らは自分の中に潜む悪意に気づかない。いや、気づいていても知らんふりを決め込むか、そもそも気づこうともしない。

そう考えると、自分の行いが悪行や不道徳であると任じている者の方がはるかに清々しい。御子柴が未だ広域暴力団の顧問弁護士を務めている一番の理由は顧問料だが、偽善に糊塗《こと》された善良なる一般市民よりも、悪事を悪事として何の弁解もしないヤクザたちに好感が持てるからでもある。

「興信所はウチにも来た。家主だから当然だろう。お隣に住んでいた梓さんはどんな人でしたかって。わしも正直者だからありのままを話した。梓ちゃん本人は礼儀正しくていい娘だ。だけど昔にちょっとした事件があった。これが後々知れたら却って禍《わざわい》になるから、今のうちに教えてあげるよって。やっぱりあの事件はさ、ちょっとしたものじゃなかったんだよ。薦田さんちが〈死体配達人〉の家族だと知ると、興信所の顔色が変わったからね」

高須は自覚しているのだろうか。興信所の調査員が驚いた顚末《てんまつ》を語る時、高須の表情は喜悦に歪んでいる。

「結局、破談になったらしいけど、それもわしたちの証言のせいとは限らないしさ。こういうのは縁なんだから、最初から梓ちゃんとその彼氏はそういう運命だったんだよ、きっと。うん」

できることなら、この場に梓を連れてきたいと思った。本人を目の前にして高須がどう繕うのか。そして梓がどんな行動に出るのか。

「しかし、そんな過去が明るみに出れば、一人ここに残っていた郁美さんものほほんとはしていられなかったでしょうね」

「そりゃあ、あんな怪物を生んだ母親なんだからねえ。こんなこと言うとわしが冷血漢に聞こえるかもしれんが、〈死体配達人〉の一件が知れてから十年以上も隣に住みつかれてさ。はっきり言うと郁美さんにとっても隣近所にしても決して幸せとは言えんかった。考えてもみなよ、自分ちの目と鼻の先に、アレを生んだ母親が住んでいるんだよ。何となく気味が悪いじゃないか。それに罰っていうこともある」

「罰？」

「ああいう怪物を生んじまったのは仕方ないとしてさ、その怪物を怪物のまま育てたのは両親だった訳だろう。ところが肝心の怪物はまだ十四歳だってんで裁判にもかけられず、どっかの少年院に入れられて何の罪にも問われなかったというじゃないか。それじゃあ殺された女の子と家族があんまり可哀想《かわいそう》過ぎる。せめて犯人の代わりに親が責任を取るべきだよ。それが道理ってものじゃないか」

　自分の声に昂奮する性質なのか、高須は次第に顔を紅潮させる。傍《はた》から見ていて、これほど滑稽で醜悪なものはない。

「だからねえ、その後郁美さんがされたことも当然っちゃ当然なんだよ。怪物に殺された女の子や遺《のこ》された家族のことを考えたら、あれだって優しいくらいさ」

「何があったんですか」

「別に何もありゃあしないよ。野蛮人じゃないからね、わしたちも。せいぜい表で会っても挨拶は控えるとか、回覧板を回さんとか、自治会の集まりには呼ばんとか、その程度。ただし中には義憤に駆られて、無言電話掛けたり、玄関や窓に悪戯書《いたずらが》きしたりする者もおったよ。しかし、その頃には郁美さんも一人暮らしだったし、前の住まいでも同じことを散々されて慣れておったんだろうな。悪戯書きを消そうともせず、ずっと放《ほ》ったらかしのままだ。家主としちゃあ貸した家が汚れるのは勘弁してほしいから、その都度注意するけど、消したら書かれ消したら書かれの繰り返しだから、そのうちこっちも疲れてきた。結局、郁美さんが玄関やら壁やらを綺麗《きれい》にしたのは、ここを出ていく前日だったよ。まあ郁美さんが出ていった後は悪戯書きもなくなったから、正しいっちゃ正しい判断だったんだけどさ」

　御子柴は意地の悪い質問を思いつく。

「家主の立場だったら、悪戯書きを店子《たなこ》に消させるより、書いた張本人を探し出す方が根本的な解決になるんじゃないのですか」

「書いた犯人もおおよその見当はついているさ。近所でそんなことをしそうな人間は限られているしね。だけど書いた人の気持ちも分かるんだよ。誰だって犯罪者の、しかもあんな怪物の家族が近くにいるなんて嫌だからさ、遠ざけたいと思うのが普通だよ。それを人権だの何だのと責め立てる方が間違ってる。ありゃあ、自分だけは被害をこうむらない安全地帯にいる人間の空論なんだよ」

哀調さえ帯び始めた高須の弁舌だが、御子柴の胸は冷えたまま一向に昂ぶることがない。見慣れた顔と聞き慣れた声。これが一般市民と称される者の本音だ。今更憤るほどのものでもない。

「ここを去る時、郁美さんは何か言いましたか」

「普通だね。お世話になりましたって。お世話というより、ご迷惑かけましたってのが妥当だと思ったけど、そこは大人同士だからさ。再婚相手がいてよかったねと祝福して送り出してやったよ。郁美さんにはちょっと気の毒だったけどさ、ここらの住人はほっとひと息吐いたと思うよ。トラブルの原因が自分から出ていってくれたんだからさ」

御子柴はその日のうちに東京に戻り、新幹線で名古屋へと向かった。

名古屋駅に到着したのは午後二時四十五分、地下鉄に乗り換えて目的地の昭和区御器所町《ごきそちょう》に着いた頃には三時を回っていた。

郁美と梓は平成元年の四月から六年十一月までここに住んでいた。それまでは福岡だったから、引っ越す度に東へ東へと流れたような感がある。

平成元年ならば梓が十五歳、中学三年生の時に越してきたことになる。何故この年に移転したのか郁美は明確に答えなかったが、これもおおよその察しはついている。おそらく近所の誹謗《ひぼう》中傷に苛《さいな》まれたからに相違ない。重要なのはここで郁美と梓の身に何が起き、それが現在にどう影響しているかだった。

御器所は商業地域と住宅地域が混然一体となっている古めかしい街だ。居酒屋やパチンコ屋の並びに民家が点在している。建築基準法施行《しこう》以前の建物が残存しているのかどうかは不明だが、街角には昭和の臭いが嗅ぎ取れる。

御子柴はこうした古い街の臭いが嫌いだった。医療少年院に入院している間に元号が変わってしまったという事情もあるが、己が十四歳だった頃以前が憂鬱《ゆううつ》でならない。従って昭和を思い起こさせるものも、好きになれない。第一、区の名称そのものが昭和なのも気に食わない。

該当の場所は昭和区役所からほど近い、小学校や高校の立ち並ぶ中にあった。下校の時間とかち合ったために、小学生の一行と何度もすれ違う。

御子柴は子供も嫌いだった。傍にいるだけで、胸が掻き毟られるような思いに襲われる。心理学者辺りに喋らせればやれ精神的外傷がどうのと得意げに解説するだろうが、実際はそれほど単純なものではない。悔悟や自己嫌悪よりも、原初的な欲求が身体の芯《しん》から滲み出てくるような恐怖心がある。十四歳の時、近所に住む幼女を屠《ほふ》った残虐性が、息を潜めて出番を待っているような不穏がある。

昭和に対する嫌悪も子供に対する畏怖《いふ》も、長らく忘れていたはずの感覚だった。それを呼び起こしたのは間違いなく郁美と梓だろう。あの二人に再会してからというもの、どうにも変調を来たしている。二人や二人と関わった者たちの証言を聞いていると、頭の中で沸騰と冷却が反復される。ある言葉でかっとなり、別の言葉で急速に冷めてしまうのだ。

危険な徴候だった。御子柴の武器は一にも二にも冷徹さだ。何を見ても何を聞いても微動だにしない神経があるから、法廷の雰囲気を操ることができる。だが己の気持ちを制御できなければ、この能力も充分に発揮できない。

つらつら思案しているうち、目的の家の前まで来た。平屋建てが七軒並ぶ長屋。これもまた昭和の名残《なごり》だ。

郁美たちが住んでいたのは右端の家だったが、現在表札を掲げているのは三軒のみであとの四軒は無人らしい。

事情は建物の外見を見れば一目瞭然《いちもくりょうぜん》で、とにかく廃屋と見紛《みまが》うほど老朽化が進んでいる。どの建物も屋根の一部が凹《へこ》んでおり、雨樋《あまどい》も例外なく途中で破損している。これでひと雨くれば家の中がどうなるかは容易に想像がつく。

表札のある三軒を訪れたが、いずれも郁美たちが館林市に移ってから転居してきた住人で、薦田家について知る者は皆無だった。その代わり七軒長屋の家主を教えてくれた。

家主の常滑弘幸《とこなめひろゆき》は長屋の数メートル先に居を構えていた。こちらは長屋とは打って変わり、日本建築の堂々としたお屋敷だった。敷地はざっと見積もっても百坪以上、竹垣から覗く植木から庭の広さが窺い知れる。店子に貸した家屋とのあまりの差異に、格差社会の縮図を見る思いがする。

幸い常滑は在宅中で、御子柴が弁護士を名乗るとすぐ家の中に招き入れてくれた。

「ほう、郁美さんの弁護をされておるのですか」

常滑は八十を優に超えており、いかにも好々爺《こうこうや》といった風情で御子柴を応接間に迎える。

「新聞では成沢郁美と報道されていたので最初は気づかなんだが、テレビに映った顔であの郁美さんだと知った。何でも財産目当てで亭主を殺めたという内容だったが、あれはいったい本当なのかね」

「わたしは無実を信じて弁護人を請け負いました」

「うーん、それはそうだろうね。いや、失敬。そう言えば郁美さん本人は犯行を否認しておるのだから、弁護士先生が東奔西走するのも当然だなあ。しかし、先生。名古屋くんだりまで来なすって、いったい何をお調べになるのかね」

「常滑さんの店子だった頃、薦田母子がここでどんな生活をし、どんな理由で出ていったかです」

「それが東京の事件と何か関係があるというのかい」

「依頼人がどんな人間であるかを見極める。そのために彼女を知る人から証言を集めています」

「ふむ。事件を知るために当事者を知ろうという趣旨か。それは確かにその通りかもしれんね。人間ちゅうのは元々の資質もあるが、環境で変質する生き物でもある。その着眼点はおそらく間違っておらんだろう。ところで先生、わしの貸家を見たかね」

「ええ、今しがた」

「どう思った」

「文化遺産並みに貴重な建築物ですね」

常滑はぶわははと哄笑《こうしょう》する。

「そういう言い方をしたのは先生が初めてだな。まあ、実際に古い。わしの父親が余った地所に建てた長屋で、当時は使用人の居宅だった。確か大阪万博の年に建てられたはずだから、かれこれ四十五年は経つか。見ての通りのあばら屋だが家賃はひと月二万円。ある層の世帯には需要があるから、変に改築することもできん。その分、家賃は跳ね上がっちまうからね」

「棲《す》み分け、ということですか」

「何でもかんでも平等じゃあという風潮には馴染《なじ》まんが、人にはそれぞれ分というものがあってな。背丈に合った生活が決まっておる。高望みや逆にケチ臭い生活というのは結局住んでいる人間を歪めてしまうんや」

　下流に生息している者から猛然と抗議されそうな言説だが、常滑の口から出ると不思議に説得力を持つ。

「あの長屋に住んでいた鷹田母子はそれが分だったという意味ですか」

「もちろん、性根と財布の中身は別だ。清貧という生き方もあれば貪欲《どんよく》という生き方もある。現にあの母子はいい家族やった。裕福な暮らし向きではなかったが、互いに思いやり助け合い、堅実に暮らしておったよ。梓ちゃんといったか、あの娘はそこそこ器量もよくて学校の成績もよかった。確か市内でも有名な進学校に入学したんじゃなかったのかな。まだ当時はな、裕福ではない家庭の子女でも頭の出来と努力次第で自分の進路を開ける時代だったのさ」

　唐突に梓の顔を思い出す。置かれた環境に関係なく、己の才覚で進路を開いた。だが結婚の段になって過去からの追撃に遭い、幸福を一つ摑み損《そこ》ねた。あの尖った表情は己の才覚や努力も空《むな》しくなった者の怒りだったのかもしれない。

「常滑さんはずいぶん店子と交流があったんですね」

「いやいや。薦田母子が真っ当だったから、つい色々とお節介したくなってね。まさか大っぴらにカネを恵むような真似はできんし、されたくもなかろう。婆さんが惣菜《そうざい》をお裾《すそ》分《わ》けしたり、孫娘のお下がりを持たせたりする程度だったが、まあ大家と店子の関係としてはまずまずじゃなかったのかな」

それまで懐かしげに目を細めていた常滑だったが、ふと表情に影が差した。

「そうや、あの年まではあの母子もこの界隈《かいわい》も平々凡々で過ごせた。あんなことさえなかったらなあ、きっと郁美さんや梓ちゃんにも違う将来があったろうに……。先生は郁美さんのもう一人の子供について聞いておるかね」

「ええ、大体は。二人がここから転居する羽目になったのは、やはりそれが原因ですか」

「直接の原因はそうやった。しかしその前に、お膳《ぜん》立《だ》てみたいなものがあってな。先生のような商売をしておればご存じだろう。平成六年に起きた大阪・愛知・岐阜の連続リンチの事件だ」

常滑に解説してもらうまでもない。国内の重大事件の一つに数えられているから御子柴でなくても知っている者は沢山いるだろう。

平成六年九月二十八日から十月八日にかけ、主犯格三人を含む不良グループが三府県で四人の男性を殺害した。その手口は徹底した暴行であり、発見された四人の遺体はいずれも全身骨折・大部分の血管損傷による大量出血・大火傷と見るも無残《むざん》な姿だった。

しかし世間が戦慄《せんりつ》したのはその犯罪態様だけではなく、主犯格である三少年の振る舞いだった。主犯格の三人は強盗殺人・殺人・死体遺棄・強盗致傷・傷害致死・監禁などの罪で起訴されたが、裁判では全く反省の色も見せず、被害者遺族を嘲笑《あざわら》う態度に終始したという。この態度の背景には、自分たちは未成年なので死刑になることはないという楽観があった。

少年たちの思惑に反して一審で地検は三人に死刑を求刑、すると被告の三少年は掌を返したかのごとく遺族に謝罪の手紙を送るが、遺族はこれを受け入れなかった。地裁は一人を死刑、あとの二人については無期懲役の判決を下したが、これに弁護側・検察側がともに不服として控訴した。

平成十七年十月十四日、名古屋高裁で控訴審判決が行われたが、四人の生命を奪った結果は重大と裁判所は三人に対し全員死刑判決を下す。更に平成二十三年三月十日、最高裁は上告を棄却し、ここに元少年三人の死刑が確定した。

「地元が犯罪現場の一つにされたせいもあって、名古屋でもえろう騒がれた事件やった」

「それが鷹田母子にどんな関係があるのですか」

「残虐極まる少年犯罪ちゅうて写真週刊誌が挙《こぞ》って特集記事を組みよった。その中には当然のように福岡の〈死体配達人〉の事件も取り上げられて、あろうことか少年の家族写真が流出した。もちろん目線が入っていたが、見慣れた近所の目には誤魔化しようがない。あっという間に噂が広まり、母子は近所でも勤め先でも学校でも迫害されるようになった」

常滑はひどく不味《まず》いものを舌に載せたように顔を顰める。

「ああいうのを気分ちゅうのか、付和雷同ちゅうのか、それとも群集心理ちゅうのか、犯人の少年憎しがいつの間にか犯人の家族憎しに転嫁してしまった。わしにもちいと覚えがあるがね、先生。人間ちゅうのは実に弱い者いじめが好きでな。折あらば自分より立場の弱い者をいたぶってやろうと、心の底で手ぐすねを引いとる。これに大義名分が加われば鬼に金棒や。天下御免で集団リンチができる。主犯格の三人の子供らが起こした連続リンチ事件は、鷹田母子をいたぶる口実を世間に与えちまった。〈死体配達人〉の所業も残虐極まりなかったのに、本人は裁判にもかけられず罪にも問われなかった。それなら少年の家族は少年と同じ扱いを受けても文句は言えまいという、まあ勝手な理屈や。勝手やけど理屈の正否なんぞ、口にする者の立場でどうとでも変わる。屁理屈も理屈というヤツさ」

常滑の弁舌は胸の襞《ひだ》を掻き分けながら乱暴に押し入ってくる。世間の嗜虐欲は既知のものだが、あのリンチ事件が郁美と梓に波及したのは意外だった。とばっちりもいいところだが、しかし大義名分を手にした世間は暴徒と同じで理性など最初から放棄している。地縁も血縁もない場所で多勢に無勢、おそらく二人に抵抗する術などなかったに違いない。

「家の窓ガラスは全部割られた。戸といい壁といい、悪口雑言の文句に彩《いろど》られた。二人は外に出る度に後ろ指を差され、勤め先や学校では絶えず陰口を叩かれたらしい。仲間からは爪弾きにされ、近寄る者もいなくなった。ほんの一ヵ月の出来事だったが、さすがに耐えきれなくなったんだろう。十月末になって郁美さんは賃貸契約の解約を申し出た。情けないが、わしに二人を留《とど》めさせる言葉はなかったんだよ、先生」

口の中がざらついて、すぐには返事ができなかった。

「二人がここを去る時、わしが一番心配したのは世間の迫害があの母子に及ぼす影響やった。最前話したように人間は環境によって変わる。いつも何かに怯えていたような郁美さん、負けん気の強かった梓ちゃん。二人があの騒ぎをきっかけに歪んでしまうんやないかとね。もちろんわしは郁美さんが人を殺していないと信じたいが、仮に殺してしまったとしても不思議やとは思わん。世間は郁美さんを加害者呼ばわりするだろうが、むしろ彼女は被害者や。彼女をそう変えてしまったのは世間や。それなのに裁かれるのは郁美さんだけというのは、ひどく殺生な話やと思うよ」

「皆、自分は裁かれないという自信があるのですよ」

御子柴はようやく口を開いた。

「何しろ自分は善人で、正義だと信じ切っています。正義が裁かれるはずはないから、安心して罪人を叩く」

「先生は自分を正義だと思ったことがないのかね。人を弁護する仕事をしておるというのに」

「こういう仕事をしているから余計に思います。およそこの世に、人が口にする正義ほど胡散臭いものはありませんよ」

5

名古屋に一泊した御子柴は、翌日福岡に向かった。

福岡市早良《さわら》区礼乗寺《くれいじょうじ》、そこに御子柴の生まれ育った家がある。以前扱った案件で駅の反対側まで来たことはあるが、実家のある方には訪れなかったので実に三十年ぶりに戻る計算になる。

正直、足は重かった。

その地には御子柴の忌《い》み嫌う過去が横たわっている。御子柴が二度と会いたくない園部信一郎が待ち構えている。

だが一方、郁美が成沢を殺害した物的証拠および状況証拠を覆す証左は今のところ何もない。こうして故郷に舞い戻ったのも、手掛かりを探るべく手を限界まで伸ばした結果だ。探しているものが見つからないと、ほとんど可能性がないと思われる箇所にまで手を伸ばそうとするのと一緒だ。

自分が何を探しているのかも分からない。だが少なくとも、郁美について不明なものを探すのであれば、彼女が通った道筋を辿るしか手段はない。

最寄り駅は改築され、すっかり様子が変わっていた。みすぼらしかった駅舎は今風の洒落た内装になり、白々《しらじら》しく御子柴を迎えた。

御子柴はその変化に戸惑い、そして安堵《あんど》する。変化は大歓迎だ。このまま、育った街も、ついでに生家も姿を変えてくれていればいうことはない。

歩き出すと御子柴の願いは半分叶えられ、半分蔑ろにされているのが分かった。

三十年も離れていたというのに、目に入る風景が記憶を刺激する。大規模な土地区画整理事業は行われなかったらしく、さすがに当時のままという建物は少ないが、舗道から見る景色には絶えず既視感が付き纏う。

あの角にあった駄菓子屋はコンビニエンスストアに変わっている。

駄菓子屋の並びにあった写真館は携帯電話の店舗に様変わりしている。

八百屋は新装しているが八百屋のままだ。この辺りでは一軒きりの歯医者は看板まで変わっていなかった。

次々に訪れる変化に、しかし御子柴の胸は一向にときめかない。ただ安堵と失望が反復するだけだ。

頭よりは身体が道を憶えていた。いくつかの角を曲がり、憶えのある塀を通り過ぎ、初めて見る交差点を渡り、そしてようやくその地に立った。

そこに家はなかった。

二階建ての家屋は丸ごと消失し、土地は月極《つきぎ》め駐車場に変貌していた。

安堵が一気に押し寄せる。

よかった。ここにもう、過去を思い起こさせるものはない。

しばらく佇《たたず》んでいると隣家の戸が開き、中から老婆が出てきた。

その顔を見るなり思い出した。春山《はるやま》家のおばちゃんだ。御子柴がまだ幼稚園の頃、ここの長男によく遊んでもらった。このおばちゃんからは菓子をもらったこともある。

おばちゃんは駐車場に立ち尽くす御子柴に気づき、視線を投げてきた。

不審げな表情は訝しげなそれとなり、やがて驚愕に変わった。

「あ、あ、あんた」

こちらがすぐに思い出したくらいだから、相手もそうなのだろう。春山のおばちゃんはひいと短く叫んだと思うと、逃げるようにまた家の中に引っ込んでしまった。

御子柴は思わず苦笑する。怖がっていたのは自分だけではないらしい。いや、怖がり方というなら向こうが数段上なのだろう。何しろ園部信一郎は彼女たちにとって隣に住む〈モンスター〉だったのだから。

それにしても生家はいつの間に駐車場になってしまったのか。土地も建物も父、謙造の名義のはずだった。御子柴が収容された後に謙造は自殺したから、遺言でもない限り不動産は郁美がそっくり相続しているはずだ。

ふと見れば駐車場の片隅《かたすみ》に管理会社の連絡先が掲げられていた。御子柴はスマートフォンで連絡先を撮ると、そそくさとその場を立ち去る。今頃春山家ではおばちゃんが家族を相手に大騒ぎしている頃だろう。騒ぎが大きくなる前に、一刻も早く退散するべきだった。

管理会社に連絡すると、事務所は駅の近くだった。指示された場所にあったのはこれも見知らぬ不動産屋で、応対に出たのは恰幅《かっぷく》のいい中年男性だった。

「丙《へい》と申します」

御子柴の名刺を見て、丙は好奇心に目を輝かせる。

「ほう、弁護士の先生ですか。わたしどもが管理しておる駐車場のことで何か問い合わせがあるとか」

「駐車場になる以前、あそこには一戸建てが建っていたはずなのですが、どういった経緯で売買されたのかと」

「お仕事に関わる調査ですか。うーん、実はわたしは代替わりでしてね。あの地所を仲介したのは親父《おやじ》なんですよ」

その先代も数年前に逝去したのだと言う。

「それでも曰《いわ》くつきの物件なので、概《おおむ》ねの事情は心得ております。仲介を受けたのは元号が平成に変わって間もない頃だと聞いています。確か所有者は……ああ、ちょっと待ってください。確か登記簿の写しがあったはずです」

丙はキャビネットに向かい、中から分厚いファイルを取り出す。しばらくページを繰った後、目当ての箇所を見つけ出して戻ってきた。

「前の所有者は園部郁美。ご主人が亡くなって土地家屋を相続したんですな」

　やはりそうだったか。

「この物件ですねえ、親父がよくぼやいていたのを思い出しますよ。所謂、事故物件というヤツでしてね。ほら、住人が殺されたとか自殺したとか。そういうのは他の条件がよくても、なかなか売れんのですよ。昔の登記簿を見るとですね、狭小の上に北向き、しかも隣宅との間には赤道《あかみち》が走っていて権利関係が錯綜《さくそう》しているんで売りづらい条件が揃っておるんですな」

「でも先代社長は仲介されたんですよね」

「相続した園部の奥さんからは、いくらでもいいから売却してくれと言われたらしいんですわ。つまり投げ売りですな。それで親父も何度か売値を下げて流通に回しておったんですが、元々の条件が悪い上に、狭い街だから事故物件というのが知れ渡っておるんですな。その後四年経っても手を挙げる客がおらず、しかも売主の園部さんは名古屋かどこかに転居していて家のメンテナンスもできていない。あのですね、家というのは人が住まないようになると、あっという間に朽ちていくんですわ。で、このまま放っておいたら廃屋《はいおく》にしかならんので、やむなく親父は物件を買い取ったんです。最初に出した売値の三割という話なんで、園部さんの手に渡ったのも大したカネじゃなかったですな」

　だから名古屋では長屋住まいだったという訳か。

「ところがですよ。買い取ったはいいが、何せ事故物件でしょう。買い手が現れない可能性があるんで、下手にリフォームもできない。だからといって更地にすれば固定資産税が高くなる。仕方がないんで、建物を取り壊して駐車場にするしか手がなかったんですな」

丙は軽く溜息を吐く。

「本来、事故物件であっても投げ売り価格だと隣の家が借金してでも買おうとするんですけどねえ、あの地所、事故物件中の事故物件だから誰一人として見向きもしない。それも当然で、ご主人が自殺したのもあの家が〈死体配達人〉の自宅だったからです。先生、福岡の〈死体配達人〉はご存じでしょ」

今、目の前に立っている男がその本人だと告げたら、丙はどんな顔をするだろうか。

「事故物件の理由がダブル、しかもその一つがあの事件ときちゃあ、結婚式場で卒塔婆《そとば》を売り歩くようなもんですよ」

「園部さんが自殺した時の詳細を知っている人が他にいませんか」

隣近所では御子柴の顔が割れている。できれば少年時代の自分を見知っていない人物ならそれに越したことはない。

「ううーん。長男が逮捕されてからというもの、ご近所では触れず近寄らずという態度だったらしいですからねえ。死体を発見したのは奥さんだったし、それ以上に詳しいことを知っているのは警察だけじゃないんですか」

だが御子柴は、警察も似たようなものだろうと考えていた。謙造の死は自殺だったから警察の捜査も早い時期に終結している。おそらく当時の捜査資料も残ってはいまい。二十九年も経っていれば、当時の捜査員もほとんど退官しているはずだ。

あの時、梓は十二歳。父親の死について詳細を知らされたとは考え難い。すると残るのは、やはり郁美ということになる。だが、郁美は信用のならない依頼人だ。弁護人である自分にどれだけ真実を語るのか、それすらも未知数だろう。

くそ、と胸の裡で毒づく。折角伸ばした手も、ここで止まってしまった。

だが、しばらくしてもう一つの可能性を見出《みいだ》した。


丙の不動産屋からメインストリートに沿って五百メートルも北上すると、やがて〈フクダ生命保険〉の看板が見えてきた。支店が存続していたようで御子柴は安堵する。

御子柴の数少ない自慢の一つが記憶力だ。謙造と郁美が契約していた生命保険会社を、そのロゴから御子柴はしっかり記憶していた。

弁護士を名乗ると、受付の女性は珍しくもなさそうに応対する。

「かなり以前の契約についてお訊ねしたいのですが」

二十九年前の自殺案件。当時死亡保険金を受け取った人物の弁護をしている旨を伝えると、別室で待たされた。やがて現れたのはやや肥満気味の中年男性だった。

「営業の堂場《どうば》といいます。何でも二十九年前の保険金支払いについてお調べと聞きましたが」

「直接の関係はないのですが、依頼人の関わっている契約でしてね」

「二十九年前なら記録が残っているかもしれませんな」

堂場は斜め上を見ながら言う。

「そんなに昔の記録は残っていないのが普通ですが、ちょうどその頃から我が社は契約のオンライン化に着手していまして」

つまり契約書控えや顧客名簿といった紙ベースのものは保管年限が終了した時点で破棄される

が、オンラインで登録された契約については削除されない限りデータが残るというのだ。

更に御子柴は郁美の弁護士なので、委任状さえ見せれば契約内容の開示請求ができる。

「弊社のお客様が殺人事件の被告人に、ですか。いや、何ともそれは」

堂場は複雑そうな顔をした。

「およそ三十年もすれば色々なものが変わってしまうのでしょうなあ」

既に契約関係の終了した客であっても、殺人事件に絡むとあっては思うところがあるのだろう。テーブルの上に置いた端末を操作しながら、堂場は感慨深げに呟く。

「考えてみれば弁護士の先生とわたしどもは似ていますね。お客様に不幸やトラブルが発生してから本領を発揮する。動きの取れなくなったお客様の手となり足となり、場合によっては口となり、その利益を護る。何事もなく平穏な時にはまるでお呼びでない。因果といえば因果な商売です」

似ているところは他にもある、と御子柴は内心で付け加える。

それはお互いに、依頼人の不幸と本性をこれでもかというほど見せられることだ。切羽詰《せっぱつ》まった時、その人間の本来の姿が現れる。命とカネに関わる仕事に従事している者は、そういう醜悪さと常に対峙《たいじ》させられている。

加えて顧客の不幸で飯を食っている。己の不幸など欠片も想像しないような人間は、生命保険に加入しないだろう。

その伝で言えば、園部謙造と郁美の夫婦は間違いなく自分たちを襲うであろう不幸に備えていた。ただし、それが実の息子によってもたらされるとは全く想定外だったに違いない。

「ああ、これですこれです。ありましたよ。〈フクセイ終身保険〉の重点保障プランⅡ型。被保険者が園部謙造様、保険金受取人は園部郁美様になっています」

堂場が端末のディスプレイをこちらへ向ける。契約日と商品名称、そして月々の払込保険料と死亡時の総受取額が明示されている。

この内容によれば月々の保険料は一万二千円、死亡時総受取額は三千万円。

「ああ、終身保険と定期保険特約の抱き合わせにしてありますね。懐かしいな。わたしが入社した頃にはこれが主力商品でした」

「今は違うんですか」

「この頃に比べると保険期間が少し短くなっていますね。老後の不安から、皆さん早めの受け取りをお望みなんです。それから当時はリビング・ニーズ特約がありませんでした」

「それはどういうものですか」

「余命六ヵ月以内と判断された時、死亡保険金の全部かまたは一部をお支払いする特約です。これも時代を反映してのことですね」

謙造の死亡によって支払われた保険金は三千万円。佐原《さはら》みどりの遺族から請求されていた慰謝料は八千万円だからその差額五千万円が、そのまま郁美の負債になった計算だ。

契約内容の下段には昭和六十一年十月七日に契約終了とある。謙造の死亡した日が前月の十四日だから、三週間後に保険金が下りた計算になる。

「保険金が三週間後に下りるというのは少々遅くありませんか」

「仰る通り、本来であれば請求に必要な書類が本部に届いてから五営業日以内に死亡保険金を支払わなければなりません。約款にも謳《うた》っております。しかし例外として書類に不備があったり支払いに関して事実確認が必要だったりする場合は完了するまでは所定の日数に含まれません」

「つまり、この契約には事実確認が必要だった訳ですね」

「ええ。次の画面にはその確認内容が記載されているはずです。……ああ、これは調査が入っていますね。保険調査員が事実確認に手間取って支払いが遅れたパターンです」

次画面に飛ぶと、果たして保険調査員が調査内容と所見を残している。

『報告書
本件は自殺案件であるものの、契約日から十年を超えたものであるから免責事項には当たらない。

ただし被保険者の死亡に関して警察（福岡県警本部）の捜査が事故と事件の両面に及んでいることから事実確認に所定外の時間を要した。被保険者が自殺体として発見された時の状況は以下の通りである。

（現況見取り図　別添1）

通常であれば問題のないケースであるが、警察が拘泥したのは被保険者と死亡保険金受取人が、昨今報道された幼女殺害事件の犯人の両親であったことによる。犯人は逮捕後、鑑別所に移送されたが、その後被害者遺族から慰謝料を請求されている。裁判所が命令したのは八千万の支払いであり、その請求と今回の事案に関連が疑われたのである。

調査員は独自に近隣住民への聴取を展開したが、犯人の逮捕以前は仲のよい家族として知られており、被保険者と保険金受取人の間に深刻な争いはなかったとの証言を多く得た。更に被保険者は犯人逮捕後に退職を余儀なくされ、碌に外出もしなくなり、たまに見掛ければ非常に落ち込んだ様子であったという。

調査員は担当する警察官からも事情を確認したが、死因その他、偽装である証左は何も発見できなかった。尚、遺体は司法解剖に回されたが、解剖報告書にも縊死以外の特異点は見当たらなかった。

（執刀医師の作成した死体検案書　別添2）

以上判明した事実から、本案件の死亡保険金支払は妥当と判断する。

昭和61年10月3日

調査員　波多野信夫《はたののぶお》』

一読して担当した調査員の性格が垣間見える内容だが、つまりは警察と保険会社両方が調べたにも拘わらず、遂に不審な点は見出せなかったということだ。

「その波多野信夫というのは伝説の調査員ですよ」

「どういうことですか」

「とにかく調査能力がずば抜けていて、彼の調査によって不正請求、簡単に言えば保険金詐欺が発覚したものが多かったんです。天性のものだったのでしょうな。退職後は探偵事務所を開業したと聞いています。そのくらい優秀だったそうです」

そういう調査員が支払い妥当と認め、警察も自殺と判断した。

どうやら伸ばした手は空振りに終わったらしい。この地に郁美の弁護に有益な情報は存在しなかったのだ。

三　被告人の悪徳

1

東京地検の執務室で、槙野は第二回公判の準備に余念がなかった。

弁護側と裁判所側に提出済みの証拠物件を再度吟味してみる。今までも公判日が迫る度にこうした作業をしてきたが、今回は相手が相手だ。慎重の上に慎重を期しても、し過ぎることはない。

御子柴は乙三号証の供述調書と甲五号証の縄について不同意を示してきた。供述調書はともかく、縄に関しての不同意は槙野も意外に思った。しかしよくよく考えてみれば、縄から採取された郁美の皮膚片が最重要の物的証拠になっているのだから不同意も頷けない話ではない。問題は不同意の上で、御子柴がどんな反証を用意してくるかだった。

法廷で御子柴と対峙した第一印象は不穏さだった。否認事件における弁護士側のやり口として決して奇を衒《てら》ったものではなかったのに、何か隠された意図があるように思えてならない。

一つには先入観のせいだろう、と槙野は自己分析する。公判前、額田から示唆《しさ》された御子柴の印象に引き摺られているのかもしれない。元〈死体配達人〉、弁護士というよりは詐欺師に近く、論理に外連味《けれんみ》を加えてくるという、およそ法理論とは埒外《らちがい》の戦法で勝ちを捥ぎ取る男。

しかも今回は念の入ったことに被告人は御子柴の実母ときている。御子柴が今まで以上に策略を巡らせてくるのは想像に難くない。改めて、御子柴と郁美の関係がマスコミに洩れないよう箝口令を敷いたのは適切な処置だったと思った。司法記者の中にはえらく鼻の利く者もいる。しかも彼らの中で御子柴礼司という人間は色んな意味で有名人だ。この事実が知れれば、必ず一般市民の下世話な好奇心を刺激する。

被告人となった母親を弁護するかつての犯罪少年。医療少年院の更生プログラムは獣を人間に変えることができたのか――週刊誌のネタにすれば二ヵ月は保《も》つような話題が満載だ。そして外部の雑音が大きくなれば、裁判員の心証に作用しないとも限らない。

不可解なのは、当の御子柴がその有利なカードを切っていないことだ。第一回公判から審理を優位に進めたいのであれば、御子柴自らが会見でも何でも開いて情報を開示するはずなのに、今に至っても弁護側からリークされたという話は聞いていない。

いったいそれは何故なのか。法廷での勝ちを何よりも優先させるという御子柴には、およそ似つかわしくない態度に思える。

不可解は恐怖の源泉だ。御子柴の真意が見えないだけでこちらが疑心暗鬼になってしまう。実際、御子柴の存在は不気味だ。額田に植えつけられた先入観もさることながら、法廷に立った時の独特な佇まいは、他の弁護士と比べようもない。

元より弁護士と検察官は立場こそ違えど同じ法曹界の住人だ。使用する言語も倫理も共通している。退官した検事がヤメ検として開業できるのも、資格以前にそうした共通認識があるからだ。

だが御子柴は違う。

人伝に聞いた話によれば、御子柴が司法試験に向けて勉学に励《はげ》んだのは関東医療少年院の中だったという。つまり犯罪者の群れの中で司法を学んだことになる。専門の学校に通い、検察ＯＢの講師から手ほどきを受けた自分たちとは出自からして異なる。広域指定暴力団の顧問をしているという現在も、この世界の異分子と称されるに充分な要因だ。

かつての犯罪少年という言い方は雅《みやび》に過ぎる。〈死体配達人〉の犯行態様を知れば、間違いなく園部信一郎という少年に恐怖と嫌悪を抱くだろう。だが単に感想を抱くだけならいい。こちらは成長した〈死体配達人〉本人と法廷で対峙しているのだ。

尖った耳に酷薄そうな唇、感情の読めない目。当時、一度だけ週刊誌に掲載された写真の面影《おもかげ》は今も健在だった。

槙野にしても、殺人犯と正面切って向き合ったのは一度や二度ではない。送検直後の検事調べでは、それこそ衝立も何もなしで何十人もの凶悪犯から事情を聴取した。今更彼らの人相に怯えるようなことはない。

だが御子柴は違う。

手錠や腰縄で拘束されていないからではなく、その佇まいだけで不穏な空気を醸し出している。喩えるならナイフの切っ先を目の前でちらつかされているような不穏さだ。

正直、思い過ごしかと思う時もある。過大な先入観に幻惑されて、相手を過大評価しているのかもしれない。だが御子柴の顔を思い出す度に、楽観的な観測は禁物だと肝に銘じる。何しろ異分子だ。どこからどんな手を出してくるか、まるで見当もつかない。相手の出方が分からないのなら、考え得る限りの防御を講じるしかない。

どうして司法試験は受験者の人格や経歴を受験資格の条件に含めないのかと不満に思う。犯罪歴のある者、思想信条が偏向している者はその段階で不合格にしてしまえば、御子柴のような悪辣な弁護士や、妙な人権派弁護士も根絶できるはずなのに。

そんな風に司法制度の瑕疵《かし》を論っていると卓上の内線電話が鳴った。表示を見れば発信元は担当事務官だ。

『検事にご面会です』

壁の時計を見ると午後三時を過ぎている。

「この時間のアポイントは聞いていていません」

『アポイントはないそうです』

「何者ですか」

『警察官です。結構ご年配で、何でも福岡から来られたとか』

いきなり飛び出した地名にまごつく。槙野の知り合いに九州出身の者は皆無だったからだ。

「用件は」

『検事が担当されている世田谷の資産家の事件について、お耳に入れておきたいことがあると』

福岡の警察官が何故、という疑問はあったが、それよりも好奇心が勝った。

「会ってみましょう。執務室に案内してください」

五分後、事務官に連れてこられたのは六十過ぎと見える小男だった。

「福岡県警捜査一課に勤めておる友原《ともはら》といいます」

現役だとすれば実年齢は公務員の定年である六十歳以下のはずだ。それでも六十過ぎに見えるのは、外見がひどくくたびれているからだ。

頭髪は既に白く、顔に刻まれた皺も深い。猫背気味の歩き方も老人を思わせる。しかし一番老いを感じさせるのは目だった。刑事によく見られるような執拗《しつよう》さも貪欲さもなく、ただ物欲しそうな目が眼窩の奥から覗いている。

人間の人となりは顔に出る。これは警戒しなければならない人物だと、槙野は断定した。

「世田谷の事件のことで来られたとか。わざわざ福岡からですか」

「ニュースで事件を知りましてね。ひょっとしたら検事のお役に立てるのじゃないかと思いまして」

「たったそれだけのことで、ですか」

「検事は〝たった〟と仰いますが、わしにとっては〝されど〟なんですよ」

「被害者の成沢拓馬氏が福岡県警と何か縁があったのですか」

「被害者じゃありません。被告人になっている女房の成沢郁美。彼女の以前の名前は園部郁美。三十年前は市内早良区の礼乗寺という場所に居住しておりました。そして検事はもうご存じかもしれませんが、当時日本全国を騒然とさせた幼女殺人事件の犯人、〈死体配達人〉こと園部信一郎の母親です」

槙野は頷くことで肯定してみせた。

「ははあ、やっぱりご存じでしたか。それなら話は早い」

「話というのは園部信一郎に関してですか」

もしも園部信一郎の現在という内容なら帰ってもらおうと思ったが、友原はゆっくりと首を横に振る。

「いえいえ、あくまでも母親の郁美に関してです。検事は彼女の前夫が自殺したこともご存じですよね」

「ええ。息子が冷血極まりない殺人者であったこと。そして莫大《ばくだい》な賠償金だか慰謝料だかが払えないことの申し訳なさから自殺したんでしたね」

「亭主の名前は園部謙造。一報を聞いて駆けつけたのが早良署と県警の刑事でしたが、わしはそのうちの一人でした」

友原の目が一瞬、懐かしさに緩む。

「当時はまだ駆け出しの若造でしたな」

「自殺案件で所轄と合同捜査ですか」

「何しろ〈死体配達人〉の実の父親ですからね。幼女殺人事件に絡んでいやしないかと、県警が多分に浮き足立ったところもあります。それだけ福岡県警にとって〈死体配達人〉というのは、脅威だったんです」

当時、槙野は生まれて間もないので実感が湧かない。それでも記録を遡れば友原の言葉が嘘や誇張《こちょう》でないことくらいは分かる。

「園部郁美の夫は自殺した。そのことが今回の事件にどんな関わりが？」

「似ておるんですよ」

友原は意味ありげに笑う。

「とてもね」

そしてジャケットの内側から表紙の剝げた手帳を取り出した。

「死体の発見された状況が、今回の被害者成沢拓馬のそれと非常によく似ておるんですよ」

槙野は思わず腰を浮かせかけた。

「何ですって」

「当時の捜査資料は処分されて持ってくる訳にはいきませんでしたから、当時わしが使っていた手帳で勘弁してください。夫が自殺したと園部郁美から通報があったのは昭和六十一年九月十四日早朝のことでした」

時折メモに目を落としながら、友原の説明が続く。内容は以下の通りだった。

自殺らしいとの通報を受けた所轄の早良署は、その人物が園部信一郎の父親であるのを知り、県警本部にその旨を伝える。そこで〈死体配達人〉事件を担当していた捜査員の一部が合流して礼乗寺の園部宅に直行した。

謙造の死体は居間にあった。捜査員たちが駆けつけた時、死体は鴨居からぶら下がり、その下では妻の郁美が自分の肩を抱いて震えていたらしい。

謙造の死体は鴨居から下ろされ、同行していた検視官によって死亡確認が為された。首には縊死特有の痕があり、謙造の枕《まくら》の下からは自筆の遺書も発見された。

『未成年のこどもがしでかしたことは親の責任です。本当に申し訳のないことをしました。死んでお詫びいたします』

詫び文の末尾には本人の署名があった。

立ち会った検視官の報告は次の通りだ。
（1）索痕は斜め上に走り、交叉部はなく、喉頭部の上を通過。
（2）顔面の鬱血はなし。
（3）結膜溢血点なし。
（4）死斑は下位部に集中。
（5）皮下出血なし。
（6）死体の真下に糞尿失禁あり。
（7）懸下箇所には索条による陥凹が認められる。
（8）舌骨は破損。
以上八つの鑑別点を聞いているうち、槙野は既視感に襲われた。ちょうどデスクの上に世田谷事件の捜査資料があったので、成沢拓馬の検視報告と照合してみる。

鑑別点は八つとも一致していた。同じ首吊りだから鑑別点が似通ったものになるのは当然だが、八つ全部というのが気になる。しかも成沢拓馬の場合は偽装自殺だ。

検視官所見は、謙造の口内からアルコール臭がしたことから、酒を呑んだ上での自殺決行と推察していた。事実、台所からはグラスでウイスキーをストレートで呷《あお》った痕跡が発見されている。謙造の死体は司法解剖に回されたが、実際、血中からは相当量のアルコールが検出されている。

捜査資料から顔を上げると、友原はこちらの様子を観察しているようだった。

「どうですか、園部謙造の自殺と成沢拓馬の事件を比べて」

「類似点が多いように思えますね」

内心の動揺を隠していたが、友原はそれを見透かしたように笑う。

「『類似点が多いように思えますね』。さすがに検事ともなれば慎重な言い回しをする。だが、わしら現場の刑事だったらこう断言しますな。この二つは同じ手口だって」

「成沢拓馬の場合、いったん首に縄を巻かれ、滑車を利用して鴨居に吊り上げられている。検視すれば自殺したのと同様の症状が現れる。二つの事件を同じ手口と判断するのは早計ではありませんか」

「検視結果だけなら、そういう言い方もできるでしょうさ」

友原は白髪頭を掻く。

「ところがそれだけじゃない。成沢拓馬が死んで、その遺産は郁美が相続するんでしょう。彼が死んで得をするのは彼女だけってことになる。一方、園部謙造の場合も一緒です。息子の犯罪で八千万円という莫大な慰謝料が請求されていたが、謙造の死亡保険金でその一部が支払われている。満額ではないにしても父親の生命と引き換えになったカネだから、被害者遺族もそれ以上の要求はしづらくなった。ほとぼりが冷めたと見るなり、すぐに郁美と娘は礼乗寺の家を出る。つまりここでも利益を得たのは郁美ということになりませんか」

説明されるまでもない。両事件の類似が検視報告だけに留まらないのは、とっくに気づいていた。

「では、二十九年前の園部謙造の自殺も偽装だったと言うんですね」

「検事。見た目はお若いけれど、もうずいぶんと盗人《ぬすっと》野郎や人殺しを見てきてるでしょう」

「そういう人間を相手にするのが仕事ですから」

「だったらこれもご存じのはずだ。一度垣根《かきね》を越えたヤツは、二度目の垣根を何の抵抗もなく跨《また》ぎ越える。最初の手口で成功すると、失敗するまで何度でも繰り返す」

槙野は押し黙る。

粗野に聞こえるものにはいくぶんかの真実が含まれている。友原の物言いも一緒だ。多くの犯罪者を正面から見据えてきた槙野には、いちいち頷ける真実だった。

「園部謙造の遺書に興味が湧いてきました」

「残念だが現物はもうない。県警本部が自殺と断定した後、遺族である郁美に返却されている。捜査記録も保管年限を待って処分されている。残っているのは、わしのこのメモ帳だけだ」

「しかし遺書の筆跡鑑定は行われたのでしょう。文章は自筆だった」

「一応はね。しかし司法解剖の報告を踏まえての捜査だったもんで、お座なりだったのは否めませんでしたね。何より本人の署名が他の文書に残されたものとほぼ同一だったから、あまり疑うこともしなかった。成沢拓馬の遺書はどうだったんですか」

文章はワープロ文字、署名はカーボン紙を利用して複写したものと説明されると、友原はさもあらんと頷いた。

「最近は遺書さえスマホで済ませますからな。ちょっと工夫すれば偽装も容易い。悪人どもには都合のいい時代ですよ。今となっちゃあ憶測になりますが、園部謙造の時も署名の部分はカーボン紙を使ったんだと思いますね」

「しかし証拠はない。それどころか昭和六十一年だったら、たとえ偽装殺人が立証できたとしても時効が成立している」

「いや、わしは謙造の事件を立件しようとは考えておらんです」

「それなら、どうして」

「郁美にとって成沢拓馬殺しが初犯ではなかったと裁判官に印象づけることができたら、検察側の有利になるんじゃないんですか」

そういう趣旨だったか。

「しかし可能性だけを滔々《とうとう》とまくし立てても、弁護側から異議を出されるでしょうね」

「異議が出ないくらい信憑性《しんぴょうせい》があればいい訳でしょう」

誘うような口調だった。

「まさか二十九年前の事件をもう一度追えと言うんですか」

「お忙しい検事が福岡くんだりまでやってくるのは難しいでしょう。そういう捜査は現場の刑事の仕事です。わしがやりますよ。今日ここに伺ったのは、それを非公式にでも認めてもらいたいからだ。そうでないと、折角拾い上げたネタも使われずじまいになりかねない」

友原は心持ちこちらに身を乗り出す。およそくたびれ果てた老刑事が、初めて見せる熱意だった。

「わしが可能な限り、郁美の謀殺を印象づけられるような証拠を集める。検事はそのネタを最大限利用して、弁護側の主張を叩き潰してくれればいい」

「非常に有難い申し出ですが、この件で友原さんにはどんなメリットがあるのですか。管轄外、しかも公判中の案件に尽力したとしてあなたに利益があると思えないのですが」

「利益ならあります」

友原は胸の辺りを擦《さす》ってみせる。

「この辺にある閊《つか》えが、すうっと取り除ける。白状しますとね、県警本部が謙造の死を自殺と断定した時も、わしだけは郁美を疑っておったんです。しかし他殺である明白な証拠もなく、配属されて間もない青二才だったから本部の決定に逆《さか》らうことができなかった。そこに今回の成沢殺しだ。すぐにぴんときました」

「江戸の敵を長崎で、ですか。いや、これは逆ですね」

「若い時分の失敗や見逃しが、定年間近になってくると気になってくる。殊に〈死体配達人〉事件の絡みでしたからな」

「そんなに、〈死体配達人〉に拘《こだわ》りますか」

「検事のお齢だと、その時分のことは記録でしかお知りになられんでしょう」

「ええ、生まれて間もなかったので」

「あの事件は全国的に有名になっちまいましたけどね。全国的に有名になったってことは、地元ではハチの巣を突《つつ》いたような騒ぎだったってことです。池に石を放り込むようなもんです。水紋はただ端まで広がるだけだが、放り込まれた中心地はとんでもないことになっている」

口調が次第に荒くなってきた。腹に据えかねるものがあるのか、目つきも凶暴だった。

「わずか五歳の女の子がばらばらにされ、郵便ポストやら幼稚園の玄関やらこれ見よがしの場所に放置された。とてもじゃないが血の通った人間の仕業とは思えねえ。福岡にゃ血の気の多いヤクザ者も多いし抗争も絶えなかったが、そんなヤツらが眉を顰めるくらいの非道さだった。何とか犯人を検挙できたものの、逮捕に至るまで県警本部はもちろん管轄はどこも針の莚《むしろ》に座らされているようなもんだった。捜査本部には毎日、回線がパンクするほどの抗議電話が掛かってくる。全国紙も地元紙も警察を目の仇のようにして責め立てる。もし迷宮入りにでもなっていたら、間違いなく上の首が十や二十は飛んでおったでしょう」

なるほど、と槙野は思った。友原の言うことには一理も二理もある。検事である自分にも忘れ難い事件がある。個人的に憎んでも憎み足りない犯人がいる。職務上、私情は捨てるように心がけてはいるが、それでも人としてもっと重い刑罰を科してやりたいと望むことは何度もある。

警察は犯人を逮捕する。検察は相応の罰を求め訴える。勧善懲悪という一点において刑事と検事は言わば同志でもある――そう考えると、目の前の老人に親近感が湧いてくる。いや、これはむしろ同胞愛とでもいうべきものか。

「承知しました。折角の有難い申し出を拒否する謂《いわ》れはありません。友原さんの拾い上げた情報、法廷で活用させてもらいますよ」

「はるばる福岡から出張った甲斐があった」

途端に友原は相好を崩した。

「もうお察しだろうが、この齢になると回ってくる仕事は小さなものばかりでね。これでしばらくは精が出せる」

「しかし公式な仕事ではない。通常業務との兼ね合いが大変じゃありませんか」

「構わんですよ。通常業務自体、色気もクソもない。この事件の専従にさせてもらいたいくらいです」

話している最中に気がついた。まだ友原は御子柴について何も言及していない。

　そうだ。御子柴礼司がかつての〈死体配達人〉であることは広く喧伝されているが、今度の事件で弁護側に立ったことは地域限定、関係者限定の情報だ。遠く離れた福岡には届いていないのかもしれなかった。

　悪戯心が半分、使命感が半分。これを告げたら友原はどんな反応を示すだろうか。

「時に友原さん。今回、成沢郁美の弁護に誰が立ったか、ご存じですか」

「いいえ」

「悪名高き御子柴礼司弁護士。元〈死体配達人〉であり、被告人の実の息子ですよ」

「何だって」

　友原は顔色を変え、腰を浮かしかけた。

「あのクソガキが弁護人だと」

「御子柴礼司の名前は全国区ではないでしょうが最強にして最悪、カネには汚いが法廷ではほとんど無敗を誇る弁護士です。現状はこちらが有利ですが、彼の得意技は奇襲と外連味。裁判員制度が定着しようとしている今、彼のスタイルは時流に乗りつつある。検察側としては蟻《あり》の一穴ほども油断が許されない相手です」

「母子揃って大悪党、母子揃って検察と裁判所に盾突こうって図ですか」

　友原の唇が凶悪に歪む。

「亭主殺しに幼女殺し。全くとんでもない母子だ。こっちも気を引き締めなけりゃ。それじゃあ、わしは失礼するとしますか」

「期待しています」

「光栄ですな」

「もしあなたの尽力であの母子を駆逐《くちく》できたら、相応のメリットは考慮しますよ」

退官後の再就職先でも斡旋《あっせん》してやろうかと思ったが、意外にも友原はどうでもいいというように片手を振った。

「お気持ちだけで充分。こいつはわしのケジメをつけるための仕事なんでね」

「刑事魂というヤツですか」

「どんな仕事だって三十年も続けていれば、拘りの一つや二つは自然にできますよ。それがなかったら仕事をしたことにならない。それじゃあ」

軽く一礼して、友原は執務室を出ていった。

最初は胡散臭い人物だと警戒したが、提供してくれた情報はなかなか魅力的だった。

仮に郁美が二十九年前に同様の罪を犯していたとしても立証は困難だろう。しかし何も立証する必要はない。要は夫殺しの常習犯であることを裁判官と裁判員に強く植えつければ、検察側の勝ちということだ。

思わぬところで援軍を得た。これも御子柴の旧悪が招いた因果応報か、あるいは園部母子に屠られた者たちの怨念か。いずれにしても郁美の首に掛かっている縄は一層締まった。

二十九年前の園部謙造事件と今回の成沢拓馬事件。多少の相違はあれど犯行態様は瓜《うり》二つ。友原がいみじくも指摘したように、同じことを反復している。まるで同じ旋律を繰り返す輪舞曲のようにだ。

ひょっとしたら園部信一郎はその旋律を耳にしたのかもしれない。耳で覚えた旋律を自分自身の手で奏《かな》でたくなったのかもしれない。それは殺意の輪舞だ。邪悪な者だけに聞こえる禁断のメロディだ。

ふと園部謙造に思いを馳せる。

息子には犯罪史上稀に見る極悪人の父親とされるというしっぺ返しを食らい、女房には慰謝料工面のために縊《くび》り殺される。一家の中で一番貧乏くじを引いたのは彼だ。そう考えると謙造に対する同情心も湧く。

しかし、その一方で自業自得ではなかったかとも思う。極悪非道な母親の腹から生まれても、赤子の頃から犯罪者だった訳ではあるまい。息子が成長する過程で、人間らしさを教え込む機会はいくらでもあったはずだ。それを怠ったから、息子は怪物になった。女房に縊り殺されたのは当然の報《むく》いだったという言い方もできる。

何にしても業の深い親子だ。いったい、どれほど常軌を逸《いっ》した家庭だったのだろうか。

園部家について思いを巡らせていた槙野は、やがて嘔吐感《おうとかん》にも似た悪寒を背筋に感じた。

2

十月二十九日、第二回公判。

八〇二号法廷で御子柴が郁美とともに待機していると南条たちが入廷してきた。

「開廷。それでは平成二十七年（わ）第七三二号事件の審理に入ります」

南条は御子柴を見下ろした。壇上からの視線だというのに圧迫感を覚えないのは、南条の柔和な顔立ちゆえのものだろう。

「弁護人。前回、検察側の示した甲五号証、つまり凶器に使用された縄について欺罔を解明するとのことでしたが」

「裁判長。申し訳ありませんが、まだ充分に準備ができておりません。もうしばらく猶予をいただきたいと思います」

そうですか、と南条はあっさり引き下がる。この後に被告人質問が控えているので、悠長な時間配分はできないということか。

どちらにせよ御子柴には都合がいい。縄については一つ思いついたことがあるのだが、今はまだ証拠として論じる段階ではなかった。

「乙三号証の供述調書につき弁護側が不同意を示したので被告人質問に入ります。被告人は前へ」

まず向こう側の槙野が立ち上がり、呼ばれた郁美もおずおずと被告人席に立つ。郁美とは事前に想定問答を繰り返したが、正直言って心許《こころもと》ない。御子柴並みの自制心は望むべくもないが、怯えが顔に出過ぎている。証拠不充分なままの起訴であれば冤罪に怯える被告人と印象づけられるが、物的証拠が揃った否認事件では逆に露見を怯えているように捉えられる。

槙野もその辺りの事情は承知しているらしく、郁美を視線で恫喝しようとしている。獲物を追い詰め、恐怖の淵に引き摺り込んで自分のペースに乗せてしまう魂胆なのだろう。

「成沢拓馬氏と知り合う以前について訊きます。当時あなたはパート勤めをしていましたね」

「はい」

「仕事の内容はどんなものでしたか」

「駅構内の清掃です」

「詳細な内容をお願いします。勤務時間と給料の額を教えてください」

「一日五時間を週に四日。給料はひと月で六万円でした」

「その時分、あなたは館林市に借家住まいだった。家賃はいくらでしたか」

「三万円でした」

「つまり収入六万円のうち三万円は家賃に消えてしまう。水道光熱費を考慮すれば二万円少々でひと月暮らしていかなければならない計算だ。暮らし向きは楽でしたか」

「決して楽ではありませんでした」

　郁美が生活に困窮していた状況を具体的にして、財産目当ての犯行であるのを印象づける作戦か。

「平成二十六年六月十二日、あなたはトレジャー出版の主催する熟年者向けの婚活パーティーに赴き、そこで初めて成沢拓馬氏と知り合った。そうですね」

「はい。その通りです」

「参加費はいくらだったのですか」

「三万円でした」

「ほお。つまりあなたのひと月分の生活費より多かった訳だ」

「異議あり」

　すかさず御子柴は声を上げる。

「弁護人、どうぞ」

「ただ今の検察側の質問は徒に被告人の人格を貶《おとし》めるものです。質問の変更を要求します」

「いえ、裁判長。これは被告人が被害者に殺意を抱くまでを論証するための質問であり、決して人格攻撃ではありません」

「異議は却下します。検察官は質問を続けてください」

「一ヵ月の生活費以上の参加費を払ってまで婚活パーティーに参加した理由は何だったのですか」

「再婚するしないに拘わらず、気の置けない話のできる相手が欲しかったんです。一緒に暮らしていた娘が就職を機に出ていき、あたしは長い間一人きりでした。近所の人はあたしのことを避けていたので……」

「あっと、そこまで」

槙野はすんでのところで証言を遮る。郁美が〈死体配達人〉の母親であることをまだ秘匿しておくためだ。

「なるほど、一人暮らしは寂しかったということですね。しかし婚活サイトを検索すれば、もっと参加費が安いパーティーもあったんじゃないですか。どうして選りによってそんな高い参加費のパーティーを選んだのですか」

「それはその……嫌な言い方になりますけど参加費をケチらない人というのは、人格的に穏やかな人が多い印象があって……」

「さっきあなたは気の置けない話し相手が欲しかったと言いましたね。ただの話し相手に経済力を求めるんですか」

「あ、あの」

ですね」

「質問を変えます。パーティーに参加した動機はあくまで話し相手を求めてのことだった。そう
「はい」

「しかしあなたはその場で知り合った成沢拓馬氏の求婚を容易く受け入れた。しかも短期間にです。最初の動機とは大きく違っていませんか」

「そんなの、あたしに言われても」

「成沢氏が資産家であったことは関係していませんか。ただ紳士的な人だなあくらいにしか」

「そんなこと知りませんでした。ただ紳士的な人だなあくらいにしか」

「では彼が資産家であったのを知ったのはいつでしたか」

まずい——その事実を証言すると、簡単に印象操作されてしまう。だが御子柴が制止する前に郁美が口を開いた。

「あの人の、世田谷の家にお邪魔した時です。それで元は大手企業の役員を務めていたって聞いて。でも再婚を決めたのはそれより前で」

「質問されたことにだけ答えてください。では成沢氏の邸宅に招かれ、彼の資産を知った時、あなたは彼と再婚できるのを幸運だと思いましたか」

「裁判長、誘導尋問です」

「いいえ。これはあくまでも被告人の結婚観を確認しているだけで他意はありません」

「検察官。被告人の結婚観は本件にどのような関わりがあるのでしょうか。審理に割《さ》ける時間も限られていますので、直接の関連がなければ他の質問にしてください」

「では質問を変えます」

御子柴は内心で舌打ちする。

槙野は一度ならず検事調べで郁美から事情聴取している。だからその際に相手がどんな性格で、何を言えばどう反応するかを把握している。その上で誘導と誤導を巧《たく》みに使い分けているのだ。

「再婚後、あなたと成沢氏の夫婦仲はよかったですか」

「よかった、と思います」

「思います、というのは？」

「少なくともあたしはそう思ってました。一緒にいる間、大きな喧嘩はしませんでしたし」

「では、小さな喧嘩はあったということですね」

「それは……育った環境もそれまでの生活も全然違う者同士だから、多少の意見の食い違いはあります。でも、そんなのはよそ様も同じようなもので」

「いや、他の夫婦についてあなたの意見を訊いている訳ではありません。では、そうした小さな諍いが積もり積もっていたということですね」

揚げ足取りだ。御子柴は槙野の言葉を封じるように手を挙げる。

「異議あり。今のは検察官による曲解に過ぎません。被告人は多少の意見の食い違いがあったと証言しましたが、それが蓄積されたとはひと言も口にしていません」

「異議を認めます。検察官は、証言内容を反復する場合は正確を期してください」

槙野は片手を挙げて了解の意を示すが、どうせ反省など欠片もしていない。全ては被告人から失言を引き出すためだ。

「被告人は被害者の残したとされる遺書を読みましたか」

「はい。警察の人が到着する前に読みました」

「内容を憶えていますか。簡単に纏めてもいいので裁判長に伝えてください」

「はい。もう自分は七十五にもなり、昨日まではできたことが今日はできなくなった……日毎《ひごと》、できることが少なくなっていく……このままでは妻に迷惑をかけながら生き恥を晒していくことになる……だから自分の意思で自分の身体を動かせるうちにケリをつけたい……そんな内容だったと思います」

「はい。検察が確認した文面もおおよそそういった内容でした。それを読んで、被告人は奇異に感じることはありませんでしたか」

「遺書を読んだ時には、とにかく気が動転していて……」

「実際、成沢氏はこれから先の人生を悲観するほど体力気力に衰えがあったのですか。まともに日常生活を送れないほど支障を来たしていたのですか」

槙野は畳み掛けるように質問を浴びせる。

さすがに相手の性格を知っている。郁美は当意即妙に反応できる人間ではない。続けざまに質問されれば焦り、間違い、その間違いにまた焦るという具合だ。

だが、この段階で御子柴はまだタオルを投げられない。槙野の質問は的を逸《そ》れておらず、冗長でもない。

郁美は返事に窮したようだった。

「どうしましたか、被告人。被害者と同じ屋根の下で暮らしていたあなたなら簡単に答えられる質問でしょう。どうでしょう。被害者は家の中を移動するにもあなたの介助を必要としましたか」

「主人は食事やトイレや入浴は一人でこなしていました。そりゃあ七十五歳ですから若い人がするような力仕事は無理だったと思いますけど」

「そうでしょうか。被害者は亡くなる前々日も、ガーデニングで不要になった枕木を被告人と二人がかりでゴミの集積所に出しています。枕木といえばそれなりの重さがあります。いくら二人がかりといっても、衰弱を理由に自殺を考える老人のできる仕事じゃない」

ここで槙野は裁判官席に向き直る。

「検察側は新たな証拠として甲三十三号証を事前に提出しております。これは被害者成沢拓馬氏が昨年の六月、掛かりつけの病院で行った定期健診の報告書です」

槙野の示した証拠物件は、御子柴も事前に目を通していた。成沢が年に一度慣行としていた短期人間ドックで、生活習慣病やら心臓病やらの疑いについてＡＢＣ評価で明示されている。成沢の場合に顕著だったのは高血圧と視力の低下、そして悪玉コレステロールの増加くらいで緊急の処置を必要とするような症状はどこにも認められなかった。

「専門用語の説明は省きますが、この報告書を熟読する限り被害者は後期高齢者にしてはすこぶる健康体でした。また同様の報告書を何年にも亘って確認し続けてきたので、被害者自身が報告書の意味するところを承知していたはずです。それなのに遺書では、今にも死にそうな書きぶりです。この矛盾点を被告人はどう考えますか」

「それは、その」

「まるで他人が書いた遺書のように思えませんか」

「裁判長。異議あり。これも誘導尋問です」

「いいえ、被告人にも客観的な判断を仰いでいるだけです。決して誘導尋問などではありません」

遺書の文面と定期健診の報告書の間に齟齬があるのは、御子柴も承知していた。しかしそれを問い質しても郁美は首を傾げるだけで、さっぱり要領を得なかったのだ。

御子柴の中に郁美に対する疑念が生じたのは、この時からだった。元より御子柴の流儀は依頼人を疑うことから始まるが、今回は遅きに失したくらいだ。

真実を無視するつもりはない。しかし弁護士には真実より優先するものがある。今は事の真偽よりも、郁美の証言に信憑性を持たせるのが急務だ。

「異議は却下。検察官は質問を続けてください」

「さあ、答えてください、被告人。遺書は被害者本人が認めたものと思いますか」

「分かりません……」

消え入るような声だったが、槙野は満足そうに頷いた。

「質問は以上です」

「弁護人、反対尋問はありますか」

「あります」

さあ、ここからだ。御子柴は反撃の狼煙《のろし》を上げる。

心なしか郁美は緊張を緩めたようだった。

よし、それでいい。母親としてではなく、せめて依頼人として最低限の仕事は保証してくれ。

「先ほどは検察官に遮られてしまったのですが、被告人が成沢拓馬氏からのプロポーズを承諾したのは、世田谷の自宅に招かれる前でしたか。それとも後でしたか」

「前です。結婚をするのが前提だったから家に招かれたんだと思いました」

「同じ質問を繰り返すようですが、婚活パーティーに参加したのは話す相手が欲しかったからで、結婚するしないはその延長上でしかなかったのですね」

「その通りです」

「話し相手という動機だったからこそ、相手には穏やかな性格、つまり衣食足りて礼節を知るような人物が理想的だった。そういうことですね」

「はい」

御子柴は何気なく裁判官席に座る面々を盗み見る。裁判員の構成は男四女二。女性裁判員二人が納得顔であるのに対し、男性の方は緊張気味の二十代を除いた三人が不愉快そうな顔をしていた。男に経済力を求めることの是非で態度が分かれたようだ。六人のうち半分の心証を揺さぶったのなら、大殊勲と自賛していい。

「次に被害者の遺書について伺います。被告人はほぼ一日中、被害者と生活をともにしてきたのですよね」

「はい」

「期間は」

「一年になります」

「一年も一緒にいれば被害者の持病なり体調なりは把握できると思うのですが、いかがですか」

「もちろんです。食事も一緒で、寝る時にも隣の布団でした。体調が優れないとか、何か病気がちだったらすぐに分かります」

　御子柴はゆっくりと南条に向き直った。

「お聞きの通りです、裁判長」

「何がですか」

「被告人は被害者の健康状態を容易に知り得る立場にありました。従って、仮に被告人が遺書を偽造したとすれば、健康状態を自殺の理由になどするはずがありません。何しろ事実と全く異なる話ですからね。もっと他の理由を考えるでしょう。被告人は遺書を偽造などしていません」

　裁判員の何人かが、意表を突かれたような顔をしていた。南条も例外ではない。そして槙野は奇襲を食らって唖然《あぜん》としていた。

　これで検察側の被告人質問は無効化できた。元より成沢拓馬の偽装自殺が郁美の仕業と断定されている直接の物証は皮膚片の付着した縄だけであり、他の証拠は状況証拠に過ぎない。従って、後は同じことを繰り返していれば裁判官たちの心証は必ず引っ繰り返せる。御子柴にはその勝算があった。

　だが、槙野が予想外の反転攻勢を見せた。

「裁判長。再度、被告人質問を」

「どうぞ」

　槙野は再び立ち上がり、御子柴を睨む。ただし切羽詰まったものではなく、まだ余裕を残した目をしている。

　いったい何を企んでいる――御子柴の頭で遠くから警報が鳴り響いてきた。数々の法廷闘争を経て鋭敏化した感知能力が、御子柴に危険を知らせていた。

「被告人は被害者と再婚する前は旧姓の蔫田姓を名乗っていましたね」

「はい」

「それ以前の名前もあったでしょう。蔫田姓に戻る前、あなたはもう一つ別の姓だったはずです」

御子柴は危うく腰を浮かしかけた。

ここで爆弾を投下するつもりか。

裁判官席の南条も訝しげに眉を顰める。

「本件に直接関係のない家族のことですから、仮にS氏としておきましょう。被告人はその昔S氏と所帯を持ち、関東とは違う場所に暮らしていた。そうですよね」

傍で見ていても、郁美が極度に緊張しているのが分かる。御子柴との関係を暴露されるのがそれほど怖いのか、それとも園部姓だった頃を思い出すのが苦痛なのか。

解《げ》せないのは、槙野が敢えてイニシャルで実名を伏せたことだ。この爆弾は郁美が御子柴礼司こと園部信一郎の母親であると発表することで効果を生む。それを伏せたのでは何の意味もないではないか。

「被告人、どうですか」

「……はい」

「どうしてSという姓から蔫田姓に戻ったのですか」

「前の夫とは死別しましたから……娘のことを考えて復氏届を出しました」

「前のご主人は病死されたのですか。あるいは事故死されたのですか」

「……自殺でした」

「死体を発見したのは誰でしたか」

「あたし、です」

「その時の状況をできるだけ詳しく説明してください」

「異議あり、裁判長」

これ以上話をさせては危険だ。

理屈よりも本能が御子柴を動かした。

「検察官自らが、本件に直接関係のない話と断言しています。そのような被告人質問は審理の妨げになります」

「妨げになるかどうかは弁護人の判断することではないでしょう」

南条は冷淡とも聞こえる口調で御子柴を制する。援軍ありと見たのか、槙野が言葉を重ねてくる。

「わたしはS氏が本件に関わりないと言ったまでで、被告人自身はきっちり関係しています。さて、被告人。続きを話してください」

「朝、あたしが目を覚ますと主人が鴨居からぶら下がっていました」

「首吊りに使用されたのは縄でしたか、ナイロン紐でしたか」

「縄でした」

「遺書はありましたか」

「足元に落ちていました」

「自殺の前に大量のアルコールを摂取されていましたか」

「台所にはウイスキーを呑んだ痕があったと聞いています」

「ご主人の死亡で保険金などは入りましたか」

束《つか》の間《ま》、郁美は口を噤《つぐ》む。

「被告人、答えて」

「……死亡保険金が入りました。それでそのおカネを」

「結構です。説明はそこまでで充分です」

槇野の視線は郁美ではなく、こちらの方に向けられていた。

御子柴の思考は停止していた。

何だ、今の話は。

自分が関東医療少年院に収容された後、父親が自殺したのは聞き知っていた。

だが、その死が成沢拓馬のそれと全く同じだったというのは初耳だった。

夫の死体を発見したのは両方とも郁美だった。

両方とも鴨居からぶら下がっていた。

足元には本人の遺書。

自殺前のアルコール摂取。

夫の死後に入るカネ。

御子柴は金縛りに遭ったように動けないでいる。視線の先には郁美の背中が見える。

郁美が成沢拓馬を殺害した疑いは捨てきれなかったが、弁護方針に関わりのないことなので考えようとしなかった。だが、以前にも同様の出来事が起きていたというのなら物語の全体像は大きく変わってくる。しかも最初の犠牲者は、仮にも自分の父親だった男だ。

不意に、その背中がまるで見知らぬ人間のものに映った。園部郁美でも鳶田郁美でも成沢郁美でもない、何か別の生き物。自分の母親でもなければ依頼人でもない、正体不明の存在。

法廷は不気味な静寂に支配されている。傍聴人たちの畏怖がこちらまで伝わってくる。

ただの夫殺しではなく、常習犯だった。

槙野は見事に成功したのだ。被告人の母親を弁護する元触法少年という図式を回避しながら、郁美の心証を最悪に貶めてしまった。

検察官、と南条の乾いた声が響き渡った。

「何でしょうか」

「今の被告人質問の意図を教えてください」

「被告人は過去にも類似の事件に立ち会ったことがあるという事実を確認したかったのです」

「前夫の自殺が被告人による偽装だったと立証するつもりもないのですか」

「いえ。まだ立証に必要な証拠を収集している最中なのです」

「では立証できた段階で改めて弁論に加えてください。今回については記録から削除しておきます。弁護人は反論しますか」

記録から削除されるのなら、反論には何の意味もない。

「弁護人からは何もありません」

「では次回、甲五号証についての反証を用意してください。次回期日は十一月十二日とします。

閉廷」

南条たちが席を立つと同時に傍聴席がざわめき出した。ある者は郁美に怯え、ある者は蔑みの目を向ける。呟くように罵倒《ばとう》する者、呪詛《じゅそ》の言葉を投げかける者、そして当然メモを片手に法廷を飛び出す司法記者の姿もあった。

槙野はこちらを振り向きもせず退廷する。面には出さずとも、胸の裡は優越感で満たされているに違いない。

戒護員が近づき、郁美の腰縄を握って連行しようとする。郁美は項垂《うなだ》れて戒護員の後ろをついていく。

「待ってくれ」

真横を通り過ぎようとした時、御子柴が呼び止めた。

「わたしの依頼人に話がある」

「既に閉廷しています」

「三分でいい」

「……では三分だけ」

ゆっくりと郁美がこちらに向き直る。

「質問に答えなかったからといって、弁護人を降りるつもりはない。答えたくなければ答えなくてもいい。そのつもりで聞いてくれ。今しがた検察官が話した件について、改めてわたしに告げることはないか」

俯き加減の顔が持ち上がり、こちらを見る。

感情も読めなければ、真偽のほども分からない。

やはり初対面の女だった。

「あたしは誰も殺していない」

そう言い残すと、郁美は背を向けた。

「弁護人。まだ三分経っていないが」

「もういい、充分だ。連れていってくれ」

やがて二人も法廷から姿を消した。

すっかり人気も失せたと思っていたが、傍聴席にはまだ一人残って、御子柴を見ていた。

梓だった。

相変わらず仇を見るような目でこちらを睨んでいる。

「二つの事件が酷似しているのを知っていたのか」

二人きりの法廷は声がやけに大きく響く。梓は問い掛けに応えることもなく、黙って出ていった。

後に残された御子柴は己の気持ちさえ整理できないでいる。今までも依頼人に黙秘され、虚偽申告されたことは数限りなくあった。

しかし今回は、初めて法廷に立って以来最悪の弁論だった。

3

翌日、御子柴は三軒茶屋の成沢宅を再訪した。

もっとも前回の訪問目的は近所への訊き込みだったが、今回は自宅の捜索だ。既に規制線は解除され、証拠物件はあらかた押収されている。相続人である郁美からも承諾を取りつけているので玄関から咎《とが》めなしで入れる。

木造二階建て、世帯主は死亡し、唯一の相続人は拘置所に拘束中。このまま郁美が有罪となり長期刑の判決を受ければ、早晩この家も朽ちていくに違いない。不動産屋の丙が言った通り、住まう者のいない家はあっという間に老朽化していく。

玄関ドアを開けると、たちまち異臭が纏わりついた。買い置きしていた食材が腐りでもしたかと思ったが、キッチンに近づいても臭いの強さは変わらないので、どうやら家に沁みついたものらしかった。充満した腐葉土の臭い。老人二人が住み続けていればこんな臭いにもなるのだろう。

家の中は比較的片づいていた。子供時分からの記憶を遡れば郁美は几帳面な性格ではなかったので、この小綺麗さは成沢由来のものと思われる。

成沢の性格が最も色濃く反映していたのは書斎だった。壁一面を占領する本棚にはずらりと書籍が並んでいるが、背が揃っているので雑多な印象はない。背表紙を眺めれば中国書籍に古典文学、堅い内容では経済学と経営学の関連書籍が巻数順に収納されている。俗に〈綺麗な本棚〉と呼ばれるものだ。

書き物机の上にはフォトスタンドが立て掛けてある。写真の中で並んでいるのは成沢と未知の老婦人だ。仲睦まじい様子から察するに前妻の佐希子夫人なのだろう。

再婚した身でありながら前妻の写真を飾ったままにしている。郁美もあまり足を踏み入れない書斎だからできたことと言える。

写真の中の佐希子からはひどく礼儀正しそうな印象を受ける。それでいて笑った顔は若い娘のようで、近所の評判通り陽気な夫人だったに違いない。

死体発見現場は間仕切りのある十畳間だった。おそらく和室を二分して使っていたものを、襖《ふすま》を取り払ってひと間にしたようだ。だから部屋を仕切るかたちで鴨居が取りつけられている。

成沢の身体はこの鴨居から吊り下げられた。

死体発見現場にはいつも不穏な空気が残存している。死者の怨念か、あるいは殺人者の邪心が残滓となって漂っているようだ。

御子柴はキッチンから椅子を持ち出し、鴨居の真下に置く。椅子の上に立って鴨居を正面に見る。材質はヒノキだ。捜査資料にあったように、鴨居の上部には金具を取りつけた痕跡が残っている。警察と検察の見立てでは、郁美はここに吊り金車を取りつけ、滑車の代わりにして成沢の身体を吊り上げたという。

郁美の話では、二人はこの隣部屋に布団を並べていた。七月四日の午前六時半、目を覚ました郁美は鴨居からぶら下がっている成沢を見つけ１１０番通報する。この辺りは警察の見解と相違するが、現場を見る限り検察側の冒頭陳述に信憑性が認められる。

死体から漏れ出た糞尿失禁は真下に広がったはずだが、畳ごと押収されているので確認しようもない。だが、確認したいものは見たので御子柴に不満はない。

次に裏庭へ出てみる。この辺一帯は瀟洒《しょうしゃ》な一戸建てが軒を並べており、多くの家が庭を設えている。目隠しとなるような塀を作らない限り通りからは庭が丸見えになってしまうので、戸建ての住民は庭の外観にも気を配らなければならない羽目になる。自《おの》ずとガーデニングやエクステリアへの出費が嵩《かさ》み、これも住民税の一種ではないかと思わされる。

成沢邸も事情は同じだった。広さはさほどないものの、庭一杯に芝生を敷き詰め、枕木と踏み石でアクセントをつけている。近隣の証言では夫婦二人で余った廃材を運んだということなので、自作の部分もあるのだろう。今は草引きをする者も途絶えているが、落ち着いた風情が邸宅の佇まいによく調和している。

満足したので御子柴は成沢邸から辞去した。続いて東京地裁に赴き、裁判所に証拠物件の鑑定を依頼する。

現状、法廷に提出されているのは警察と検察によって鑑定されたものだ。そこには当然、郁美が自殺を偽装したのではないかという見込みがついて回っている。

見込み捜査には陥穽《かんせい》が潜んでいる。ひとたび陥穽に落ちてしまえば見えるものは周囲の壁でしかなくなる。

弁護側にすれば検察側の意図を孕《はら》んだ証拠物件をそのまま信用する訳にはいかず、裁判所を介して民間の研究所なり大学なりに再鑑定を依頼するしかない。

ところが昨今、警察と検察はそうした外部委託の鑑定を原則中止させ、科捜研のみの鑑定に限定しようと画策しているらしい。理由には経費削減を挙げているものの、冤罪事件の発覚が報じられている今、それを素直に信じる者は少ないだろう。控訴審に際して民間にＤＮＡ鑑定を依頼して判決が引っ繰り返った例もある。証拠物件の鑑定を科捜研が独占したいのは、つまり警察・検察の思惑通りに裁判を進行させることを意味する。

冤罪が多くなろうが警察と検察の権力が強大になろうが御子柴の知ったことではなかったが、クライアントの不利になることは避けたい。今後は複数の研究所との提携も視野に入れなければならないだろう。

鑑定依頼の手続きを終えると、自身の事務所に戻った。成沢邸での捜索に思いのほか時間がかかり、帰着したのは午後三時過ぎだった。

「お帰りなさい」

パソコンを前にキーを叩いていた洋子は、慌てて腰を浮かせた。お茶を用意しようとしているのだろう。御子柴が外出から戻ると、洋子は大抵そうする。

「お茶はいいから、仕事を続けていてくれ」

「いえ、今終わったところですから」

言うが早いか、すぐに湯呑み茶碗《ぢゃわん》を持ってきた。茶碗を両手で包むと、悴《かじか》んだ手にじわりと熱が伝わる。明後日《あさって》から十一月、今日は関東地方でも木枯《こが》らし一号が発表されていた。

「週明けの月曜日の出廷に持参する分です。チェックしておいてください」

デスクの上に三束《たば》のファイルを置く。既に裁判所と相手方に送った準備書面の控えだ。内容は頭に入っているが、手ぶらで出廷する訳にもいかない。

「月曜は出廷三件か」

「久しぶりのトリプル・ヘッダーですね。大変ですけど頑張ってください」

午前にさいたま地裁で一件、午後になってから同じ東京地裁で二件。億劫なのは両地裁間の移動だけで、出廷自体には何のストレスも感じない。

それでも一日で三件の出廷は虎ノ門に事務所を構えていた時以来の件数だ。洋子の話ではないが、弁護依頼が元に戻りつつある傾向には違いなかった。

ふと気づけば、洋子がこちらを見下ろしている。何か言いたそうなのは顔色で分かる。

「これだけ仕事が増えたのなら、もう暴力団の顧問は降りろか。それは前にも答えたはずだ」

「そうじゃありません」

言いたそうな顔をしているのに、なかなか口に出せない様子だった。神経が細やかなのは悪いことではないが、感情面の繊細さは不要に思える。

「差し出がましいことなので」

「差し出がましいかどうかは、わたしが判断する」

「現在係争中の世田谷三軒茶屋の資産家殺し、依頼人は先生のお母さんなんですよね」

やはり梓とのやり取りが耳に入っていたのか。

「それがどうかしたのか」

「どなたか他の先生に替わってもらうことはできませんか」

「言っていることの意味が分からん。最初からわたしを指名してきたんだ。依頼人から解任されない限り、弁護を降りなきゃならない理由はどこにもないぞ」

「でも、ご家族ですよ。いつも先生は弁護に私情は禁物だと仰ってるじゃないですか」

「家族だと思ったことはない」

　洋子はわずかにたじろいだようだった。

「もう大体のことは知っているだろう。十四の頃、わたしは医療少年院に収容された。母親とはそれ以前、一度面会で顔を合わせたきりだ。いや、それ以前からわたしは一緒に住んでいた者を家族だと思っていなかった。今も同じだ。依頼にきた鷹田梓も被告人となった成沢郁美もわたしには他人だ。私情など入る余地はない」

　ひと息に言ってから、御子柴は下から睨《ね》めつける。だが洋子はいささかも怯《ひる》む様子はない。

「本当に私情は入っていないんですか」

「くどい」

「先生ご自身が気づいていないだけじゃないんですか」

「わたし以上にわたしを知っているような口ぶりだな」

「ここ数日、先生の様子はおかしいです。特に昨日、第二回目の公判から帰ってきた時からはわたしが話し掛けても上の空だし、週明けの出廷予定も危うく聞き逃しそうになったし」

「たったそれだけのことで変調を来たしていると思っているのか。神経質にもほどがある」

「先生が人の話に上の空なんてこと、今までにありませんでした」

　珍しく洋子は一歩も引かない。しかも指摘していることは御子柴本人も気づかなかったことだった。

　上の空だったと言われれば、おそらくその通りだったのだろう。郁美が成沢ばかりか前夫の謙造まで自殺に偽装して殺害した——衆人環視の中でその可能性を示唆された時、一瞬思考が飛んだのは紛れもない事実だった。

あの時法廷を飛び出していった司法記者は未だに後追い記事を書いていない。いや、書いてはいるが検察側の憶測に過ぎないので握り潰されたのかもしれない。

憶測でも構わない。この場で洋子にも伝えてやろうかと自虐心が芽生《めば》えたが、それでますます悲劇の主人公に祭り上げられるのも鬱陶しい。

「失礼な言い方になるかもしれませんが、やっぱり弁護する人間がお母さんだから、通常運転ではいられないんだと思います」

「くどい。アレは母親でも何でもない。ただのクライアントだ。もしそんな感情があるとしたら、故意に公判を不利な方向に誘導するかもしれんぞ」

さすがに洋子は目を見開いた。

「第一、この件で仮にわたしが負けたとして事務所運営にどれだけの支障があると言うんだ。たった一度の敗北で、また仕事が激減するとでも考えているのか」

「依頼が増えるとか減るとかの問題じゃありません。先生のメンタルが心配なんです」

メンタル。

予想もしていなかった言葉に戸惑った。

「わたしにメンタルの心配か」

「自分にはそんなもの関係ないと思ってるんですか」

「感情で弁論が左右されたことは一度もない」

「稲見さんの裁判もそうでしたか」

「何」

「稲見さんの裁判が結審した時、先生はしばらく本調子じゃありませんでした。一番勝たなきゃいけない裁判に負けたって呟いていました」

そんなことを口にしていたのか。

御子柴には身に覚えがなかった。

「稲見さんは少年院時代の教官だったんですよね。そんな人の弁護を失敗して、あれだけ落ち込むんです。もし今度の裁判でお母さんを救えなかったら、先生は前よりももっと」

「要らぬ心配だ」

御子柴は言下に切り捨てた。

「前回と今回は事情が全く違う。一緒にするな」

洋子に対して腹立たしさもある。稲見と郁美を同列に論じるなど見当違いも甚だしい。稲見は現在の御子柴を作ってくれた恩人だった。しかし郁美は園部信一郎を生み出した咎人だ。

「成沢郁美に有罪判決が下れば悔しいと思うかもしれんが、落胆はしない。アレはそういう対象じゃない。君は不本意だろうが、わたしはそういう人間だ」

「……本心なんですか」

「法廷以外で演技をした覚えはない」

洋子はまだ言い足りなそうな顔をしている。

法律事務所の事務員としては有能、しかし雇用主とは水と油。そう思わせるほど、洋子はあまりにも真っ当な倫理観の持主だった。性善説の上に立ち、人はそれぞれの行為によって相応の報いを受けるのが摂理だと信じているらしい。その辺りの認識は御子柴と大きく異なる。しかし一方、同業者から忌み嫌われ、正義よりは勝利を、大義よりは報酬を貴ぶ御子柴から離れようとしないのは、いったいどういう理由かとも思う。

真意を確かめたいという好奇心はあるが、藪《やぶ》を突いてヘビを出してもつまらない。不用意な質問をした挙句彼女に辞められたら、新たな事務員を募集しなければならない。

そんなことを考えていると、来客を告げるチャイムが鳴った。邪魔が入って安堵したように、洋子はドアに向かう。

姿を見せたのは梓だった。

いらっしゃいませ、と言うなり洋子は給湯室へ消えていく。梓は当然のようにオフィスの中へ進入し、御子柴の正面にあるソファに腰を下ろした。そして洋子は来客用のお茶を運んできた後は、さっさと奥に引っ込んでしまった。

「昨日の裁判、何てザマよ」

開口一番、梓はそう罵った。

「蓋《ふた》を開けてみれば終始検察側のペースで、こっちは守り一方で」

「検察側の被告人質問から始まったんだ。弁護側が守りに入るのは当然だ。それしきのことでわざわざ来たのか」

「それしきとは何よ。元々の依頼人が雇った人間の仕事ぶりを気にして何が悪いのよ」

相変わらずの喧嘩腰だが、御子柴は歯牙《しが》にもかけない。

「傍聴していて気づかなかったのか。検察が物的証拠としているのは首吊りに使用された縄と遺書。しかも遺書に至ってはカーボン紙を使ったという点が明らかなだけで、使用した人間を特定できていない。縄に付着した被告人の皮膚片、それだけが向こうの切り札だと言っていい。言い換えれば、縄の証拠能力さえ封じれば検察側の優位が揺らぐ」

「でも皮膚片はＤＮＡ鑑定されてお母さんのものだって証明されたのよ。それをどうやって覆そうっていうのよ」

「警察の鑑定結果が唯一無二のものでもない」

改めて梓に説明するつもりもないが、警察・検察が裁判を有利に進めるために証拠を隠すことは皆無ではない。公判中、弁護側の再鑑定依頼によって物件の証拠能力が消滅したことも一度や二度ではない。

「相手の提示した証拠の信憑性を問うのも裁判だ。それには手間も時間もかかる。趨勢だけで判断するな」

「それならあんたはどんな材料を握ってるの。検察が出してきた証拠を引っ繰り返す奥の手でもあるって言うの」

「話す必要はない」

「わたしはクライアントよ」

「求められているのは成果だけだ。それ以外を提供しなきゃならん謂れはない。それが不満なら今から降りても構わないぞ」

元よりタマもスジも悪い案件で、被告人は札付き弁護士の母親だ。今更、弁護に手を挙げるような者はよほどの物好きか、法曹界注視の事件で名を挙げたい食い詰め者しかいない。最初の弁護人探しの段階で梓も身に沁みたのだろう。それ以上、突っかかるような真似はしなかった。

「……そこまで言うからには勝つ見込みがあるんでしょうね。万が一にも負けたりなんてしたら承知しない」

「勝算があるから引き受けたんだ。だが受任後に不利な証拠やら悪事を暴かれたんじゃや、勝てるものも勝てない」

「どういう意味よ」

「最後に検察側が暴露した話だ。昭和六十一年九月十四日、園部郁美から警察に夫の謙造が自殺していると通報が入った。世に知られているのはその事実でしかなかった。わたしが医療少年院で教官から聞いた話もそうだった。まさか成沢拓馬の事件と様相が瓜二つだったとはな」

梓はこちらを睨み据えたまま黙っている。

「知っていてわたしに教えなかったのか。教えたら弁護を蹴られるとでも思ったのか」

全てを話したがらない依頼人も、虚偽申告する依頼人も初めてではない。むしろ御子柴の弁護を頼るような者は、そのほとんどが脛《すね》に傷を持つ人間だと思っているから腹も立たない。隠していた事実を責めるつもりはない。だが、隠していた理由と真相を知らなければ不利なままだ。

「答えろ」

「答えようがないわよ。法廷であのクソ検事が持ち出すまで、すっかり忘れてたくらいだもの。昭和六十一年といったら、わたしはまだ小学六年生だった。十二歳の子供がいったい何を知ってるっていうのよ」

「十二だろうが何だろうが、あの夫婦と同居していたのはお前だけだ」

「園部郁美とかあの夫婦とか、もうちょっとらしい呼び方できない？」

「してほしいのか」

梓はものすごい勢いで首を横に振る。

「お父さんが死んだのは真夜中だった。わたしが起きた時には、警察の人がもう大勢家の中にいた。またあんたがしでかした事件で捜査にきたのかと思ったら、お母さんがわたしを抱き締めて、お父さんが自殺したたって教えてくれたのよ」

「どんな状況だった」

「知らないわよ。首を吊ったということだけで、どこにぶら下がっていたとか、使ったのは縄なのか紐なのか、遺書があったのかどうかも聞かされなかった。聞いても、その時のわたしにはとても理解できないと思ったんじゃないの」

「解せないな。十二歳なら相応の判断力はある」

「普通の状態ならね。家族の一人が近所の女の子を惨殺して捕まったなんて家庭がどんな状況だったか、想像つくのかよ。怪物の妹とか呼ばれてクラス全員からいじめられた十二歳の気持ち、理解できるのかよ」

梓は激昂した。唐突にではなく、煮え滾《たぎ》る感情を抑えていた自制心が次第に崩壊したような荒れ方だった。

「あんたの逮捕がニュースで流れた時、名前は伏せられていたけど学校や一部の父兄は園部信一郎を知っていた。何日かして写真週刊誌が顔写真を載せた時がクライマックスだった。クラスの誰もわたしに話し掛けなくなった。登下校の度に唾を吐きかけられた。汚い言葉を浴びせられたのはそれ以上だった。学校にいたら皆からいじめられるから、授業が終わるなり逃げるように家へ帰った。でも結局は家でも落ち着けなかった。しょっちゅう無言電話が掛かってくるし、電話線を抜いたら抜いたで、窓ガラスは割られるし、動物の死骸《しがい》は投げ込まれるし」

喋りながらその時のことを思い出したのか、目に涙を溜め始める。感情に溺《おぼ》れている人間には何を言っても無駄だ。御子柴は梓の乱れぶりを観察することにした。

「わたし、ご飯が食べられなくなった。学校へ行こうとすると急に息ができなくなった。それで不登校よ。自分ちに、自分の部屋にずっと閉じ籠《こ》もっていた。テレビもラジオもあんたのことばっかり取り上げていたから一切見聞きしなくなった。そんな状況でまともな判断力があったと思う？　あるはずないじゃない」

そこまで喋ってから、梓は荒い息を吐きながら肩を上下させた。

「もういいか」

思いの丈を吐き散らした梓は疲れた視線をこちらへ投げる。

「お前たちがどんな仕打ちを受けたのか、わたしは知る必要もないし知ろうとも思わない。知りたいのは園部謙造が自殺した時の状況だけだ。つまりお前は自分の部屋に隔離されていたから、ふた親がどんな風だったのか詳細は思い出せないというんだな」

「知る必要もないって……本っ当に人間のクズね」

「そのクズに母親の弁護を依頼したのは、どこのどいつだ」

梓の平手が飛んできた。むざむざ殴られてやる義理もないので、命中する寸前に片手で受け止める。

「無駄な力、無駄な感情を発揮する前に考えろ。母親が父親を殺した可能性を」

「うるさい」

「犯罪者というのは愚か者だから、一度成功したやり口を繰り返す。その伝でいけば、成沢郁美はまさにそのパターンだ。次回公判、検察側は必ずそのイメージを武器に弁論を進めてくる。三人の裁判官の中には状況証拠のみで判断したがらない者もいるだろうが、六人の裁判員は心証に大きく影響される。被告人が夫殺しの常習犯だと思い込んだ瞬間から弁護側の敵になる。それがおそろしく不利だというのは、今のお前にも充分理解できるだろう。だからわたしは二十九年前の出来事が郁美の謀殺ではなかったと、裁判官や裁判員を説得しなければならない。あったことを立証するのはそれほど難しい作業じゃない。しかしなかったことを立証するのは至難の業だ」

捕まえた梓の手から力が抜けていく。

「わたしを怪物やクズと呼ばわるのも結構だが、母親を大事に考えているのなら二十九年前に彼女がどう行動し、何を言ったのかをもっと思い出せ。母親の弁護の材料になるような情報をわたしに寄越せ。今のお前にできる有意義な仕事はそれしかない」

握った手から梓の体温が伝わってくる。ひんやりとした、しかし芯に熱を秘めた感触。

慌てて放すと、梓の手は力なく垂れ下がった。

「……急に言われたって思い出せっこないでしょ。わたしはずっと蚊帳《かや》の外みたいなものだったし」

「蚊帳なら多少は透けて見えたはずだ」

「時間をちょうだい」

「猶予は無尽蔵じゃない。可能な限り早くしろ」

「分かってるわよっ」

吐き捨てるように言って、梓は席を立つ。出されたお茶には一度も口をつけなかった。

梓が事務所を出ていくとタイミングを見計らったように洋子が現れ、湯呑み茶碗を片づけにきた。

「話の内容は聞こえていただろう」

「結構、大きな声でしたから」

「まだ、わたしのメンタルを心配しているか」

洋子は答えることなく、また給湯室に戻ろうと背を向ける。

「明日のスケジュールは空いていたか」

「今のところ面談予定は何も入っていません」

「福岡に出張してくる。日帰りで済むはずだ」

4

今回、福岡に出張るのは二度目になる。こんなことなら前回早良区を訪れた際に済ませればよかったのだが、後出の情報ではどうしようもない。

行き先は福岡県警本部刑事部捜査一課。昭和六十一年九月当日の新聞を国会図書館のデータベースで検索したところ、謙造の自殺を報じている記事を発見した。当時は〈死体配達人〉の話題で日本中が沸騰していた時期だから、その父親の自殺ともなれば全国紙も報道価値ありと判断したのだろう。

記事によれば現場に駆けつけたのは早良署と県警本部の捜査員だったらしい。当時の捜査員が今も在籍しているかは期待薄だったが、最低限捜査記録だけは目を通しておきたかった。

法廷で槙野が謙造の自殺も偽装の可能性があると示唆した後、しばらくして情報の出処について考えてみた。いきなり槙野が思いついた可能性は希薄で、何者かがリークしたと見るのが妥当だ。そしてリーク元は警察関係者である確率が高い。

二十九年前の事件に関係した何者かが、郁美の背後に忍び寄っているのだ。

博多区東公園《ひがしこうえん》七番七号、六階建てのビルが県警本部棟になる。ここもまた御子柴には敷居の高い場所だった。三十年前、自宅で逮捕されて連れてこられたのが本部棟の一室になる。

何度か改修工事があったと思われるが、建物全体から醸し出される雰囲気は変わりない。元犯罪少年にとっては間違っても親近感を覚えるものではなく、遠くから棟を眺めているだけで捜査員から受けた様々な言葉と仕打ちが昨日の出来事のように甦る。

棟の中は薄暗く、絶えず湿った空気が漂っていた。タバコの臭いと古紙の臭いが混然一体となり、軽い吐き気を催したくらいだ。

（そんな齢でよくあんな残酷なことができたものだな）

（見ろよ。お前が殺した佐原みどりちゃんの写真だ。あどけない顔してるじゃないか。これを見て手前は何も感じないのか）

（中学二年だったな。鬼畜って言葉習ったか。お前のことだよ）

（今晩中に全部吐いちまえ。お前一人のために、福岡県警で何人の警官が引き摺り回されたか分かってんのか）

睡眠時間こそ与えてくれたが、言葉と態度での威圧行為は当然のように行われた。県警本部が血眼になって探し当てた犯人が十四歳の少年だったという驚きと憤怒《ふんぬ》もあったのだろう。取り調べは十四歳にとって苛烈《かれつ》なものだった。机を叩かれた回数や小突かれた回数は数えようもない。

だが園部信一郎は普通の十四歳ではなかった。

倫理観を喪失し、命を奪うことにしか大した興味を持てず、刑事たちの説諭や罵倒には一ミリも心が動かない人間だった。だから取り調べで何を訊かれ何を言われても馬耳東風にしかならない。彼らの前で動機らしい言葉を吐いたのも、連日続く同じ質問に飽き飽きしたからだ。

そして今、御子柴は再び本部棟の正面玄関を潜る。敷居は高いが、跨ぐだけの度胸は獲得した。親近感がなくても押し入る強引さも身につけた。

一階フロアの受付で弁護士の身分を明かす。受付に座る女性警察官は面会相手を訊ねてきた。

「二十九年前、捜査一課に在籍していた刑事さんはいませんかね」

彼女はきょとんとしていた。

「あの、階級とか氏名はご存じありませんか」

「些末《さまつ》な情報かもしれないが昭和六十一年の九月十四日、早良区礼乗寺で園部謙造という人物が自殺した件で、担当した方を探している」

「……少しお待ちください」

訪ねてきたのが一般市民であれば、まず門前払いを食らいそうな案件だ。曲がりなりにも照会してくれているのは弁護士バッジの霊験に違いなかった。

受付前に立って待たされること十分、女性警察官はようやく顔を上げた。

「お探しの者かどうか受付では不明ですが、捜査一課に一人だけ三十年勤続の者がおります」

一人だけというのなら会うべきだろう。

「ではその方とお会いしたい。何という方ですか」

「友原行彦《ゆきひこ》という者です」

意外だったのは三十年勤続の警察官が存在していたことではなく、それだけ在籍していてもさほどの階級を得ていないらしい事実だ。もし上級職であればアポイントなしで面会が叶うはずもない。どうせ相手は出世コースから外れたロートルの警察官だろう。

刑事部のフロアに辿り着き応接室のくたびれたソファに座っていると、これもくたびれた白髪頭の男が現れた。

背が低いのに猫背気味なので余計に小さく見える。すっかり朽ち果てた風貌だが、公務員の定年を考えれば五十代後半といったところだろう。着ているジャケットの安っぽさと靴の古さで階級と年俸が透けて見える。出世コースから外れたロートルという推測は、中《あた》らずといえども遠からずだろう。

しかし応接室に入ってくる前から老警察官は異様な目をしていた。本来は小狡《こずる》く猜疑心《さいぎしん》の強そうな目が、御子柴に対して驚愕の色を浮かべている。

「弁護士の御子柴礼司です」

名刺を受け取る手が、わずかに震えていた。

それで確信した。

受付から御子柴の名前を聞くなり、この男は訪問目的を悟ったのだ。

交換した名刺には〈福岡県警察本部　刑事部捜査第一課　警部補　友原行彦〉とある。右隅にあしらわれた〈ふっけい君〉というマスコットと本人の間に、拭い難い違和感を覚える。

素性が知られているのなら隠す手間が省ける。友原が対面に座り終える前に声を掛けた。

「友原さんは園部謙造の事件を担当していたんですか」

単刀直入な物言いは、怯えている人間には特に効果的だ。案の定、友原は機先を制されて口を開く。

「そうです」

思わず御子柴は小躍りしたくなった。何とこれほど簡単に探し当てられるとは。空振り覚悟で突撃したが、見事にジャストミートしたらしい。

「その素振りでは、わたしの別名もご存じなのでしょうね」

「別名だと」

言葉遣いは一瞬で変わった。

「園部信一郎は本名じゃねえか」

「歯に衣着せぬ言い方は嫌いじゃありませんが、家裁を通じて取得した名前です。今は御子柴礼司が本名なので、そちらで通してください。それから、あなたも社交辞令が嫌いなようだから、わたしもざっくばらんに喋らせてもらいます。異議はありますか」

「勝手にしろ」

「わたしが友原さんを訪ねてきた理由は分かりますか」

「親父の自殺を調べにきたか」

「ご名答。何しろあの時、わたしは関東医療少年院に収容され外部とは隔離されていましたから ね。謙造の自殺について碌な情報を知らされなかった。当時の担当者で未だ捜査一課にいるのは あなただけですか」

「それがどうした」

「わたしは運がいい」

「ふん、運は運でも悪運だろうが。頑是《がんぜ》ない子供を手に掛けたってのに、弁護士になんて成り上 がりやがって」

「成り上がったかどうかは議論の余地があるな。最近は弁護士バッジじゃあまり威張れない」

「わしが捜査情報を洩らすと思うか。それも選りによってあんた相手に」

「既に終結した事件に守秘義務も何もないでしょう」

「終わった事件とは限らんぞ」

「ほう。では捜査を再開しましたか」

問われた瞬間に友原は唇をきつく締めた。正直な男だ。思っていることがすぐ顔に出る。犯罪 者を相手にする仕事でこの有様《ありさま》では、出世できないのも道理だ。

「しかし二十九年も前に自殺で片づけられた事件だ。ここにも所轄の早良署にも、もう記録なん か残っていないでしょう」

「記録はある」

友原は心持ち胸を反らせたように見えた。

「ここに、生き証人がいる」

自分がそうだと言いたいらしい。しかし二十九年前の事件について証拠物件の全てを正確に記憶しているとは考え難い。おそらく捜査資料の写しなりメモなりを個人的に残していると考えた方がよさそうだ。

「事件の担当者で今も現役、という意味ではまさしくそうでしょうね。しかし裏を返せば、二十九年間何の新事実も出ず、捜査も終了していたのでしょう。本部が下した自殺という判断には正当性があったということじゃないんですか」

「聞いた風なことを言う。だったらあんたはどうして調べようとしている。自殺説が引っ繰り返ったら、成沢拓馬の事件に影響するからビビっているんだろう」

「外れてはいませんが、まあ万全を期するためと言った方がしっくりくる。依頼人だからという訳ではないが、あの女に人は殺せない」

「殺せるさ」

「経験則でモノを言っているんですか」

「実績だ。何といっても〈死体配達人〉の母親だからな」

「あまり健全な考え方じゃないな」

御子柴は敢えて非難するような言い方をしたが、実際に業腹なところもある。

あんな女と同列に扱うな。

「人殺しそのものが健全じゃないだろう」

「健全であるかどうかはともかく、成沢郁美に人は殺せない。彼女は虫も殺せないような性格でね。一緒に暮らしたのは十四年きりだったが、殺すのを許可してくれたのは蚊とハエだけだった。仏門の生まれでもないのに殺生が大嫌いでしてね」

「ふん。きっと亭主の命は蚊やハエよりも軽かったんだろうよ」

殺生が嫌い云々の話は完全に御子柴の創作だった。出世に遅れた依怙地《いこじ》な刑事から情報を引き出すには、この程度の創作は許容範囲だ。そしてこういう人間の場合、自分の心証と異なる人物評を聞くと反論したくなる。反論には根拠が必要なので、論証を続けていくと秘匿している情報も開示せざるを得なくなる。

「園部信一郎の事件は全国的なニュースになった。その父親の死亡となれば県警本部も本腰を入れたはずです。それにも拘わらず自殺という判断が下されたのは、事実そうだったからに相違ない。あなたが捜査しようとしているのは完全な見込み捜査ですよ」

「見込み捜査じゃないさ」

「どんな根拠があるんですか」

「郁美がカネを必要としている時に亭主が死ぬ。園部謙造の時には莫大な慰謝料を請求され、成沢拓馬と結婚する以前は生活苦の真っただ中だった。それが亭主の死によって二重に解消されている。こんな都合のいい偶然があるか」

「彼女は救い難いほどの善人ですよ。そんなことができる訳がない。現に自殺の偽装を疑わせる物的証拠は出なかったのでしょう」

「じゃあ逆に訊くが、あんたの父親は呑み助だったかい」

「少なくとも酒豪ではなかったと思いますね」

「わしの訊き込みでもそうだった。普段はあまり呑まなかったらしい。それが自殺の直前にはウイスキーをストレートでグラス一杯ほど呷っている」

「自殺する前に度胸をつけたかったのかもしれませんよ」

「しかもそのウイスキーは前日に郁美が近所の酒屋から購入しているものだ。いいか、本人じゃなくて女房が買っているんだぞ」

　語るに落ちたな。

　いいぞ、もっとぶちまけろ。

「しかし何度も言うようですが、カネ欲しさに夫を殺すような女じゃない。夫婦仲もすこぶるよかった」

　これも嘘とは言わないまでも大袈裟な話だった。記憶を巡らせてみても、謙造と郁美が仲睦まじくしていた光景など欠片も思い浮かばない。

「謙造の死を通報した後も意気消沈していたはずです」

「まさか駆けつけた刑事たちの前でにこやかにするような真似はせんさ。確かに気落ちしているように見えたが、あの程度の演技ならどんな女だってやってのける」

　一応は落胆した様子だったのか。

「しかし、それも勘繰りでしょう。女だから簡単に嘘を吐けるなんて言い出したら、世のフェミニストから総スカンを食らいますよ」

「不審な点はまだある。鴨居だ」

友原は郁美を容疑者にするため躍起になっていた。

「鴨居の上部に何か金具のようなものを取りつけた痕跡があった」

「見つけたのなら、どうして調べなかったんですか」

「当時は取りつけたものに見当がつかなかった。仮定も立てられないものを調べてくれとは言い出せなかった。だが警視庁が成沢拓馬の自殺を偽装と見破ってくれたことで腑に落ちた。あれも吊り金車を取りつけた跡に間違いなかった」

「そんなものが家の中から発見されましたか。わたしも思い出そうとしたが、吊り金車なんて代物は見た記憶がない。謙造は普通のサラリーマンで日曜大工《だいく》には毛ほども興味を示さなかった」

「へっ、あんたも大工道具なんかには興味なんてなかったろうが」

「そんなことはない」

御子柴は成り行き上、不敵に笑ってみせた。

「人を解体するのに、どんな道具が必要なのか、まずは自分の家の納戸を漁《あさ》りましたからね」

友原はわずかにたじろいだようだった。そしてたじろいだことが我慢ならないらしく、すぐに反論を開始した。

「あんたが逮捕された後に入手したに決まっている。そもそもあんたが逮捕されなきゃ、謙造を自殺に見せかけて死なせる必要もなかったんだからな」

「なるほど、それは道理だ。しかし今から自宅付近の金物屋に訊き回る訳にもいかないでしょう。当時、町内にあった金物屋はとっくの昔に廃業している。隣町にホームセンターができて客を奪われたみたいですね。もちろん園部宅も不動産業者に買い取られて取り壊し。今では月極め駐車場に変わっている。そんな状況で、どこを訊き回るつもりですか」

問われた友原は黙り込む。数多《あまた》の依頼人の顔色を読んできた御子柴には分かる。これは腹案あっての沈黙ではなく、暗中模索している者の沈黙だ。

それでも友原は言い募る。

「二十九年前の話だからといって一切合財が消えた訳じゃない。わしを含めて事件のことを憶えている人間がいる。人の記憶を軽んじていたら痛い目に遭うぞ」

「特に軽んじているつもりはないんですがね。記憶というのは往々にして嘘を吐く」

「……どういう意味だ」

「改変ですよ。人間というのは見たいものしか見ようとしないし、聞きたいと思うことしか聞こうとしない。記憶もそうでしてね。こうあってほしい、こうでなきゃ駄目だというかたちに変えてしまうんですよ。それは捜査関係者も同様です」

「謙造の自殺に偽装の疑いがあるのは、わしの記憶改変だとでもいうのか」

「二十九年前なら、あなたはまだまだ刑事として駆け出しの頃でしょう。現場に足を踏み入れて奇妙に思ったことがあっても、上に聞き入れてもらえない。そうした鬱屈《うっくつ》が記憶を改変させたんじゃないんですか。自殺として鉄板であるのに無理やり疑問点を差し挟む。鴨居にありもしない痕があると主張したり、酒屋での訊き込みでは謙造自身が酒を買ったのに郁美が買ったと思い込んだりする。その積み重ねが実在しなかった疑惑を脳内で形成していく」

「何を言い出すかと思えば」

友原は歯を剝き出して笑う。

「そんな風に証人を煙に巻いて混乱させるのが、あんたの常套《じょうとう》手段か。大したもんだ。危うくわしも記憶に間違いがあったんじゃないかと焦ったくらいだ」

「あなたは自分の記憶に相当な自信があるんですね」

「記憶は嘘を吐くと言ったな。確かにそういうことがあるかもしれん。しかし記録は嘘を吐かん」

「記録はないはずだ」

「公的なものはな」

そう言って、友原は懐から手帳を取り出した。表紙の剝げた、見るからに年季の入ったものだった。

「わしにはこれがある。当時、覚書きのために使っていた手帳だ」

得意げに手帳を翳している姿はまるで子供のようだった。

おそらく当時の捜査状況や書写できる証拠物件が網羅されているのだろう。友原の様子から、それが唯一無二の記録であるのは想像に難くない。

「中身を見たいか」

視線に気づいた友原は、これ見よがしに手帳を振る。

「特には」

「強がるな。この中に母親を救い出すネタがあるかもしれない。そう踏んだからこそ福岡くんだりまでやってきたんだろ」

「それについて否定はしませんよ。依頼人の利益のためなら九州・沖縄だろうと海外だろうと、どこへでも馳せ参じるのが弁護士という仕事ですからね。ただし今回の福岡入りはあくまで確認のためですよ。先の法廷で検察官が匂わせた過去の自殺偽装。その与太話にどれだけの信憑性があるのか確かめておきたかった」

「与太話だと」

「証拠物件は皆無、現場は消滅。捜査本部の捜査記録として残存しているのは誤謬《ごびゅう》の可能性を孕んだ捜査員のメモのみ。そんな代物で過去の事件をほじくり返すつもりだとしたら、無謀としか言いようがない。現に先の裁判では立証できていないものは採用できないと、検察官の発言は記録から削除された。もしやと考えてここまでやってきたが、どうやら取り越し苦労だったようです」

「待てよ、こら」

腰を上げようとした御子柴を、友原が下から睨みつける。

「今、無謀だと言ったな。わしが勘以外の何の根拠もなしに無駄な捜査をしているっていうのか」

もっと怒れ。

隠しているとっておきの武器を見せてみろ。

「当時の状況と現状を鑑みれば、誰だってそういう結論に落ち着く。悪いが、あなたや槙野検事の抱いているのは妄想の域を出ていない。それこそ何とかの冷や水じゃないのか」

「もういっぺん言ってみろ」

御子柴の思惑通り、友原は激昂寸前だった。

「何度でも言ってやる。あなたたちが目の仇にしている被告人は虫も殺せない善人だ。あなたたちはその善人にあらぬ疑いをかけ、無理やり稀代の悪女に仕立てようとしているだけだ」

次の瞬間、友原は表情を奇妙に歪めて、くっくと笑い出した。

「ふははは。選りによってあんたから善人と呼ばれたら、あの女どんな顔をするかな。腐っても息子だからあんたはそう言うだろうが、わしに言わせりゃ、この母親にしてこの息子ありだ。あんたはやっぱりあの女の腹から出てきた男だよ」

ひどく自信に満ちた物言いだった。ただの皮肉や揶揄《やゆ》ではなく、揺るぎない根拠を持った者の言葉だ。

「ずいぶんと成沢郁美を知ったようなことを言う。あなたが彼女と接触したのは、二十九年前のたった一瞬じゃなかったのか」

「一瞬もあれば充分さ。わしはあのひと言で園部郁美という女がとんでもない悪党だというのを確信した」

「どんなひと言だ」

「世間を騒がせた〈死体配達人〉の父親が自殺。色めき立った県警本部が乗り込んでみたものの、捜査の結果は大山鳴動ネズミ一匹。それでもわしだけはあの女からいっときも目を離さなかった。絶対にあの女が仕組んだ偽装だと信じていたからだ。それで他の刑事たちが引き揚げる中、わしはあの女を直接問い質してやったのさ。お前が殺したんじゃないのかと。するとな、あの女は今まで消沈して俯いていたのに、きっと顔を上げてわしにこう言い放ったのさ。息子さえあんなことをしなけりゃ……ってな。あの女はしまったというように口を噤み、それからは何も答えようとしなかったが、あれは自白したも同然だ。あんたが逮捕されたから、自分は慰謝料工面のために亭主を殺さざるを得なかった。あの女は認めたんだよ。だからわしは自分で捜査を打ち切ろうと思わなかった。わし一人でも、いつか必ず真相を暴いてみせると誓った」

友原は勝ち誇るように胸を反らす。小男が胸を反らせても滑稽なだけだが、本人は気づかないらしい。

「安心しろ、園部信一郎。あんたは間違いなくあの女の子供だよ。わしが保証してやる」

「あなたがしてくれなくても、他に保証したがってる人間が山ほどいる。遠慮しておくよ」

今度こそ御子柴は立ち上がる。友原が郁美を偽装の犯人と決めつける根拠が明らかになっただけでも収穫だった。

「待てったら」

「まだ言い足りないのか」

「言い足りてないのはあんたに対してだ。母親の絶体絶命の危機を救おうと東奔西走しているようだが、全ては身から出た錆《さび》と思え。あんたがあんな事件を起こしていなけりゃ、あの女だって亭主を殺す羽目に陥らずに済んだ。巡り巡って成沢拓馬が吊られることもなかった。もちろんあんたが殺した佐原みどりの一家もそうだ。一家は被害者だってのに、居づらくなって街を出た。どこに移り住んだって被害者家族は色眼鏡《いろめがね》で見られる。きっとクソみたいな生活だったに違いない。それもこれも全部あんたが蒔《ま》いた種だ。それなのに当の加害者は胸にバッジをつけ、肩で風を切って歩いていやがる」

御子柴はじっと友原の罵詈《ばり》讒謗《ざんぼう》を浴びる。他の人間ならともかく、この程度の罵倒は御子柴にとって子守唄《こもりうた》に等しい。悪意も胸まで届かなければ、ただの風だ。

「大体、あんたは座る場所を間違えている。法廷では毎回、偉そうに弁護人席に座っているんだろうが、あんたの座る席は一生被告人席だ」

友原は言葉を切る。相手から何の反応もないので不安に思ったのだろう。

「気が済んだのなら帰らせてもらいます」

呆気《あっけ》に取られている友原を残して応接室を出た。

三十年間、溜めに溜めた鬱憤であの程度なら大したことはない。所詮、あの刑事も手前勝手な正義感に洗脳された一人に過ぎなかった。吐き出す言葉のほとんどは妄言だから胸にも耳にも残らない。

いや、たった一つだけ正鵠《せいこく》を射た言葉があった。

友原は御子柴の座る席は一生被告人席だと言った。

その通りだ。

佐原みどりを殺したあの瞬間から、自分は一度として被告人席以外の椅子に座ったことがない。

過去も現在も、そしてこれからも。

5

執務室の槙野の許に、友原からの一報が入ったのは正午を過ぎてからだった。

『ついさっき、御子柴が県警本部を訪ねてきました』

携帯電話の向こうで、友原は昂奮を隠しきれないでいた。

『わしに直接会いに来たんです』

法廷で過去の事件を示唆したのが一昨日だから、対応は早めだったと評価していい。フットワークの軽さも、あの悪徳弁護士の持ち味らしい。

「用件は、やはり二十九年前の事件でしたか」

『ええ。当時の捜査状況を調べに来たみたいです』

「何か収穫していきましたか」

『いや、公的記録は何も残っていないので、もっぱらわしとの話に終始しました。柄にもなくと言おうか、母親の無罪を勝ち取るために懸命な様子でしたよ』

声の昂ぶりを聞いていて不安になった。

友原にしてみれば、御子柴の訪問は奇襲のようなものだ。奇襲に遭った友原は恐慌状態に陥ったのではないか。

「彼と何を話しましたか」

『大したことは話していません。当時の新聞記事に載った範囲の事実と、偽装を疑ったのは捜査陣でもわし一人だったことくらいですな』

余計なことを、と槙野は舌打ちする。あの男に与えていいのは公式発表だけだ。不用意に私見など開陳すれば、そこに指を突っ込み、両手で穴を押し広げ、そして強引に侵入してくる。抜け目のなさと豪腕。彼が相反する二つの能力を兼ね備えているのは、先の公判で思い知らされた。

『あいつはしきりに母親を善人だと言ってました。ああいう歪んだ人間の目には、母親も歪んで見えるんですかな』

「その他には」

『わしのプライドを刺激して、こちらが摑んでいる情報を引き出そうとしていましたな。まだ捜査に進展がないのが幸いしました。新しいネタは何一つ探られませんでした』

誇れる話ではないだろう。槙野は溜息を吐きたくなった。

しかし、これは悪い徴候ではない。物的証拠皆無の疑惑にも拘わらず、御子柴は福岡まで足を運んだ。どんなに効率よく進めても一日仕事だ。言い換えれば、貴重な一日を潰しても調査する必要があると踏んだ。それだけあの男にとっては青天《せいてん》の霹靂《へきれき》だったらしい。

「では引き続き捜査を続けてください」

友原からの電話を切り、槙野は束の間考えに耽《ふけ》る。

郁美を連行した戒護員から聞いた話では閉廷直後、御子柴は彼女を呼び止めて父親の死に関係しているかどうかを問い詰めたらしい。

これも悪い徴候ではない。信頼関係で結ばれているはずの被告人と弁護人の間に隙間風が吹いているのだ。このまま隙間が広がってくれれば、弁護側は早晩空中分解する。待っているのは弁護人の解任で、そうなれば願ったり叶ったりだ。現状、御子柴以外の人間が郁美の弁護に立っても恐るるに足りない。

勝利は目前だ――槙野は判決の日、南条の前で絶望に項垂れる郁美を想像した。

福岡から戻った御子柴はその足で東京拘置所に向かった。小菅《こすげ》に事務所を構えてよかったと思うのはこういう時だ。

世田谷署の留置場から東京拘置所に移送された際、郁美はひどく不安げだった。死刑確定囚の半数近くが同所に収監されていると聞いたのが、その理由だと言う。

「だって、あたしは普通の人間なんだから」

郁美の口から愚痴を聞いた時には、危うく哄笑しそうになった。自分が被告人の身になって尚、犯罪者と一般市民は隔絶《かくぜつ》した存在と思い込んでいるのが哀《あわ》れで馬鹿らしかった。では現在弁護士となっている自分の息子は、いったいどちら側の人間と捉えているのだろうか。

本日郁美に接見を求めたのは、福岡での調査結果を踏まえた上で二十九年前の事件を改めて問い質したかったからだ。

郁美はカネのために謙造を殺害し、自殺を偽装したのではないか。

閉廷後、郁美はきっぱりと疑惑を否定したが、元より依頼人を信用しない御子柴には社交辞令以上の意味を持たなかった。しかし裁判官たちの心証を考慮すれば、不利な材料は可能な限り排除するべきだ。そのためには疑惑を撥《は》ねつけるか無力化させるか、いずれかの手段を講じなければならない。

拘置所に到着すると、御子柴は弁護士用窓口に向かった。こちらの窓口も一般面会と同様、順番を待つ弁護士たちが待機していた。面会申込書に郁美と自分の名前を書き込み、待合室で待つ。受付番号を確認すると待ち時間はないに等しい。

待つ間に郁美との問答を想定してみる。閉廷後、単刀直入に訊いたのは今考えても失策だった。過去を持ち出された衝撃と限られた時間では、あの郁美が満足に答えられたはずもない。もっと落ち着いた場所で、退路を一つずつ断つようにして尋問するべきだった。

まず、元の家があった場所を訪ねたことから切り出してみるか。郁美にとっても因縁のある場所だから無関心ではいられまい。近所の変遷や住民の現況など、必ず関心を示すはずだ。そしてエサに食いついたら、徐々に引き上げる。

だが、いつまで待っても自分の番号は呼び出されない。じりじりしているうちに自分の後の番号を呼ばれた。

どうなっている——痺れを切らせて立ち上がろうとしたその時、やっと自分の番号を呼ばれた。

さて何階を指定されるのかと窓口に向かうと、受付の刑務官は意外な言葉を口にした。

「面会拒否です」

「何だって。弁護人だぞ」

「ええ、本人に先生の名前を伝えましたが、本人は接見を拒否しています」

本人が拒否する以上、たとえ弁護士であっても面会は叶わない。長居は無用だ。御子柴は後ろも見ずに待合室を出た。

接見拒否の理由は訊かずとも分かる。自分の弁護人にすら二十九年前の事件を掘り返してほしくないのだ。

事務所へ帰る道中、御子柴は滾る感情と冷たい思考の間を行きつ戻りつしていた。

四　死者の悪徳

1

どれほど気に食わない相手であっても、母親の裁判に関わってくるとなれば無視もできないのだろう。接見拒否を受けた当日に連絡を入れると、梓は四日になって事務所までやってきた。

「クライアントを呼びつけるなんて、あんた何様のつもりよ」

「自宅や勤め先に来てほしかったのか」

「……用件は」

「被告人から接見拒否された。先週の土曜のことだ。今後の公判で打ち合わせをする必要があるのに、会えないのではどうしようもない」

「何か嫌われることでもしたの」

「二十九年前の事件に触れられるのが禁忌事項なら、そうだろうな」

梓は忌々しそうに黙り込む。雇った弁護士のひと言ひと言にこうも過敏に反応していては、判決言い渡しの日まで身が保つまい。

「検察側から示唆してきた事項だ。法廷で反論した通り、直ちに係争案件に直結する話じゃないが、使いようによっては裁判員の心証を黒くさせる。反証を用意しておくに越したことはない。だから会って、二十九年前の事件について洗いざらい話してもらわなきゃいけない」

「だって法廷では、本人が誰も殺してないって言ったんでしょ」

「依頼人は大抵嘘を吐く。有罪判決を受けるかどうかの瀬戸際になるまで、弁護人にすら全部を話そうとしない」

「まさか、そんなのは少数派でしょ。命が最優先に決まってるじゃないの」

「信じ難いことに命よりも優先するものを持っている者も少なくない。他人から見れば他愛もないことでも、本人にしてみれば違うらしい」

「何が命より優先するっていうのよ」

「プライド・他人の秘密・自分の名誉。そういったくだらないものだ」

　瞬間、稲見の顔が思い浮かぶ。あの困った依頼人も自分の命を粗末にする人間だった。

「……ちっともくだらなくないじゃないの」

「命が最優先だと言ったのは誰だ」

「いくら弁護士だからって、クライアントの揚げ足まで取る気」

「母親を救いたいのか救いたくないのか、どっちだ」

「あんたの母親でもあるのよ」

「この三十年間、そう思ったことは一度もない。向こうにしても同じだろう。それともこの場で、家族関係を再確認したいとでも言うつもりか」

「わたしに何をしろって言うのよ」

「被告人を説得して接見を承諾させろ」

「クライアント任せにせず、自分で何とかしようとは思わないの」

「裁判に勝つためなら手段は選ばない。使えるものなら何でも使う」

「それは評価してあげる」

「もう一度訊く。母親を助けたいのか、それとも母親を見捨ててまで事実から目を背けたいのか」

「どういう意味よ」

「正直に言ったらどうだ。二十九年前、父親は自殺したんじゃなく、母親が保険金目的で殺した可能性がある。それを認めるのが怖いから、わたしが被告人と接見するのを恐れている。違うか」

図星を指されたらしく、梓は悔しそうに唇を噛む。分かりやすい反応は生来のものだが、その点は同じ血を引く者でも御子柴とはずいぶん違う。そして悔し紛れの言葉を吐くのも御子柴の性格とは異なる。

「どうしてわたしがそんなことを怖がらなきゃいけないのよ」

「三つ年の離れた血縁者は〈死体配達人〉と呼ばれる稀代の犯罪少年。そして母親が保険金目当ての夫殺しの常習犯となれば、自分にも同じ血が流れていることになるからな」

ばん、と大きな音が事務所の中に響く。梓が力任せに叩いた机はスチール製なのでびくともしないが、叩いた方の手は見る間に赤くなっていく。

「取り消しなさいよ」

「こちらの推論を言っているだけだ。取り消す必要はない。お前が否定すればいいだけのことだ。

そして否定するのなら、わたしと接見するように本人を説得しろ。二つに一つだ」

　梓は進退窮《きわ》まった。接見を説得しなければとんでもない偏見を自ら認めることになる。偏見を認めないのなら、母親を説得せざるを得ない。

「悪辣な弁護士っていう評判は正しかったのね」

「それで裁判に勝てるのなら、悪辣は美徳だ。正々堂々と闘って母親を死刑にしたいか。それとも多少アンフェアな手段に訴えてでも母親を助けたいか」

「説得すればいいんでしょう、説得すれば」

　梓は癇癪《かんしゃく》を起こしたように叫ぶ。御子柴の記憶にある十一歳の梓も、よくこんな風に感情を爆発させた。三十年という月日も、梓の精神力を養うには寄与しなかったらしい。

「接見させるのは構わないけど、ひょっとしてあんた、お母さんを責める気じゃないでしょうね」

「何故、弁護人が被告人を責めなきゃならない」

「わたしたち家族を恨みに思っているから」

　御子柴に向けられた目は侮蔑に満ちている。その程度の視線や素振りでこちらが激昂したり気を悪くしたりすると思っているのなら、やはり幼稚だとしか思えない。

「自分が人を殺したのも、家族の愛情が足らなかったせいだと思っている。だから弁護人になったのをいい機会に、その家族に復讐しようとしている」

「家族だとは思っていないから、特別憎しみも恨みもない。何度もそう言ったはずだ。わたしの弁護方針に文句があるのなら、さっさと解任すればいい」

　聞こえよがしに舌打ちをすると、梓は椅子を倒しかねない勢いで立ち上がる。

「弁護士の知り合いなんてあんただけだけど、一人で充分だわ。ホント、性根が腐ってる」

事実誤認ではないので反論はしなかった。

「被告人が承諾したらすぐに連絡しろ」

梓が返事もせずに出ていくと、入れ替わるように給湯室から洋子が姿を現した。見計らったようなタイミングから、二人のやり取りを陰で窺っていたのかもしれない。

ひと口もつけられなかった来客用のお茶を片付けているのを見ていると、ふっと好奇心が湧いた。

「聞いていたのか」

「聞いていたというより、聞こえてました。あの依頼人はとても声が大きいので」

「繁盛していなくて助かった。他の依頼人があの様を間近で見ていたら、きっと逃げ出す」

「でも微笑《ほほえ》ましかったですよ。兄妹喧嘩」

思わず洋子の顔を凝視した。

「今のが兄妹喧嘩に聞こえたのか」

「ちょっと羨《うらや》ましいなあって。わたし一人っ子ですから」

「……趣味が悪いにもほどがある」

「否定はしませんよ。反社会的勢力の顧問をしている法律事務所に勤めているくらいですから」

洋子が再び給湯室に向かうと、御子柴は梓との会話を反芻し始めた。

母と兄の殺人について持ち出されると、梓は明らかに動揺していた。法廷で槙野の弁論を聞いた時から郁美に疑念を抱いたのは、御子柴だけではなかったのだ。虚勢を張ろうが憎まれ口を叩こうが、梓の怯えは手に取るように分かる。

動揺したのは御子柴も同じだ。ただし梓が怯えた理由とは少し異なる。梓が怯えたのは、自分もいつか人を殺すのではないかという漠然とした不安だ。だがあの日以来、御子柴の胸を幾度となく騒がせているのは、己を〈死体配達人〉たらしめたものが自身の性質ではなく、親に起因するという可能性だった。

己の罪は一生を賭《か》けて償うと、稲見に誓った。現在の御子柴があるのはその結果だ。自分の中に棲む獣と向き合い、飼い慣らそうとし続けた三十年と言っても過言ではない。

今更それが全て親のせいだというのか。馬鹿にするのもいい加減にしろ――。

御子柴は珍しく腹を立てていた。


幼稚な人間にもいくつかは取柄があると見えて、梓の場合は迅速さだった。御子柴が郁美への説得を命じた翌日には、早くも電話で返事を寄越してきた。

『明日、接見いいってさ』

「あっさり承諾したな」

『あっさりじゃなかったわよ』

梓の声は相変わらず尖っているが、これは母親の旧悪を暴露されるのが怖いのを隠すためだろう。

『お母さん、あんたに会うのを本当に嫌がってた。これだけ依頼人に嫌われる弁護士も相当なもんよね』

「それでいい」

用件さえ済めば、クライアントの愚痴など聞いている暇はない。

「嫌われているのは優秀だからだ」

御子柴は相手の返事も確かめずに電話を切った。


六日、拘置所の弁護士用窓口で接見手続きを済ませると、今度は自分の番号と面会室を告げられた。

御子柴が面会室に入ると、少し遅れてアクリル板の向こうに郁美が現れた。接見を承知したものの、渋々だったのは表情で丸分かりだ。

「当分は会いたくないと言ったのに、強引な弁護士さんだこと」

「その日の気分で弁護人と会う会わないを決めてもらっては困る」

「被告人には時間を選ぶ権利もないのかしらねえ」

「勘違いしているようだが、わたしの元々の依頼人は薦田梓であってあなたじゃない。従って、あなたの要望を一部聞き入れてくれるのは拘置所の刑務官くらいだ」

「だとしても弁護人なんだから、もう少し優しく扱えないの。これでも母親……」

「繰り返すが、あなたは刑事被告人でわたしは弁護人という間柄だ。法廷では、それ以上でもそれ以下でもない」

「法廷の外ならどうなの」

一瞬、御子柴は口を噤む。

御子柴が逮捕されてから郁美が面会に来たのはたったの一度で、その後は被告人と弁護人という関係になるまで手紙のやり取りすらなかった。今更どの口が法廷外の関係を持ち出そうというのか。

「そういうことは無事に釈放されてから言ってください」

「無事に釈放されるのかしら」

「わたしは、そのためにここにいる」

すると郁美は顔を歪めた。諦めと安堵が相半《あいなか》ばするような奇妙な表情だった。

「皮肉な話ね。母子じゃなく、被告人と弁護人の関係でいた方があなたを誇りに思えるなんて」

「誇りに思う必要はない。わたしは弁護士として生きるために、そうしているだけだ」

「三十年前はそうじゃなかった」

嫌な感触だった。

無視しようとしても、郁美の言葉は容赦なく御子柴の胸に滑り込んでくる。

「あなたが何を楽しいと思っているのか、何が好きなのか、何のために生きようとしているのか、あたしもお父さんも全然分からなかった。ううん、分かろうとしなかった。分かろうとしていたら、あなたにあんな真似はさせなかったはずだもの」

「今、話すことではないでしょう。事件には何の関係もない」

「接見なら時間は無制限なんでしょ。だったら少しくらい自由に話をさせて。三十年、ずっと話していなかったのよ」

「それはそうでしょう。あなたはあれ以来、医療少年院には一度も来なかった。それどころか手紙の一通さえ寄越しませんでしたからね」

「あれは、お父さんが自殺した上に引っ越しが重なって」

「別に気に病む必要はありません。医療少年院の中には他に話す相手がいた」

二人の院生仲間と稲見教官、そして彼女が弾《ひ》くベートーヴェンの〈熱情〉で御子柴は己を知った。己ならできること、己しかできないことを知った。親も兄弟も要らなかった。その三人と一曲の音楽さえあれば、御子柴は人間を目指すことができた。今頃母親の顔をして近づこうとしても迷惑なだけだ。

「まさか、今度の事件をきっかけにして関係の修復を図るつもりですか」

「そんなつもりは……」

「じゃあ無駄話はやめにしましょう。接見時間に制限はないが、裁判官および裁判員を納得させるには時間も材料も足らない。検察側から新たに出てくる話は、あなたを死刑台に近づけるような内容ですしね」

死刑台という単語を出せば少しは怖《お》じ気《け》づくと思ったが、案に相違して郁美は平然としている。

「あたしが保険金欲しさにお父さんを殺したのかどうか」

「事件としては既に終結しているし、二十九年も前の話で証拠となるようなものは何も残っていない。だから法廷で提示できる記録はない。だが関係者の記憶がある」

「自殺したのは、どこにでもいる普通のお父さんよ」

「〈死体配達人〉の父親は、今でも法曹界のみならず善良なる市民の興味の対象だ。検察側はその興味から裁判官と裁判員の記憶を引き摺り出し、あなたへの心証を悪化させる戦法に出る。弁護側は印象操作として異議を提出するが、それでも一度ついた印象はなかなか払拭できるものじゃない。払拭するには憶測や下衆の勘繰りを瞬時に粉砕できる材料が要る」

「あたしは誰も殺していない」

「被告人の証言だけでは信憑性に乏《とぼ》しいな」

「弁護人の癖にあたしの言葉を信じられないの」

「あなたの言葉を信じるのと、あなたの利益を護るのは別問題だ。昭和六十一年、早良区礼乗寺の自宅で園部謙造の自殺死体が発見された際、福岡県警の捜査員があなたに事情聴取している。友原という刑事で物欲しそうな目をした男です。憶えていますか」

郁美はしばらくの間記憶を巡らせている様子だったが、やがて諦めたように首を横に振る。

「駄目。刑事さん一人一人の顔なんて、とてもじゃないけど憶えていない」

「あなたが憶えていなくても、その刑事はあなたの一言一句を手帳に残していた。ひと通りの調べが終わって捜査員たちが帰りかけた時、その友原という刑事はあなたに問い質した。お前が殺したんじゃないのか、と。するとそれまで消沈していたはずのあなたは、顔を上げてこう言ったそうだ。『息子さえあんなことをしなけりゃ……』。それからあなたは口を噤んで、もう何も答えなくなったそうだ」

説明を聞いていた郁美の態度に変化が生じる。過失を咎められた者特有の羞恥《しゅうち》と怒りを滲ませて御子柴を見る。

「どうやら思い出したようですね」

「知らない」

「刑事を相手にしているんじゃない。自分の弁護人を相手にしているんだ。そんな答えで納得できると思っているんですか」

「弁護人なのにあたしを信じない。さっきと一緒じゃないの」

「では質問の仕方を変えましょう。何を言ったか記憶がなくても、語った意味なら今でも説明できるでしょう。『息子さえあんなことをしなけりゃ……』。その意味は何だったんですか。台詞はどんな風に続くんですか」

「分かっている癖に」

「あなた本人の口から聞かなきゃどうしようもない」

「『お父さんも死なずに済んだ』よ」

郁美は囁くような小声で話す。それで息子に気を遣っているつもりらしい。

「息子が大変な罪を犯したので父親としては死んで詫びるより他にない。あるいは、自分の死亡保険金でしか請求された慰謝料を払えない……ニュアンスとしてはどちらですか」

郁美は信じられない者を見るような目をしている。

「信一郎、あなた」

「御子柴です」

「あなた、自分で言っていてお父さんに辛いとか申し訳ないとか思わないの」

郁美とは弁護人と被告人の関係を徹底するつもりだったが、この言葉には反発せずにおられなかった。

「誰が死んでくれなんて頼んだ。誰が責任を感じてほしいと頼んだ」

　感情の籠もらない声のはずだったが郁美は、はっと身じろいだ。

「人を殺した犯人でもないのに自ら死を選んだのは、〈死体配達人〉の父親と詰られるのが嫌だったからだ。十四歳の殺人鬼を育てた父親として世間の非難を浴びるのが怖かったからだ。自殺したとしたら責任を取ろうとしたんじゃない。ただ誹謗中傷と責任から逃げようとした卑怯者《ひきょうもの》だったというだけだ」

　郁美の顔色が変わった。

「今の言葉、取り消して」

「一昨日、依頼人からも同じことを言われた。あの娘にしてこの母親あり、といったところかな」

「取り消して」

「わたしの個人的な感想だ。取り消す必要はない」

　少し感情が昂ぶっていた。言葉も対被告人のものではない。御子柴はいつもの冷徹さを呼び寄せる。

「そんなことよりも確認しなければならない。成沢拓馬の死体が吊り下がっていた鴨居には吊り金車を取りつけた痕跡が残っていて、それがあなたに殺人容疑のかかる一因となった。そして二十九年前、やはり園部謙造の場合も鴨居の上部に何か金具のようなものを取りつけた跡があったらしい。友原という刑事はそれで二つの事件を結びつけて考えた。成沢拓馬が偽装自殺なら、園部謙造の死も偽装自殺だと。それほど二つの事件は似通っている。だからこちらとしては二つの事件が全く別物である反証を用意したい」

　噛んで含めるように説明するが、へそを曲げたらしい郁美はこちらを睨んだままでいる。

「鴨居についていた跡が何だったのか、説明できますか」

「知りません。成沢の家の鴨居にそんな跡があったのは、刑事さんから指摘されて初めて知りました。園部の事件も同じです。そんな傷の跡、見たこともありません」

頑なな表情からは何も読み取れないものの、御子柴は作為を感じずにはいられなかった。

未だに郁美は心を開いていない。御子柴自身が閉ざしているので当然といえば当然だが、従来の依頼人とは勝手が違うことに苛立ちが募る。

友原の推測を全肯定する訳ではないが、成沢拓馬と園部謙造の死には無視できない共通点が多過ぎる。郁美は不知を主張するが、まともな判断力を持つ者なら看過できないだろう。

「もう一度、訊きます。本当に何の心当たりもないんですか」

「くどいわよ」

同じ昔話でも御子柴に関わる話と自身のとでは抵抗がまるで違う。言い換えれば、隠さなければならないという意識が見えない障壁になっている。

「吊り金車という道具は知っていましたか」

「あなた、自分が中学まで育った街、憶えていないの。ご近所には請負で電気工事してくれる岡《おか》本《もと》さんがいたじゃないの」

言われて思い出した。先日訪れた際には違う店舗に変貌していたが、向かい側の並びにあった個人経営の電気店だ。

「あの店に入ると、店頭にいくつか滑車みたいなのがぶら下がっていて、岡本さんに訊いたらケーブルの延長工事に使う金具だって。刑事さんから聞くまでは名前を知らなかったけど」

「成沢の家、または園部の家で見掛けましたか」

郁美はまた黙り込む。

「成沢さん。何度も言うようだが、わたしは警察官でも検察官でもない。あなたの味方である弁護人だ。守秘義務だってある。あなたが黙秘権を行使しても無意味だ。全部、話せ」

だが郁美は反抗的な視線を送るだけで、吊り金車についてはもう喋ろうとしない。

「秘密を護り抜きたいのか、有罪判決に甘んじたいのか、どっちなんですか」

「あなた、まだ独身なんですってね」

「関係ないでしょう、そんなもの」

「子供にだって知られたくない秘密があるのよ。梓から聞いたけど、あなたは大層優秀な弁護士さんなんでしょう。だったら与えられた材料で、あたしを有罪判決から救ってちょうだい」

「無茶を言うな」

「無茶な要求でも何とか解決してしまうから優秀と呼ばれるんじゃないの？」

反抗的というよりは挑発的。そして御子柴の忍耐力も限界に近づいていた。

「今日はこのくらいにしておきましょう。また、明日接見にきます」

「自分の父親を卑怯者呼ばわりする者とは会いたくないわ」

「わたしの父親は医療少年院にいた。彼以外に親と呼べる者はいません」

非難の視線を浴びながら、御子柴は席を立つ。

拘置所を後にしても胸糞の悪さが胸に残った。唾棄《だき》すべき依頼人、本来であれば社会的に抹殺されてしかるべき依頼人を大勢相手にしてきたが、話した後にこれほど尾を引く依頼人は初めてだった。言葉の端々がいちいち引っ掛かる。表情の変化がことごとく気に障《さわ》る。

いったい郁美という女はあんな女だったのだろうか。変に間合いを詰めてきたかと思えば、次の瞬間には突き放してくる。頼りなげに見えて、ある部分では強情極まりない。最初の接見の際にも感じていたが、まるで硬軟織り交ぜて御子柴を翻弄しているようにも思える。

自分がまだ信一郎と呼ばれていた頃を回想してみても、郁美や謙造に対する印象は驚くほど希薄になってきている。輪郭《りんかく》はあっても、なかなか像を結ばない。もちろん一つ屋根の下で暮らしていたのだから相応に会話があったし、その断片も憶えていた。ところが被告人となった郁美と話しているうち、それらがまるで模造された記憶のような気すらしてきたのだ。記憶力は人後に落ちないから、これは御子柴自身が記憶を封印している可能性がある。

御子柴にとって、関東医療少年院に入院してからが人間としての記憶だった。それ以前の暮らしについては、人のかたちをした獣が寝起きし、飲み食いし、学校というペット預かり所に通っていたという認識しかない。だから入院以前の思い出を口にされると拒否反応が起こるのだろう。

稲見の弁護に続き、今回も厄介な案件になった。

稲見は誰よりも救わなければならない被告人だった。それに対して、郁美は誰よりも救う価値のない被告人だった。

2

週明けに御子柴が向かった先は大田区蒲田《おおたくかまた》の町工場だった。〈小曾根《こそね》工業株式会社〉の看板を掲げた工場からは、昼食どきだというのに旋盤の音が洩れ聞こえている。

工場に隣接した事務所を訪れると、中では中年男が茶を啜《すす》っていた。

「電話した、弁護士の御子柴と申しますが、小曾根亮司《りょうじ》さんはいらっしゃいますか」

「小曾根は俺です」

男はぺこりと頭を下げ、空いている椅子を勧める。四畳ほどの狭い事務所だが、他に来客を迎える場所がないのだろう。

「電話をもらった時には少し面食らいましたよ。世間的には終わった事件を、まだ追い掛けている弁護士さんがいるなんて」

「小曾根さんの事件そのものではなく、関連した事件を担当していましてね」

「俺の証言で誰かが助かるんですか」

「少なくとも、そういう目的で動いています」

「それならお話しする価値はありそうですね」

小曾根は人のよさそうな笑みを浮かべる。どことなく貧相に見えるのは元々の顔立ちのせいとばかりは言えない。工場の外観もそうだが事務所はプレハブで、机や椅子はどれも安物を騙《だま》し騙し使っているようだ。ボールペンにファイルと目につく備品はどれも年季の入ったもので、御子柴の事務所なら早々に廃棄対象になるような代物だった。事務所内部の貧相さが主の第一印象に一役買っている。

成沢拓馬の前妻佐希子が巻き込まれたのは平成二十二年八月、三軒茶屋駅付近で発生した通り魔事件だった。当時三十二歳の町田訓也が自家用ワゴン車で六十三歳の男性一人と二十三歳女性を轢殺し、十五歳少女に重傷を負わせた後、クルマを降りて四人の男女に刺身包丁で襲い掛かる。結果的に三人の死者と重軽傷者四人を出した惨劇だが、このうち刺されて死亡した一人が成沢佐希子だ。

そして町田のワゴン車で轢殺された六十三歳の男性が小曾根淳吉《じゅんきち》、目の前にいる亮司の父親だった。

「事件の起きた時、俺も一応は跡取りということで専務の肩書だったんですが、まあ体裁だけのことで、要は前の会社をクビになってハローワークにも通ってなかったんですよ。プータローのままじゃ世間体が悪いってんで無理やりの専務。それがあの事件で親父が死んじまうでしょ。オフクロはショックで認知症患っちまうし、従業員十人足らずの零細工場ですけど潰す訳にはいかないので、即日社長昇格ですよ」

小曾根は自虐気味に頭を掻きながら話す。

「工場自体は熟練工さんたちが全員残ってくれたんで何とか回ってますけどね。四十過ぎていきなり経営押しつけられて四苦八苦してます」

「大変だったでしょうね」

「口さがない連中からは、棚から牡丹餅《ぼたもち》で社長に就任できたとか何とか言われましたけどね。冗談じゃありませんよ。事件自体は終わっていても、町田に対する恨み辛みは警察で親父の死体と対面させられた時から変わっちゃいません。犯人の町田はまだどこかの病院でぬくぬくと治療中なんですよね？　俺は一日たりとて、あいつを忘れたことがありませんよ」

合計七人に及ぶ死傷者を出した事件でありながら、遺族のその後を伝えるマスコミはない。家族を理不尽に奪われたのだから、遺された者の人生も一変する。小曾根のように、困惑しながら故人の跡を継げる者はまだ幸福な部類なのだろう。

「被害者とその遺族で原告団を結成されたんですよね」

「あまり思い出したくないなあ」

「何か不快なことでもありましたか」

「いえ、不快じゃなくてひたすら辛いんですよ。ウチは年寄りを亡くしたんですけど、他に二十三歳の女性も亡くなっている。人の命に軽重はないにしても、まだまだ未来のある人間の死ってのは他人でも辛いですよ。いや、原告団と言っても総勢二十人程度の小所帯だから身内意識が出ちゃいましてね。まあ、ご両親の心痛ぶりは傍で見てて居たたまれませんでしたから」

「町田が統合失調症と診断されて、検察は事件を不起訴処分。その後の原告団の動きについては弁護団団長を務めた来生先生から伺っています」

　小曾根は苦笑した。

「骨折り損と言うか……折角、来生先生たちが手弁当で頑張ってくれても、本人は病院、両親は夜逃げじゃどうしようもありません。法的には請求権があっても、実際には泣き寝入りするしかないと分かった時の俺たちの気持ち、分からないでしょうねえ。何ていうか、殺された家族の一生を踏みつけにされたような気分になったんですよ」

　その時の気分を思い出すのか、小曾根の顔には次第に影が差してくる。

「来生先生の言ったことで忘れられない言葉があるんです。法律は健《すこ》やかなる者よりは病める者のために、豊かな者よりは貧しき者のためにあるって。最初それを聞いた時は、法律は俺たち被害者遺族の味方だと思ったんですけど、蓋を開けてみれば町田は精神を病んでいて罪に問えない、その両親は巨額の慰謝料で夜逃げしたから一円も払ってもらえない。結局、法律は町田親子の味方だったって訳で、もう笑うに笑えませんでしたよ」

今まで温厚そうだった小曾根が邪に唇を歪ませる。

「被害者で成沢佐希子さんという方がいたのを憶えていますか。六十過ぎの方で、町田に刺殺されています」

「ええ、しっかり憶えてますよ。旦那さんが拓馬さんでしたね。長年の連れ添いを奪われて、心底怒っていたのが今でも目に浮かびますよ。紳士みたいな人だったから、怒ると余計に迫力がありました」

「成沢拓馬氏が亡くなったのはご存じですか」

「七月でしたか、自宅で死体が発見されて、直後に再婚相手が逮捕されましたね。未だに細々と原告団同士の連絡があって、それで知りましたよ。奥さんがあんな目に遭ったってのに、今度はご主人までが……ホントにひどい世の中です。神も仏もあったもんじゃない」

「成沢拓馬氏は佐希子さんを殺されて、ひどく怒っていた。それにも拘わらず、原告団には参加されなかったと聞きました」

「ああ、あれは驚きでしたけど、来生先生はすごく納得していたんですよ」

「一般家庭に七家族分の慰謝料なんて到底払えるはずがない。判決をもらったところで無駄骨に終わるのが分かっているのなら意味がない。そういう趣旨だったと聞きました」

「概ね、そうですね。奥さん思いの一方で成沢さんはすごく理性のある人だったから、来生先生もしつこく勧誘しませんでした。でもそれって、ちょっとだけ違うんですよ」

「何が違うんですか」

「民事裁判で勝っても意味がないから原告団には参加しない。それはホントに成沢さんらしい理性的な判断なんですよ。来生先生が納得したのも、その理性的な部分だけど、人間なんて理性だけじゃないですよね。あの紳士的な成沢さんにも感情的なところがあって、来生先生はそれを見逃しただけです」

「あなたは見たんですか」

「原告団を結成する前は被害者の会を結成して、よく話していたんです。成沢さんが何だか親戚《しんせき》みたいに接してくれてたんで。向こうも俺のこと息子みたいに思ってくれたんじゃないかなあ」

小曾根の顔が懐かしさに緩む。だが、それはほんの一瞬だった。

「きっと成沢さん、普段から理性的に振る舞っていたんです。人前では冷静沈着で絶対に大声を上げたりしない。だけどその分、抑えつけている感情がある。一度だけ成沢さんと呑んだことがあるんですけど、酔いが回るとあの人、奥さんの思い出を延々と話し出して、終《しま》いには町田への恨み言でした。町田のことを考える度に血の涙が出そうになるって」

「そんなに町田を憎んでいながら原告団に参加しないというのは、少し矛盾する気もしますね」

「いや、成沢さん的にはちっとも矛盾じゃないんですよ。裁判なんかしたら労力や情念が磨《す》り減る。それで一円も取れないんだったら、裁判せずに憎しみを溜め込んだ方が奥さんの供養になるって言ってました」

恨み辛みを解消させず、ずっと身体の裡に溜め込んでおく——故人を忘れない手段としてはそれも有効だろう。ただし、ひどく不健全な方法であるのは否めない。憎悪は人を内側から蝕《むしば》むからだ。

「結局、民事裁判には勝ったけど、結末は成沢さんの予言通りになっちゃいました。いや、予言通りだったのはそれだけじゃなくて、原告団の多くは裁判に疲れ果てちゃいましてね。何だか町田親子に対する憤りみたいなものが半減したんです。それで俺、分かったんですよ。人を憎み続けるのにも結構エネルギーが要るんだって。来生先生には悪いけど、原告団と弁護団がしたことって結局は徒労で、徒労だから精根尽き果てた、みたいなところがあるんですよ」

小曾根は俯き加減だった顔を、ゆっくりと持ち上げる。

「俺にこんなことを言わせるのが被害者意識だってのは重々承知してるんですけどね。日本の法律はやっぱりおかしいですよ。刑法第三十九条だとか少年法だとか。精神を病んでようがガキだろうが、犯した罪に変わりはないじゃないですか。人を殺したら極刑に問われて当然なんだ。それを特別扱いするものだから、俺たちみたいな被害者遺族が苦しむ羽目になる。あの時、町田がまともに裁判を受けて死刑にでもなっていたら、無駄な民事裁判をすることも、原告団のみんなが疲れ果てることもなかった。俺は今でも法律を、町田親子と同じくらい恨んでいます。俺だけじゃなく、原告団の人たちも、成沢さんも同じだと思います」

小曾根がこちらの素性を知った上で喋っているとは考え難いが、指弾しているのはまさしく御子柴のような人間に対してだった。

「親父も成沢佐希子さんもただの被害者じゃない。最初は町田に、二度目は法律に殺されたんですよ」

殊更激烈な言葉には聞こえない。おそらく犯罪被害者とその遺族の本音なのだろう。

だが、小曾根の見方は一方的でもある。法律によって刑の執行を免れた者には、法以外の裁きと責めが待ち受けていることを知らない。いや、知ろうとしない。知れば加害者に対する憎悪が減じるのを、本能的に察しているからだ。


小曾根の事務所を辞去した後、御子柴は湯島《ゆしま》に向かう。

この辺りは湯島天神のお膝元《ひざもと》だが、一丁目には東京医科歯科大附属病院、近隣には順天堂《じゅんてんどう》医院と東京大学病院が控えている関係で、医療関連の企業が集中している。御子柴が目指す場所もそうした関連企業の一つだった。

商業ビルの立ち並ぶ中、御子柴はひときわ瀟洒な建物の前で足を止める。目的地の〈氏家《うじいえ》鑑定センター〉はこの二階にある。

医療関係の会社らしく研究室の中は清潔に保たれている。中に入ると微かに空気清浄機の作動音が聞こえる。

中央の机では数人の所員が各々《おのおの》の鑑定作業に没頭していて、御子柴の方には全く見向きもしない。血液検査に筆跡鑑定、薬品分析、指紋鑑定、中には一瞥しただけでは何の鑑定なのか見当もつかない作業をしている者もいる。

一般企業の社員というよりは研究員といった趣だが、御子柴はこの雰囲気が嫌いではない。何によらず職能集団というものは排他性を感じさせる一方で信頼感がある。

「やあ、先生。いらっしゃい」

部屋の奥から所長の氏家京太郎《きょうたろう》が姿を現す。いつも長い髪を後ろで束ねている。本人に言わせると室内に髪の毛が落ちてしまわないための工夫とのことだが、効果のほどは御子柴には知る由もない。

「また鑑定をお願いしたくて参りました」

法廷戦術を考えた場合、検察側が提示してきた証拠については裁判所を通じて警視庁科捜研に鑑定を依頼した方がいい。検察側と同じ研究機関で鑑定すれば、それだけ説得力を増す。

ただし検察側も与《あずか》り知らぬ証拠物件については、御子柴は氏家に鑑定を依頼することにしている。氏家は科捜研で将来を嘱望されていたにも拘わらず、昇任の話を蹴って退職し、そのまま民間の科学捜査鑑定所を立ち上げた変わり種だ。反権力や反組織を謳う者には能力のなさを他に転嫁する者が少なくないが、氏家の有能さは御子柴も認めている。特筆すべきは鑑定作業の迅速さで、科捜研が三日かかる鑑定を一日で済ませてしまう。抱えているスタッフが優秀なせいもあるが、氏家の知見と采配《さいはい》がなければそんな芸当は不可能だろう。

「どれ。拝見できますか」

促されて、御子柴はカバンの中から物件を取り出す。ポリ袋の中に入っているのは先日入手したばかりの木片だ。そして添付資料として木片の使用されている現場写真を一枚。

「見たところ、ヒノキのようですね」

「その通りです」

「しかも古い。建材に使用されて約二十年といったところですか」

「確認していませんが、おそらくそれくらいは経っていると思います」

「で、何を鑑定すればいいんですか」

「耐荷重です」

御子柴が要望を告げると、氏家は二つ返事で承諾する。

「結果はいつまでに出せばいいんですか」

「次回公判が三日後に迫っています」

「となると、明日までですね。まっ、何とかしましょう。ちょうど先日依頼されたパソコンのデータ解析も終わったところだし」

「有難うございます。氏家所長が鑑定してくれれば、わたしは何の躊躇もなく弁護に徹することができる」

「お褒めの言葉は不要です」

氏家は興味なさそうに応えた。

「毎回、先生は鑑定を依頼してくれる。その信頼さえ分かれば、社交辞令は却って邪魔なだけです」

氏家が警視庁を飛び出した理由の一つがこれだ。組織の中にあって評価も眼中になく、好き勝手に振る舞う者はやがて周囲から浮く。軌道修正を図ればいいのに、元よりそんな殊勝《しゅしょう》さは持ち合わせていないから更に浮く。そして周囲との軋轢《あつれき》と自己満足を秤《はかり》にかけて、組織から逸脱していく。御子柴自身がそうしたはぐれ者の一人なので、氏家の気持ちは部分的に理解できる。

「ここの鑑定能力は科捜研と同等かそれ以上と思っていますからお願いしているんです」

「お役に立てて何よりです。それより先生、お預かりしたパソコンは今日中に返却できますよ」

「何か成果はありましたか」

氏家に依頼したのは、削除された閲覧履歴の復元だった。パソコンの所有者がそのサイトを訪れていたことを証明できれば、弁護材料の一つになり得る。

「過去一年間の閲覧履歴がこれです」

氏家が差し出したのは、閲覧日の新しい順に揃えられたサイトの一覧表だ。上から眺めていくと、さもありなんというサイトが並んでいる。

閲覧サイトは図書館によく似ている。どのサイトをどれだけ頻繁に訪れ、何を検索したかが本人の趣味嗜好を物語ってしまう。公共図書館の貸し出し履歴が個人情報保護法によって護られているのは、この事由による。

換言すれば他人の閲覧履歴を覗くことは、その人物の思想信条・趣味嗜好・性癖を窃視《せっし》するのと同義だ。いずれこうした行為も法律で規制されるようになるのだろう。

差し出された一覧表を眺めていくと、やがて気になる箇所が御子柴の目に留まった。

〈少年犯罪ドットコム〉の九ページ目。

御子柴自身が一度ならず閲覧した部分なので、現物を見なくても分かる。

この九ページ目にはかつての〈死体配達人〉園部信一郎の顔写真が掲載されているはずだった。

御子柴の出自については司法関係者を含め多くの人間が知るところとなったが、まだ一般に流布している訳ではない。自分から誇らしげに喧伝する話ではないので今まで触れないでいたが、果たして氏家は自分の素性を承知しているのだろうか。御子柴は氏家の顔を窺うが、およそ感情までは読み取れない。

「これは有効な弁護材料になります」

「それはよかった」

「ところで所長は神経科学についてはお詳しいんですか。特に気質の遺伝について」

氏家を挑発するつもりもからかうつもりもない。ただ仕事上で協力関係にある氏家の真意と認識を探っておきたい気持ちが働いた。

「神経科学なら大学院時代に齧《かじ》ったことがあります。当時は興味本位でしたけれど、科捜研の研修でも大概のことは習いましたね。まあどうぞ」

氏家は手近にあった椅子に座り、御子柴にも着席を勧める。

「欧米では資質の遺伝についてかなり古くから研究されています。ただし以前のものは、因習や宗教的観点に囚《とら》われた偏見紛いの学説が少なくなかったようですね。ですから古くて新しい学問と言えるでしょう」

「現在でも研究は続けられているんですか」

「大っぴらに看板を掲げてやっている研究機関は多くないでしょう。何しろヒトの脳髄《のうずい》に関わる研究でもあるので、実験や追試ができない憾《うら》みがあります。ただ近年では統計学的なアプローチから研究を試みる流れがありますね。たとえばイギリスでは五千組の双子を対象に反社会的傾向の遺伝率調査が行われています。またアメリカではサイコパスとされる囚人を対象に、やはり遺伝と生活環境のどちらが反社会的傾向に寄与しているかの統計が取られています」

「生活環境というのは主にどんなことでしょう」

「家族から虐待を受けていたような家庭環境、ならびに貧困などの社会的環境ですね。悲しいかな、この二つの外因は犯罪性向と分け難く存在していますから」

御子柴は己の過去に思いを馳せる。園部家はよくも悪くも中流家庭で貧困というほどではなく、また謙造や郁美から甚だしい暴力を受けた記憶もない。

「ただ、個人的には統計学からのアプローチというのはあまり有効でない気がします。何故なら今挙げた研究は、対象をサイコパスか犯罪傾向の強いグループに限定しているからです。統計は調査対象の分母が大きければ大きいほど、そしてそれぞれの属性が雑多であればあるほど精緻《せいち》になっていくものですから、限定された集団、特殊な性向を持つ集団を分母にすれば誤謬を招きかねません」

「しかし氏家所長。実際問題として、いくら犯罪者であったとしても生きている人間の脳髄を検査するのは困難でしょう」

「現在はCT（コンピュータ断層撮影）やMRI（核磁気共鳴画像法）といった診断法があるので、ある程度の解析は可能なんですよ。ある神経科学研究者によればサイコパス、シリアルキラーと呼ばれる囚人たちの脳を解析したところ、彼らには側頭葉の内側に損傷を持つという共通点がありました。この損傷は暴力遺伝子と呼称されるMAO－A遺伝子由来のものではないかというのが、件の研究者の仮説です。ここまではよろしいですか」

「結構です」

「このMAO－A遺伝子というのはX染色体上にあるので母親だけから遺伝します。この仮説の秀逸なところは、この部分です。女子はX染色体を父親と母親両方から一つずつ受け継ぎますが、男子は母親から一つだけ受け継ぎます。これがサイコパスや凶暴な性格の持主が大抵男性であることの傍証になっている訳なんです」

　氏家の説明は分かりやすいが、容赦なく胸に食い込んでくる。提示されている仮説によれば、〈死体配達人〉の母親である郁美も当然殺人者の気質を裡に秘めていることになるからだ。

「ところがわたし自身は、この仮説にも疑義を唱えるものです。何故ならＭＡＯ‐Ａ遺伝子の性質が生物学的に実証された訳でもなく、また仮説を採用するとサイコパスとして犯罪史上に名を残した人々の母親にも疑惑の目を向けざるを得ませんが、しかしその母親たちがやはりサイコパスや暴力的な人間であったという事実も確認できていません。脳の皮質や損傷についての考察なので真っ当な説にも思えますが、そもそも側頭葉内側の損傷が先天的なものだという証明も為されていません」

「証明できないことが多いんですね」

「それ以前に、こうした遺伝由来の仮説なり考え方というのは現代社会にはそぐわないのですよ。こうした仮説を犯罪防止に援用しようとした時点で、優生学偏向の誹《そし》りを免れませんからね。これは私見ですが、古来遺伝と犯罪を結びつけた仮説なり学説なりが持て囃される時期というのは、一定周期で現れるんです。しかも、それは社会不安や政情不安が増大している時に限って発生します。何故だか分かりますか」

「さあ」

「一種のデマだからだと、わたしは考えています。人間の気質や立ち居振る舞いを遺伝や外部要因だけで規定するのは、とても簡単です。しかし時として単純明快な話は眉に唾をつけて聞く必要があります。陰謀論を展開するつもりは毛頭ありませんが、どんな人にも理解できる単純明快な話というのは、ある目的を持った団体なり勢力なりに利用されやすいですしね。それからこれは自戒を込めて言うのですが、所詮人間というのは自分の知識の範囲でしかものを考えられません」

「それはそうでしょうが……」

「ある自然条件が重なって真空状態が発生し、そこに手を突っ込むと出血もせずに切れてしまう。科学知識のない時代はそれが〈かまいたち〉という妖怪《ようかい》の仕業として認識されていました。犯罪性向と遺伝に関しての因果関係も似たようなものだとは思いませんか」

静かな口調の中にも、氏家の言葉には理性と揺るぎない信念が感じられる。それでつい、聞きたくなった。

「では、氏家所長としては犯罪気質の遺伝をどう捉えているんですか」

「ただの偏見ですよ」

氏家は何の衒いもなく言った。

「カエルの子はカエルという格言もあれば、トンビが鷹《たか》を生むなんて格言もあります。どんな遺伝子を持ち、どんな環境を与え、どんな教育をすればこういう人間に育つ。そんなメソッドがあれば世界も国も家庭も迷わない。警察や裁判所も不要になる。しかし現実には貧困家庭から天才が生まれ、富裕層からは人間のクズが大量生産されている。女性囚人の子供には品行方正な子も大勢いるし、脳に損傷があっても犯罪性向が強いのは一部の人間だけです。ですからね、御子柴先生」

氏家はふっと視線を緩めた。

「あなたが怖れる理由なんて、何一つないんですよ」

鑑定結果の報告書を受け取ると、御子柴は研究室を出た。既に日が暮れかかり、湯島には静かなざわめきが漂いつつある。

氏家の研究所を訪ねたのは鑑定結果を受け取る以外に何の用もなかったのだが、思いがけず己の出自について思いを巡らせる羽目になった。

氏家は御子柴の素性を承知の上で、長々と持論を披瀝《ひれき》したに違いない。あの持論が氏家の真意なのか口から出まかせなのかは確認のしようもないが、御子柴に伝えようとした意図だけは明白だった。

弁護士会の谷崎といい氏家といい、どうして周りにいるはぐれ者たちは自分に肩入れしようとするのだろうか。

いずれにしても有難迷惑な話だと思った。

3

十一月十二日、第三回公判。

御子柴は八〇二号法廷に入るなり、異様な雰囲気を察知した。まだ郁美も姿を現していないというのに、傍聴席は早くもざわついている。顔ぶれを一瞥するとそのほとんどが報道関係者であることが分かる。毎度のことながらバイトを使って傍聴席を獲得して詰めかけたのだろう。ただしその割合が前回よりも増えている。

理由は容易に想像がつく。前回の公判で槙野が二十九年前の事件に言及したせいだろう。自殺か他殺かが争点だった裁判に、保険金殺人の常習犯という新たな燃料が投下されたことで急激に関心が高まった感がある。それはここ二週間のマスコミの扱いを見ても明らかだった。

押しなべて司法記者の筆が慎重であったのに対し、雑誌やテレビの取り上げ方は扇情的に過ぎた。スポーツ新聞、週刊誌、ワイドショーは挙って郁美が稀代の悪女であるかのようなキャプションを掲げ、着実に部数と視聴率を伸ばしたのだ。

幸いにも郁美の旧姓も出自も検察側が情報を伏せていたため、二十九年前の事件を〈死体配達人〉と結びつける記事は一つもなかった。だがネット上には未だに園部信一郎のプロフィールを掲載したサイト、ならびに加害者家族の足取りを追った下世話なサイトが存続しており、気の利いた暇人が御子柴と郁美の関係を疑うのも時間の問題と言えた。

検察側が被告人と弁護人の関係について一種の箝口令を敷いているのは、お涙頂戴《ちょうだい》のストーリーが一人歩きして世評を変えてしまうのを警戒するからだ。母親にかけられた疑惑を解き、無罪を勝ち取ろうとするかつての犯罪少年。なかなかに涙を誘う話であり、世情に左右されやすい裁判員の心証に影響が出てはまずいとの判断だろう。

ただし全く別の見方もある。殺人者の気質は遺伝するという偏見が、現実とネット両方の世界で囁かれることだ。先日、氏家が説明した通り、現代社会にそぐわないながらも進められている研究が現存している。まだまだ検証が必要であり、およそ学説として成立していない胡乱《うろん》な仮説だが、優生学的な立場を取る人間はいつも一定数存在し、そして大部分の人間は偏見が大好きだ。もし家系からサイコパスやシリアルキラーの特定が可能となれば、涎《よだれ》を垂らしながら賛同するに違いない。

選ばれた六人の裁判員たちは、事前に社会的偏見を捨てて審理に当たるよう助言されている。だが彼らとて一個の人間だ。分かりやすく、また自分と殺人享楽者を分断してしまえる根拠があれば安易に飛びつく。己の中に殺人者の気質が含まれているのを絶対に認めたくないからだ。

殺人者の気質が遺伝するという先入観を持ってしまえば、〈死体配達人〉を息子とする郁美もまた殺人者の気質を有していると納得してしまう可能性がある。それは弁護側にとって不利になる。

いずれにしろ現段階で御子柴と郁美の関係が明らかになっていないのは僥倖と言える。こればかりは検察側と裁判所の配慮に感謝するべきだろう。後はこの大ネタを、どのタイミングでどちらが先に出すかだ。

傍聴人席を眺めていると、やはり梓の顔もあった。相も変わらぬ仏頂面でこちらを睨んでいる。仏頂面の原因は、郁美の運命を選りによって御子柴に託さねばならないことへの苛立ちなのだろう。まあ、黙って見ているがいい。

少し経つと槙野が現れた。どこか面影に幼さを残すものの、法廷での振る舞いは冷静沈着、時には狡猾ささえ感じさせる。第一回公判後に調べたところ、〈バッジをつけた法理学者〉こと額田順次検事の薫陶を受けていたらしい。なるほどあの弁論の隙のなさは額田に由来するものと考えれば合点がいく。

槙野は御子柴を一瞥しただけで、さっさと着席する。その顔からは表情が読めず、謙造の事件について進展があったのかどうかも窺い知れない。

福岡県警の友原がその後の進捗を逐一《ちくいち》、槙野に報告しているのは想像に難くない。執念深そうな男だったから、老骨に鞭打《むちう》ちながらせっせと二十九年前の事件を掘り返しているのだろう。

しかし御子柴自身が礼乗寺を訪れてみても、めぼしい情報は拾えなかった。二十九年という年月はかたちあるものとともに人の記憶まで奪っていく。よほどの幸運に恵まれない限りあの老犬が新しい材料を咥《くわ》えてくる可能性は少ないだろう。

正直、この公判で一番厄介なのは忘れられていた過去の事件だ。謙造の死の真相がどうであったのか。もし郁美による保険金目的の謀殺であった場合、裁判官および裁判員の郁美に対する心証は最悪のものになる。残存する物的証拠がなく、その犯行を証明できなくても、検察側の印象操作に利用されれば効果は同様だ。どちらに転んだとしても弁護側の不利は免れない。

次にやってきたのは、戒護員に連れられた郁美だった。傍聴人たちの視線を一身に集める中、郁美は表情を硬くしている。面会室で見せたのとは別の顔だが、ギャラリーの有無でいちいち表情を変えるところは、御子柴と似ても似つかない。

ふん、何が母親由来のＭＡＯ－Ａ遺伝子だ。

真横を通り過ぎる時、郁美は御子柴に視線を送ってきた。謙造を卑怯者呼ばわりされたことをまだ根に持っているのか、心細げな中にも叱責の色が混じっている。被告人席に座ったのなら、母親としての感情は顔にも出すなと忠告してやろうかと思ったが、すぐに思い留まった。

弁護すべき者が本当に犯人なのかどうかは重要ではない。弁護士の役目は依頼人の利益を護ること、ただ一点だ。本案件も例外ではない。郁美が成沢を殺害したのかどうかよりも、裁判官と裁判員に郁美の有罪判決をどう諦めさせるかが弁論の目的だ。

私情は禁物、裁判の進行に支障がない限り、郁美が泣こうが喚《わめ》こうが関係ない。

最後に南条以下三人の裁判官と六人の裁判員が入廷してきた。

「全員、起立」

裁判官たちはともかく、裁判員の六人は入廷するなり被告人席に好奇の視線を浴びせかけた。前回、槙野が暴露した過去話に興味を隠しきれない様子だ。四十代主婦風の女などは露骨に嫌悪の表情まで浮かべている。いや、この女だけではない。二十代ＯＬ風の女は郁美を何度も盗み見、男四人は身につまされたのか怖々といった体だった。〈死体配達人〉の母親という出自に加え、保険金目的で常習的に夫殺しを続ける女という項目が加われば、こうした反応にも合点がいく。人を裁く立場にも拘わらず卑俗さが顔に出ていて、御子柴は冷笑する。司法の何たるかも教えられず、ただ無作為に選ばれたというだけで裁判官席に座らされるのも災難と言えば災難だが、これだけ感情を露《あら》わにしてくれる裁判員なら御子柴の外連や演出にも反応してくれるだろう。御しやすい裁判員でこちらは有難い。

油断がならないのは裁判官たち、特に裁判長を務める南条だ。

裁判が合計九人の合議制とはいえ、裁判長の発言なり示唆の重みが他の八人と同等であるはずもない。言い換えれば、南条の心証さえ引っ繰り返せば、弁護側にも勝機が巡ってくるということだ。

争点が少ない裁判だから、公判が延びるのは考えづらい。凶器となった甲五号証の縄についての弁証も今回が期限だ。

ここが正念場だ――御子柴は己を叱咤《しった》する。

南条の着席を待って、廷吏が再び号令を掛けた。

「開廷。平成二十七年（わ）第七三二号事件の審理に入ります。まず検察官。前回、被告人が過去にも類似した事件を起こしたのではないか、その証拠を調査している最中と言われましたね。結論は出たのですか」

「なにぶん二十九年も前の事件であり、調査に時間がかかっていまして」

公判が始まって以来、初めて槙野の口から歯切れの悪い言葉を聞いた。御子柴が睨んだ通り、やはり友原の再調査が暗礁に乗り上げているということだろう。

「まだ立証には至らないということでよろしいでしょうか」

「もう少しお待ちいただきたいところです」

ここだ、と思った。一番の懸念材料、最も厄介な材料を公判から除外してしまえる機会は今を措いて他にない。

「裁判長」

「何でしょうか、弁護人」

「検察側が二十九年前の事件について審理の時間を割くことに異議を申し立てます」

「どうぞ」

「検察側が二十九年前の事件と称するものはわたしも存じています。被告人の前夫が自殺体で発見されたのは昭和六十一年九月十四日のことです。仮に殺人罪が適用された場合、当然のことながら平成十六年十二月に公布された刑事訴訟法の改正、および平成二十二年公布・施行の改正刑事訴訟法に照らし合わせても公訴時効が成立します。従って係争中の案件には何ら影響が及びません」

「お待ちください、裁判長」

矢庭に槙野の手が挙がる。

「弁護人は検察側の主張をはき違えています。検察は過去の事件まで加算するつもりはなく、あくまで被告人の犯罪傾向を論証する所存です」

「いえ、裁判長。これは公判の進行上、排除されるべき事項です」

「弁護人。続けてください」

「一人殺害すれば懲役刑、二人以上殺害すれば死刑の可能性あり。所謂永山《ながやま》基準が司法関係者の間で取り沙汰されているのはさておき、三十年前の被告人は身内から犯罪者を出し、家庭は世間からの非難と被害者遺族からの慰謝料請求で困窮の極みにありました」

御子柴の言葉に裁判官たちと槙野が一斉に反応した。まさか、かつての〈死体配達人〉自らが事件に触れるとは予想もしていなかったのだろう。

もちろん固有名詞を避けて話しているので、傍聴人には全てが伝わっている訳ではない。裁判官たちと槙野だけに理解できるような話し方は、これがぎりぎりの線だろう。

「加害者家族を襲う無慈悲で身勝手な排斥は、今に始まったことではありません。昭和六十一年当時でも、いやそれより以前も厳然と存在しました。それに加えて一生かかっても払いきれないような慰謝料を請求された夫婦の困惑は想像に難くありません。そういう状況下で発生した事件です。百歩譲って被告人の犯行が立証されたにせよ、被告人の犯罪傾向を裏付ける論拠にはなり得ません」

御子柴は南条を見据える。南条が今まで下した判決文には全て目を通し、彼が現時点でも永山基準を念頭に置いていると推測している。従って、御子柴の弁論は直接南条に向けられたものでもある。

「今しがた検察官は過去の事件まで加算するつもりはないと言明されました。その通りです。申し上げたように、実際は罪に問う以前に本公判に持ち出すこと自体が不合理と言わざるを得ません。更に申し上げれば、いったんは自殺として解決している事件をわざわざ掘り起こし、いくつかの共通点が認められるという事象だけで審理を続けるのは、徒に被告人の心証を貶める目的としか思えません」

「裁判長」

再び槙野が手を挙げた。

「弁護人の主張は想像に基づくものであり……」

「では検事。あなたは二十九年前の事件が完全に解明されるまで、この公判を終結させることができないと言うのですか」

許可を得ていない反論だが、これは裁判所ならびに裁判官の利益に繋がる話なので南条も見逃してくれるという読みがある。

そして案の定、南条からの制止はなかった。

「拙速は厳に慎むべきでしょうが、徒に裁判を長引かせるのは関係者の労力と予算、そして単に被告人の心身を消耗させるだけです。二つの事件は本来別個の事案であります」

弁論を聞いた南条は右陪審の平沼、左陪審の三反園と言葉を交わす。二人の意見を伺うというより、自分の判断を確認するといった体だ。

ややあって南条は槙野に顔を向ける。

「検察官。二十九年前の事件に関しては記録から削除します」

「しかし裁判長」

「そして弁護人。あなたは裁判の長期化を案じているようですが、それならば同じく懸案であった甲五号証について、この場で反証ができますか」

交換条件という訳か。なるほど中立公正を旨とする裁判官らしい発想だ。

「できますとも」

南条はわずかに目を見開いた。

「それには事前に申請した証人とワンセットでの反証となります」

南条は怪訝そうな顔で、手元にある書類を確認する。

「一人目の証人申請の氏家という人ですか」

「今から始めてもよろしいですか」

「どうぞ」

「それではお願いします」

御子柴の合図を受けて、廷吏が法廷のドアを開ける。入ってきたのは氏家だが、その後に五人の職員が機材を抱えて続いてくる。これには傍聴人はもちろん、裁判官たちと槙野も目を丸くしている。

「弁護人。いったいこれは何事ですか」

「今から甲五号証の反証を行うのですが、まずは証人の人定からお願いします。ああ、その間に作業は続けさせてください」

「……証人は証言台へ」

氏家が法廷で証言するのは、これが初めてではない。物怖じする様子もなく、署名押印した宣誓書を読み上げる。ここからは御子柴と打ち合わせた通りの問答をしてもらう。

「証人。氏名と職業を」

「氏家京太郎、三十二歳。湯島で〈氏家鑑定センター〉という民間の研究所を開業しています」

「どういった内容の研究所ですか」

「警察の科学捜査研究所が行っている鑑定とほぼ同様です。東京地検には過去に何度か鑑定結果を提出していますので、確認していただいても結構です」

「本案件で何か鑑定しましたか」

「甲五号証と呼ばれる縄を使用して、検察側の想定する偽装殺人が可能かどうかの検証です」

二人が問答を繰り返している間にも、職員たちが指示書を睨みながら建材を組み上げていく。御子柴と氏家以外の者は半ば呆気に取られて、この様子を眺めている。

「裁判長、これは法廷を侮辱する行為です」

槙野が抗議の手を挙げる。だが表情にはまだ余裕が垣間見える。

「法廷内で工作など馬鹿げています。今すぐ中止させてください」

「弁護人、説明はできますか」

「証人に説明していただきましょう。証人。この組み立てには何の理由があるのでしょうか」

「実証です」

氏家は事もなげに言う。

見る間にそれは二本の梁《はり》と二本の柱を持つ門のかたちになった。二本の柱は土台に固定されてびくともしない。

「これは死体発見現場の一部を再現したもの、つまり被害者が吊り下げられていた鴨居と条件をほぼ同一にしたものです。本当なら現場にあるものをそのまま持ってくればより正確なのですが、構造上問題の梁を抜き取ることは不可能ですから、同じヒノキ材で同程度に経年変化した物を用意しました。もちろん屋根の重量、壁の圧力も現場のものと揃えてあります。仕様書は今からお配りします」

氏家がカバンから取り出したものが廷吏を通じて裁判官たちと槙野に配られる。

「ただ一点、吊り金車の取りつけ部分だけは現場の梁を切り出して一部を拝借しています。こればかりは現物を使用しなければ信憑性が減じますので」

御子柴は忘れずに補足説明をする。

「もちろん現場からの持ち出しは建物の相続人である被告人からの許可を得ています」

仕様書に目を通していた南条は渋々ながら頷く。当然だろう。材質も強度も、氏家が建材業者や産廃業者を駆け回って調達してきた材料だから申し分ない。再現実験としてこれ以上を望むのなら、氏家が言った通り成沢宅そのものを使うしかない。

抗議の声を上げた槙野も仕様書を読むなり、いったん口を噤んだ。実験の再現性の高さに気づいたのが表情で分かる。それでも主導権を奪われたくないのか、更なる抵抗を試みる。

「裁判長、やはりこれは法廷を侮辱するものです。法廷内で首吊りの実験をするなど正気の沙汰ではありません」

「裁判長」

「弁護人、どうぞ」

「検察側が起訴した内容はたった一つの物的証拠と多くの状況証拠によって構成されています。言い換えるなら、ほとんどが想像の産物でしかありません。もちろん実際に犯行の瞬間を目撃するなどというのは不可能ですが、再現性を極限まで上げた実験は可能です。そしてその検証結果は、提出された物的証拠と同等かあるいはそれ以上の説得力を持つはずです。仮に検察側の主張が正しければ、自ずと検証結果もそうなるはずではありませんか」

反論された槙野は再び口を噤む。ここで御子柴の弁に抗《あらが》えば、検察側の主張に自ら懐疑を抱くことに思い至ったからだろう。

「検察官。異議を続けますか」

「結構です」

答えてから、槙野は唇の端を曲げる。

槙野は気づいているのだろうか。法廷に大型の機材を持ち込んで実証するのは、以前に額田を相手にした裁判で使った手法だ。おそらく額田から色々と助言をもらったのだろうが、よもや同じ手を食らうとは予想もしていなかったに違いない。

南条も槙野も口を閉ざした。傍聴席の野次馬どもの多くは好奇心で爆発しそうな顔をしている。ここまで露払いをすれば、後は氏家に委ねるべきだろう。

「証人。できれば説明を加えながらお願いできますか」

「承知しました」

氏家はカバンから次に縄を取り出し、法廷の全員に見えるよう高く掲げる。

「検察側から提出された甲五号証の縄は〈株式会社日本ロープ〉が製造・販売している直径十六ミリの麻ロープという商品です。わたしが手にしているのは同一商品ですが、正確を期すために薬品を浸潤させ、甲五号証と同じ強度に揃えています。そして」

説明しながら、組み上げられた梁を指差す。

「検察の主張では上の梁に吊り金車を取りつけたということなので、取りつけ部分については現場から拝借したものを両側から挟んで固定しています。そして偽装に使用されたという吊り金車は〈安田電工〉製造の型番M－223という商品で、やはり同社同型のものを用意しました」

言い終わるなり、氏家は用意されていた脚立を上って梁に吊り金車を取りつける。

「吊り金車とは読んで字のごとく、任意の場所に吊るだけで使用できる簡便な滑車です。取りつけも簡単で、引っ掛ける支点さえあればどこにでも設置ができます。現場の梁に残っていた取りつけ跡というのは、つまり吊り金車を支えるための支点に過ぎません」

再び掲げられた指には頭部が輪になったネジが光っている。

「これは金物屋でよく見掛けるアイボルトと呼ばれる金具です。実際の犯行に使用されたのがアイボルトかどうかは不明ですが、要は吊り金車を引っ掛ける用途なので頭部の形状は無視して構わないはずです。重要なのは金具の太さと長さ。現場の梁に残っていた取りつけ跡は深さ三十二ミリ、直径が四ミリ。その寸法に合致する金具がこのアイボルトという訳です」

氏家は梁のほぼ中央にアイボルトを根元まで捻《ね》じ込み、その頭部の輪に吊り金車を取りつけた。

「さて、これで舞台装置が整った次第です」

氏家の弁は何やら大道芸の口上めいてきた。法廷では不謹慎の誹りを免れないが、裁判長である南条が興味津々の様子で眺めているのでこれは許容範囲と見ていいだろう。

「後は実際に吊り金車に縄を通して人間を吊り下げればいいのですが……ええと、すみません。この中に体重が五十九キロに近い方はいらっしゃいませんか」

氏家は法廷内全ての人間に向けて声を上げる。各々が他人の身体を盗み見る中、やがて不承不承手を挙げた者がいる。

槙野だった。

「わたしの体重が五十九キロに近いと思う」

「お手数ですが実験台になっていただけますか。記録を拝見する限り被害者の体重がやはり五十九・四キロ。あなたが近似値なんです」

「わたしを吊るというのか」

「セーフティ・ネットは万全です。検察側の主張を立証できる、またとないチャンスですよ」

物怖じを知らぬ氏家の弁舌は研究者にしておくには惜しいほどだ。検察側の利益を持ち出されては反論のしようもなく、槙野は眉の辺りをひくつかせながら渋々頷いてみせた。

「念のために、これも正確を期すようにしましょう」

用意周到さに御子柴も舌を巻く。氏家はカバンからデジタル式の体重計を取り出し、その上に槙野を立たせた。

「ふむ、五十九・一キロ。あと三百グラムですね」

今度はカバンから分銅を取り出した。

「これをポケットの中にでも入れてください」

再計量すると、目盛りはちょうど五十九・四キロを表示した。

「オーケー。それでは失礼しますよ」

氏家は縄の先端に輪を作る。余裕で首が入る大きさで結び目を固定しているので、それ以上締まることはない。その輪を槙野に持たせ、もう一方の先端を鴨居に括りつける。

「最初はごく普通に鴨居から垂らしてみます。つまり偽装を考慮しない、自殺であったという想定の実験です。では検事、お手数ですが、首を吊ってみてください」

指示された槙野は大袈裟な溜息を一つ吐くと脚立を上り、宙に揺れる縄の輪に首を通した。

「ではどうぞ」

縄と首の間に両手を差し込み、槙野は脚立を蹴る。ぶらりと身体が前後するものの、梁と柱はびくともしない。槙野の身体が静止しても鴨居には何の変化も見られない。

「はい、結構です。これで鴨居の部分が体重五十九・四キロの人間を吊り下げても、充分に耐え得ることが証明された訳です。では次に、この結果を踏まえた上で第二の実証に移りたいと思います」

「まだ続くんですか。今ので鴨居や縄の丈夫さは証明できたと思いますが」

「もう少しだけお付き合いください」

次に氏家は縄をいったん鴨居から解き、端を吊り金車に通してから両手に持つ。

「今度は吊り金車を使って吊り上げます。検事さんは輪に首を通した上で、じっとしていてください」

口の中でぶつぶつ言いながらも、槙野は指示に従って縄の輪に手を入れながら棒のように横たわる。床の上には小ぶりのマットが敷かれており、どうやらこれが氏家言うところのセーフティ・ネットのようだ。

「それじゃあ引きます」

掛け声とともに氏家が縄を引く。同時に槙野の身体が引っ張られて次第に浮き上がる。

このまま何事もなく吊り下がるのか——衆人が注視する中、吊り金車が外れ、弾みで槙野の身体がマットの上に落下した。

がらん。

音を立てて吊り金車が床に転がる。その先端には根元から外れたアイボルトがついている。

一瞬の沈黙の後、傍聴席がざわめき出す。

「静粛に」

南条の声で廷内はまた静まるが、収まらないのは槙野だ。自分の首に嵌まった縄と床の吊り金車を交互に眺め、氏家に抗議し始めた。

「これはどういうことですか」

「どうもこうも、鴨居が検事さんの体重に耐えかねたということですよ」

「さっきはちゃんと吊り上げられたじゃないか。それなのに今度はアイボルトごと外れた」

「ええ、その通りです。さっき無事に吊り下がれたのは、あなたの体重による負荷が鴨居全体に拡散されたからです」

氏家は吊り金車をアイボルトごと拾い上げる。アイボルトのネジ部分には木片が付着していた。

「しかしご存じのように築二十年以上の木造家屋はどの部分も老朽化します。今のようにピンポイントで負荷をかけると、いとも簡単に金具が抜け落ちてしまう。まあ、予想された結果ではあります」

半ば呆けたようにしている槙野を尻目に、御子柴が後を引き継いだ。

「裁判長、ご覧の通りです。検察側が想定した方法で人体を吊り下げるのは不可能です。また、被告人のような高齢の女性が六十キロ近い、しかも正体をなくした男性の身体を単独で吊り下げるのも無理な話です」

「異議あり」

「検察官、どうぞ」

「今の実験は欺罔に過ぎません。確かに鴨居は老朽化しているでしょうが、犯行時に何とか被害者の体重を支えられた可能性は捨てきれません。現に現場の鴨居には金具を取りつけた痕跡がありました。それに弁護人は敢えて言及していませんが、甲五号証には被告人の皮膚片が、しかも縛り目の内側から採取されています。これは間違いなく被告人が縄を握って被害者を吊り上げた証拠です」

「反証します」

「弁護人、どうぞ」

「被告人の皮膚片は事件発生時に付着したものではありません」

槙野は口を半開きにする。この男が法廷で見せた、初めての無防備だった。

「甲五号証については検察と同様、裁判所を通じて警視庁科捜研に鑑定を依頼しています。その鑑定結果は事前に提出している弁八号証です」

　南条は手元の資料に視線を落とす。

「甲五号証の分析結果のようですが……」

「縄を構成しているのはほとんどが麻の繊維ですが、微量ながら木材の欠片が検出されています」

「鴨居に巻きつけた際、縄で削れたものでしょう」

「いいえ、裁判長。現場の鴨居はヒノキ材ですが、縄から検出されたのはブナです」

　南条の表情が強張り、再度資料を見る。

「……本当ですね」

「そしてその木材を更に成分分析した表が次ページに記載されています。木材にはクレオソートなる成分が浸潤していました」

「クレオソートというのは」

「木材防腐剤です。そして成沢宅の敷地内には、クレオソートをたっぷり浸《し》み込ませたブナ材が大量にありました」

「そんなものがいったいどこに」

「枕木です。被害者の趣味だったガーデニングに使用された枕木が、縄に付着していた木片の正体です。裁判長、急な申請で申し訳ありませんが、今だけ被告人を証言台に呼んでよろしいですか」

南条は一瞬躊躇する素振りを見せたが、審理の妨げにはならないと判断したらしく、すぐに了承した。

「被告人は証言台に」

事態の展開に翻弄されている様子の郁美が証言台に立つ。

「被告人は最初の取り調べで、縄には指一本触れていないと供述していますね」

「はい」

「しかしあなたは成沢氏の死体を発見する以前、縄を見ているはずなんです。そう、たとえば事件のあった前々日、成沢氏と一緒に作業をしたりしませんでしたか」

「ああ……」

見る間に郁美は顔を輝かす。

「そう言えば不要になった枕木を二人がかりでゴミの集積所に出しました」

「枕木をどうやって運びましたか」

「何本かを縄で縛って纏めました」

「その縄によく似たものがこの法廷内にありますか。あったら指差してください」

郁美の指が、実験で使用された麻ロープを指した。

「枕木を縛ったのは成沢氏ですか、それとも被告人ですか」

「あたしです。自分が枕木を支えているからお前が縛ってくれって言われて」

「かなりの力を要しましたか。たとえば掌の皮が擦り切れるくらい」

「頑丈に縛るように何度も言われました。作業が終わった時、掌がひりひりしたのは憶えています」

「裁判長、誘導尋問です」

槙野が悲鳴じみた声を上げるが、これは悪足掻きも同様だった。南条も小首を傾げて検察側の声を聞き流す。

「誘導尋問とは思えません。異議は却下します。弁護人は続けてください」

南条の言葉で、法廷の空気が一変したのが分かる。稀代の悪女に向けられていた傍聴人たちの視線は、いつしか冤罪の被害者を見る目に変わっていた。

「甲五号証の疑問点については今言及した通りです。付け加えるなら鴨居に残っていた吊り金車の取りつけ跡はダミーである可能性が高い。鑑識の報告書ではネジの螺旋《らせん》が崩れていない状態だったということなので、実験結果と併せて考えれば、実際には取りつけたものの使用しなかったのでしょう。すると首吊りは偽装ではなく、本当に自殺だったと考えるのが妥当です。縄に付着していた被告人の皮膚片といい鴨居に残った取りつけ跡といい、全てに作為が感じられます。そして成沢宅に居住していたのは被告人以外では成沢氏しかいないのですから、当然偽装自殺に見せかける仕掛けを講じたのも成沢氏という複雑な様相を呈《てい》してきます。しかし導かれる結論は至って単純です。成沢氏は自分が被告人に殺されたように見せかけたかったのです。彼女を殺人犯に仕立て上げ、法廷で冤罪を被せたかったのです」

「弁護人の主張は論理的で頷ける部分も少なくありません。しかし被害者が偽装を思い立った動機は何なのですか」

「それについてはもう一人の証人から話を聞きたいと思います。裁判長、二人目の証人尋問をよろしいでしょうか」

「どうぞ」

入廷してきた二人目の証人は小曾根亮司だった。

「証人は名前と職業を」

人定と宣誓書の読み上げを済ませ、小曾根は自分が成沢と同じく三軒茶屋駅通り魔事件の被害者遺族であることを告げる。成沢の知られざる境遇に、南条をはじめとした裁判官たちは一様に驚いたようだった。

「それで成沢氏はあなたと酒を酌《く》み交わした際、亡き奥さんとの思い出を語った後に何を言ったのですか」

「犯人である町田への恨み言です。今でも町田のことを思い返す度に、血の涙が出そうになるって」

「他にはどんなことを」

「どうせ一円も取れないのなら、裁判なんかせずに憎しみを溜め込んだ方が奥さんの供養になる。そう言ってました」

「有難うございました」

小曾根の証言によって、被害者である成沢への心証もがらりと変わった感がある。先刻の偽装の件を含めて加害者と被害者が丸々入れ替わったかたちだ。

南条の槙野に向ける口調がいささか同情じみて聞こえるのも、満更気のせいではないだろう。

「検察官。反対尋問はありますか」

「反対尋問ではなく、異議があります」

槙野の声には心なしか覇気がない。実証結果と小曾根の証言が予想以上に効いているらしい。

「さきほど弁護人は本案件と過去の事件は切り離すべきだと主張しました。しかし、この証言は先の主張の真逆をいくものです。本案件と三軒茶屋の通り魔事件こそ全くの無関係ではありませんか」

「裁判長」

「どうぞ、弁護人」

「検察官が言われたように、確かに本案件と三軒茶屋駅通り魔事件は別の事件です。しかし過去の事件が本案件に大きく関わっていることも事実です。それを証明するため、弁護人は再度氏家氏に証言を求めるものです。裁判長、よろしいでしょうか」

「どうぞ」

「それでは氏家さん、もう一度お願いします」

法廷の端で所在なげにしていた氏家が再び証言台に召喚される。

「証言に入る前に、弁護人は新たに弁九号証を事前に提出していますので、そちらを参照しながら証人の声に耳を傾けてください」

御子柴の言う弁九号証とは、氏家から渡されたサイトの閲覧履歴だった。南条は舌に載せたものの味を確かめるような顔で履歴を眺める。

「弁護人。これがインターネットの閲覧履歴だというのは分かりますが、いったい誰のものなのですか」

「これは証人に答えてもらいましょう。証人。この閲覧履歴はわたしが証人に解析を依頼したものに間違いありませんか」

「間違いありません」

「解析したのは誰の所有のものでしたか」

「成沢拓馬氏の所有するパソコンで、パスワードが設定されていました」

「証人はパスワードを解いて履歴を解析したのですね。パスワードは簡単に解けましたか」

「簡単でした。パスワードは〈ＳＡＫＩＫＯ〉。亡くなった前の奥さんの名前です。よくあるパターンなので三回目のトライで引き当てました。よほどの愛妻家だったんでしょうね」

「裁判長。証人は自己の感想に基づいた主観的な証言をしています」

「証人は事実だけを述べるように」

「いえ、裁判長。これは個人的な感想ではなく、わたしが解析を請け負った何例かに多く見受けられることなんです。個人的見解ではなく、むしろ一般的傾向ですね」

婉曲的《えんきょくてき》にやりこめられた体の槙野は、じろりと氏家を睨み据える。

「証人、有難うございました」

ここからは、また自分の舞台になる。御子柴は深呼吸を一つすると、最後の爆弾投下に向けて口を開いた。

「過去一年間に亘る閲覧履歴ですが、被害者の訪問しているサイトはつごう十八しかありません。老化防止、介護施設案内、園芸一般、熟年対象の婚活。いずれも被害者の年齢であれば頷ける訪問先ばかりですが、この中に二つだけ異彩を放つサイトがあります。〈少年犯罪ドットコム〉、そしてもう一つ、〈加害者家族の足取りを追え！〉と名付けられたサイトです。サイトの記載内容を全て網羅する訳にはいかないので、注目すべきページだけを挙げておきます。まず〈加害者家族の足取りを追え！〉。これはタイトル通り、世間を賑《にぎ》わせた重大事件の加害者家族を追跡したものです。大抵の重大事件の犯人というのは収監中の身の上なので、誹謗中傷の対象をその家族に向けたという体裁です。そのサイトの八ページ目を見ると、ここに被告人の名前と顔が登場します。もっとも当時の名前は旧姓の蔦田と、前の婚姻時の園部姓の併記になっております」

この時、裁判員の何人かが、はっと御子柴の顔を見た。傍聴席からも一部にどよめきが生じる。

「次に〈少年犯罪ドットコム〉の九ページ目を見てみましょう。少年の顔写真と簡単なプロフィールが紹介されていますが、これはかつて〈死体配達人〉として悪名を轟かせた園部信一郎、すなわち被告人の息子であります」

南条たち裁判官と槙野は、信じられないという顔をした。御子柴と郁美の関係について事前に知らされているとはいえ、まさか本人がこんなかたちで暴露するとは想像もしていなかったのだろう。

南条たちですら意表を突かれたのだから、事情を全く知らなかった傍聴人たちの驚愕は察するに余りある。気の早い記者の一人は早くもメモを片手に法廷を飛び出していった。

「順不同で羅列しましたが、成沢氏の閲覧には当然順序があります。時系列で追っていくと、まず〈加害者家族の足取りを追え！〉の園部郁美、次に〈少年犯罪ドットコム〉の園部信一郎、そしてトレジャー出版の婚活パーティーの誘い。それから元に戻って〈加害者家族の足取りを追え！〉。先の小曾根さんの証言、ならびに再婚後も前妻との写真を飾っていた被害者の性格を考え合わせると、妄執に囚われた人物の姿が浮かび上がってきます」

法廷内は水を打ったように静まり返り、咳《せき》一つ聞こえない。完全に御子柴の独擅場《どくせんじょう》となり、槙野までが御子柴の唇から視線を逸らせないでいる。

「既に死んでしまった人間の気持ちを正確に表すのは不可能ですが、推し量ることはできます。愛妻家であった成沢氏は刑法第三十九条の適用を受けて不起訴になった町田が憎くてならなかった。ところが町田本人は医療機関に収容されて居所さえ不明、慰謝料を請求した相手である両親は失踪《しっそう》。成沢氏は怨嗟《えんさ》と憎悪を胸に溜めていた。彼は己の恨みを晴らせぬ代償行為として、過去の通り魔事件の記録や加害者家族に対する誹謗中傷のサイトを巡ります。そしてトレジャー出版の主催する熟年者婚活パーティーに参加する。この時点では本気で後添いを考えていたのかもしれません。ところがこの席上で、彼は被告人と出くわします。どこかで彼女の顔を見たことがある。加害者家族の足取りを追ったサイトだ。家に帰って確認してみると顔と名前が一致する。間違いなく彼女はかつて〈死体配達人〉として世間を震撼《しんかん》させた犯罪少年の母親だ。それに気づいた時、積年の怨念を胸に溜め込んでいた成沢氏はどんな行動に出たか。被告人への急接近とそれに続くプロポーズですが、今回の偽装を絡めると愛情からの求婚という線は薄くなります。むしろ逆、代償行為としての復讐といった動機が考えられます」

御子柴が郁美との関係をここまで伏せていたのは、偏《ひとえ》にこの弁論のためだ。

亡き愛妻への思慕がかたちを歪め、刑罰を逃れた犯罪者とその家族に刃を向ける。憤怒の熱量が異常でなければ到底納得できない推論だが、代償行為の対象に悪名高き〈死体配達人〉を当てれば合点もいく。

「成沢氏は当時七十五歳。残り少ない余生を裁かれなかった犯罪者の家族を葬ることに費やす。私憤なのか義憤なのかは判然としませんが、成沢氏が行った仕掛けは分かります。自殺決行の前々日、廃材を捨てるからと被告人に手伝わせ、縄に彼女の触れた痕跡を残す。後で縄は回収し、決行の時まで隠し持っておく。自殺現場に選んだ居間の鴨居にいったん吊り金車を取りつけて、これも痕跡を残しておく。自殺決行の日、彼は自分のパソコンで遺書を作成し、署名の部分だけはカーボン紙を使用した。これで遺書に対する疑惑が高まるのは計算済みです。舞台装置を整えると酩酊《めいてい》状態になるまでアルコールを摂取し、鴨居から普通にぶら下げた縄で首を吊る。後は自分の撒《ま》いたエサに警察が飛びついてくれればいい。成沢氏は死んだ後から、被告人が誤認逮捕されるのを笑って見ていたでしょうね」

御子柴の長い弁論が終わっても、誰一人身じろぎもしなかった。近くで一言一句を耳にしていた郁美は顔色を失っていた。

「異議あり」

乾いた声が槙野の口から出た。

「ただ今の弁護人の言葉は全てが想像の産物に過ぎません。記録からの削除を要請します」

「裁判長」

「弁護人、どうぞ」

南条の声も乾いていた。

「検察官の言われるように想像であることは否定しません。それは冒頭に申し上げた通りです。しかし十人のうち九人に当て嵌まることなら、それは想像ではなく常識になるのではありませんか」

「弁護人の言っていることがわたしには理解できないのだが……」

「早い話がね、検察官。あなたは公人としても私人としても、裁かれなかった極悪人を憎く思わなかったことがあるかという問題なんだ。ここにいるかつての〈死体配達人〉をこの世から抹殺するべきだと一瞬でも考えたとしたら、あなたも成沢氏と同類ということなんですよ」

槙野は座ったまま彫像のように固まった。

御子柴が最後の最後まで隠していた爆弾。誰もが成沢の動機に納得せざるを得ない最凶の論拠。

しばらく沈黙が流れた後、南条が一つ咳払いをする。

「検察官。他に異議、あるいは反対尋問はありませんか」

「……ありません」

「これで審理は充分に尽くされたように思います。次回十一月二十六日に最終弁論を行います。閉廷」

南条が席を立つと、気の抜けたような平沼と三反園、そしてこれも呆けたような六人の裁判員たちがぞろぞろと後をついていく。

途端に、傍聴席はハチの巣を突いたような騒ぎになった。多くの記者が顔を紅潮させ、我先に出口へ急ぐ。今ならまだ夕刊、または昼のニュース番組に間に合うからだろう。

槙野はのろのろと机の上の資料をカバンに仕舞い込み、一度だけ御子柴を見やると力ない足取りで法廷を出ていった。

後には御子柴と戒護員に付き添われた郁美、そして傍聴席の梓だけが残った。

勝利は確信できている。最終弁論は単なるセレモニーに終わるだろう。弁論で連ねた一万語はただの説明書きに過ぎない。肝要は甲五号証の無効化であり、それさえ達成できれば疑わしきは罰せずの原則通り郁美への実刑判決は免れるはずだ。

だが勝利の余韻は微塵《みじん》もなかった。

実刑から救われたはずの郁美も、母親を取り戻せるはずの梓も、まるで敗残兵のような目で御子柴を見ている。

いや。

そもそも、これは勝利と呼べるものなのだろうか。

4

十一月二十六日。

最終弁論は御子柴の予想通りセレモニーに終始した。御子柴は被告人の無罪を訴え、槙野は従来からの主張を繰り返した。しかし検察側の舌鋒《ぜっぽう》が弱まったのは誰の目にも明らかであり、時計の針を逆に回すことが叶うのなら不起訴にしたいという雰囲気がありありと感じられた。

検察側の心が折れ、南条の郁美を見る目は同情に変わっていた。公判の趨勢は既に決まったと言っていい。

「被告人。これが最終陳述となります。何か言いたいことはありませんか」

促されて郁美はおずおずと立ち上がる。短い公判だったが、本人には必ず思うところがあったはずであり、今や冤罪の被害者と目される郁美の口から何が飛び出すか、裁判官たちと傍聴人は息を詰めて見守っていた。

だが、郁美は全員の期待を裏切り、ひと言こう答えるのみだった。

「特にありません」

南条は肩透かしを食ったような顔をしたがそれも一瞬で、すぐに気を取り直した様子で次回予定を告げた。

「十二月十日に結審とします。閉廷」

趨勢が明らかになったことは傍聴人たちも承知していた。本音を言えば御子柴や郁美にカメラやマイクを突きつけたいのだろうが、法廷内では撮影も録音も御法度《ごはっと》だ。唯一法廷画家だけがスケッチを通して法廷内の空気を伝えられるが、この日の弛緩《しかん》した空気を描写できるほど熟練した腕ではなかった。

母子二代に亘る殺人気質という胸躍るキャプションは幻となり、代わりにかつての犯罪少年が身体を張って母親を弁護したというストーリーが醸成されていた。これはこれで女性週刊誌の読者が喜びそうな物語だが、殺人鬼母子に比べればいかにもインパクトが弱い。大山鳴動ネズミ一匹ではないが、期待していたよりも貧しい成果に、マスコミ各社の落胆ぶりは哀愁さえ誘った。

やがて最後にかつての親子三人と戒護員一人が残された。

「お母さん」

最初に声を掛けてきたのは傍聴人席の梓だった。

「きっと帰れるよね。もしお母さんさえよかったら、また一緒に暮らさない？」

「いくら何でも気が早いわよ。まだ判決も下りてないのに」

「これ以上続けても恥の上塗りになるだけだから、検察も控訴なんて馬鹿な真似はしないわよ。ねえ弁護士さん、そうでしょ」

「馬鹿はどこにでもいる。検察も例外じゃない」

「そういう皮肉は相変わらずね」

　梓の毒舌こそ相変わらずだったが、さすがに今日は機嫌がいいと見えて口調も軽い。

「まあいいわ。期待通りの働きをしてくれたんだし。無罪判決を勝ち取った場合の成功報酬は一千万円だったわね。さすがにそれは、お母さんの相続手続きが済んでからにしてよ」

「期限は年内中だ。遅れたら利息を付加する」

「……ったく」

　捨て台詞を残して梓も出ていった。

　突然に郁美は周囲を見回し始めた。そして廷内に自分を含めて三人しかいないことを確認すると、御子柴の方に顔を向けた。

「信一郎」

「御子柴だ」

「話があるの」

　そして戒護員に向き直った。

「ええっと、刑務官さん」

「戒護員です」

「お名前を教えて」

「室井《むろい》です」

「ごめんなさい、室井さん。弁護士さんと話があるの。五分だけ席を外して」

「駄目です。判決が下りるまで、申し訳ありませんがあなたは被告人なんです」

「それなら後ろを向いて、自分の耳を塞いで」

「しかし」

「あなただって誰かの子で、誰かの父親なんでしょう。それなら察してちょうだい」

「……五分だけなら」

室井が背を向けて耳を塞ぐと、郁美は御子柴の正面に立った。

「報酬の話なら元々の依頼人とする」

「あなたのお父さんのことよ。あなた、ずいぶん気にしていたでしょ」

「どうして、こんな時に」

「このままあたしに無罪判決が下りると、あなたはもう二度と会ってくれない気がする」

図星だったので黙っていた。

「今更一緒に暮らしたいとか、元の関係に戻ってなんて言わない。あたしもあなたも別々の人生を歩んできた。きっと共通点の少ない人生だったと思う」

それも図星だと思った。郁美は過去から逃げ続けてきた。だが、御子柴は常に過去と対峙してきた。

「もう話す機会がなさそうだから教えてあげる。お父さんはね、あたしが殺したの」

身体中の血が逆流しそうになった。

「何だって」

「聞いて。あなたが逮捕されてからというもの、家の中はメチャクチャになった。ご近所の目があって、おちおち外出もできないし、お父さんも仕事先をクビになった。収入を失って困り果てていたところに、佐原さんからは八千万円なんて大金を慰謝料として請求された。その頃には貯金もすっかり取り崩して二進も三進もいかなくなっていた。お父さん、だんだんノイローゼになってね。ある日、慰謝料を払うには自分の死亡保険金から工面するしかないって言い出したの」

御子柴は目を逸らそうとしたが、郁美の瞳《ひとみ》がそれを許さなかった。

「死亡保険金は三千万円で慰謝料の額には全然届かない。それでも一部だけでも支払わないと、あなたに全部の責任を負わせることになる。信一郎が負担する分を少しでも軽減してやるのが、自分にできる唯一のことだって、お父さんは決心したのよ。あたしもノイローゼ気味だったから、一も二もなくお父さんに賛成した。あたしは保険に入ってなかったし、梓のこともあるから心中は選ばなかった」

「嘘だ」

「嘘じゃない。あの日のことは一日だって忘れたことがない。お父さんは自筆の遺書を用意してから、あたしが前日に買っておいたウイスキーをストレートで呑んだ。いざ自殺するとなると決意も鈍るだろうって。それでね、あたしはお父さんと相談したの。どうせ自殺するのなら、酔いが回って意識がなくなってから首を吊った方がずっといいよねって。それでお父さんが完全に酔い潰れてから、あたしは下着だけになった。人が死ぬと粗相をするのもお父さんが教えてくれたのよ。それからお父さんの首に掛けた縄の先端を鴨居に下げていた吊り金車に通した。女の細腕じゃ脱力した男の身体を吊り上げるなんてできない。でも滑車の力を利用すれば大丈夫だと、吊り金車はお父さんが取りつけてくれた」

何てことだ。

成沢が仕掛けた細工と全く同じことを父親が考案していたというのか。

「だけど男の人の身体はとても重くてね。お母さん、お父さんを羽交い締めにして鴨居の真下まで引き摺ってきた。後は説明しなくても分かるわね。お父さんの身体を吊り上げてから縄の片方を何とか鴨居に結わえた。ホントに怖かったのよ。首が絞まっている最中、お父さんの足に蹴られるし、突然もがき苦しみ出すし。でも、それも終わってお父さんは静かになった。あたし、その下でどれだけ詫びたことか。夫には申し分のない人だった。温和な性格で言葉遣いは丁寧だし、あたしに荒い言葉一つ投げたことも手を上げたこともなかった。いつも穏やかに笑って、穏やかに叱ってくれた。あの人といるだけであたしは安心していられた。信一郎、あなたはもう忘れてしまったのかもしれないけれど、本当に善い人だったの。自殺を選んだのだってあなたが言うように世間様と向き合う怖さに逃げたんじゃない」

「嘘だ」

「いいえ、嘘じゃない。あなたが殺人を犯そうが、世間から怪物と言われようが、お父さんとお母さんはあなたのために必死だった。たったの三千万円。それでも将来あなたの負担にはさせたくない一心で、お父さんは自殺した」

「いい加減にしろ」

「あたしが医療少年院に一度も面会にいかなかったのは、正直言ってあなたがまだ怖かったのと、担当の稲見さんという教官が信用できそうだったから。稲見さんはこう言ってくれた。あなたの息子は、ここで赤ん坊からやり直すんだって。それを聞いたら、あたしは自分が邪魔者だと思った。だから、もう面会は諦めたのよ。あなたが別の人間に生まれ変わるために」

「それ以上、喋るな。今あなたが得々と語ったのは立派な自殺幇助《ほうじょ》だ。折角無罪判決の見込みが立ったというのに、今更そんな嘘を吐くな。金輪際、誰にも言うんじゃない」

「あたしは一度だってあなたに嘘は吐かなかった」

「わたしはたった今、弁護人を降りる」

これ以上、郁美の話を聞いていたら錯乱しそうだった。

「後は判決を待つだけだから、弁護人なんかいてもいなくても一緒だ。無罪判決が出たら、せいぜい余生を大切にするんですね。それじゃあ」

「信一郎」

「最後にもう一度、言っておく」

御子柴は足早に出口へ向かう。振り返る気は毛頭なかった。

「わたしの名前は御子柴礼司だ」

どうせ正面玄関にはマスコミの群れが待ち構えている。御子柴は人目を避けて弁護士会館に向かう。そうして霞門から日比谷《ひびや》公園を鶴《つる》の噴水方向に向かうのが、御子柴お決まりのコースだった。

歩く速度を緩めてようやく落ち着いてくると、噴水の際に見覚えのある女の子が座っていた。女の子は御子柴の姿を認めるや否や、こちらに向かって駆け出した。

「先生！」

津田倫子《つだりんこ》は駆け寄るなり、御子柴の足元にじゃれついてきた。

「どうして、こんなところに」

「事務所に電話したらね、洋子さんがきっとここだろうって教えてくれたの。すごいね、洋子さん。ぴったしだもん」

倫子は屈託なく笑う。子供が一人で歩き回るなと言おうとした瞬間、目の前に花束を突き出された。花束といってもピンクの蘭《らん》一輪をセロファンで包んだだけの可愛らしいものだ。

「何だ、これは」

「事務所、お引っ越しのお祝い。ずいぶん遅れちゃったけど」

「お前、自分で買ったのか」

「花屋のお姉さんに聞いたら、ホントはコチョーランがいいって言うんだけどお小遣い足りなくて……」

「バカ。子供が気を遣うことじゃない」

「えへへー」

最後に倫子と別れたのは二年ほど前だった。それなのに背が伸び、喋り方がますます大人じみているのが分かる。子供というのは、たった二年でこれほど成長するものなのか。

「親戚の家にいるんだって」

「うん。オジさんもオバさんも、すっごくすっごく優しい。ウチの子になれって毎日言われてるよ」

母親には会っているのか——そう訊こうとしたが、やめた。

「倫子」

「何」

「お母さん、好きか」

「変なの、先生」

倫子は半分驚いたように言う。

「そんなの当たり前じゃない」

「そうか」

話を畳んだはずなのに、倫子は無遠慮にこちらを下から覗き込んでくる。

「どうかしたの、先生」

「何がだ」

「いつもと違う顔してる」

「……理由が知りたそうだな」

「うんっ」

「生まれて初めて、他人が羨ましいと思った」

初出
「メフィスト」2016 VOL.2～2017 VOL.2

この物語はフィクションであり、
実在するいかなる場所、団体、個人等とも一切関係ありません。

中山七里（なかやま・しちり）

1961年、岐阜県生まれ。『さよならドビュッシー』で第8回「このミステリーがすごい!」大賞を受賞し、2010年にデビュー。2011年刊行の『贖罪の奏鳴曲《ソナタ》』が各誌紙で話題となり、ドラマ化もされた。近著に『ネメシスの使者』『ワルツを踊ろう』『逃亡刑事』『護られなかった者たちへ』などがある。

悪徳《あくとく》の輪舞曲《ロンド》

第一刷発行　二〇一八年三月十三日

著者　中山七里《なかやましちり》
発行者　鈴木　哲
発行所　株式会社講談社
東京都文京区音羽二-十二-二十一
郵便番号　一一二-八〇〇一
電話　出版　〇三-五三九五-三五〇六
販売　〇三-五三九五-五八一七
業務　〇三-五三九五-三六一五

本文データ制作　凸版印刷株式会社
印刷所　凸版印刷株式会社
製本所　黒柳製本株式会社

定価はカバーに表示してあります。

落丁本・乱丁本は購入書店名を明記のうえ、小社業務宛にお送りください。送料小社負担にてお取り替えいたします。なお、この本についてのお問い合わせは、文芸第三出版部宛にお願いいたします。本書のコピー、スキャン、デジタル化等の無断複製は著作権法上での例外を除き禁じられています。本書を代行業者等の第三者に依頼してスキャンやデジタル化することは、たとえ個人や家庭内の利用でも著作権法違反です。

©SHICHIRI NAKAYAMA 2018,Printed in Japan

ISBN978-4-06-220973-1
N.D.C.913 278p 20cm

中山七里の本

贖罪の奏鳴曲《ソナタ》

最強・最悪の弁護士登場。
驚愕のどんでん返し法廷が開幕する！

弁護士・御子柴礼司《みこしばれいじ》は、ある晩、記者の死体を遺棄した。死体を調べた警察は、御子柴に辿りつき事情を聴く。だが、彼には死亡推定時刻は法廷にいたという「鉄壁のアリバイ」があった。

定価：本体六八〇円（税別）

講談社文庫版

定価は変わることがあります。